KB015668

카르밀라

CARMILLA

일러두기

- 이 책은 《In a Glass Darkly》(Cambridge University Press. 1929 ed.)를 원전으로 번역하였습니다.
- 외래어 표기는 대부분 국립국어원 용례를 따랐으나 일부는 일상적으로 많이 쓰는 표현을 사용했습니다.

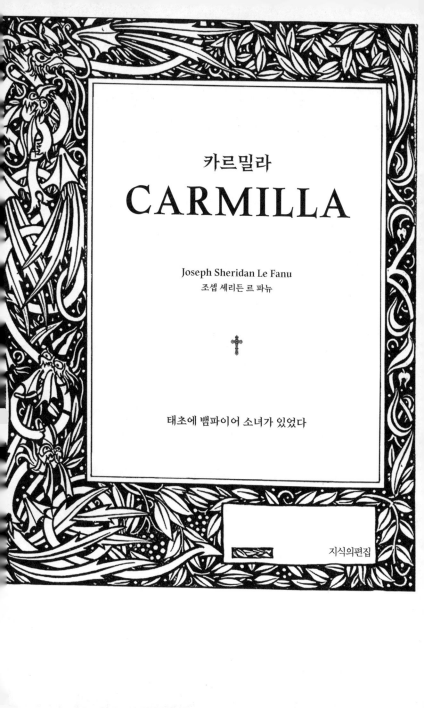

카르밀라

CARMILLA

Joseph Sheridan Le Fanu
조셉 셰리든 르 파뉴

태초에 뱀파이어 소녀가 있었다

지식의편집

"내면의 눈이 열리자 내 눈에는 다른 세상이 펼쳐졌고
그것은 이 세계의 사물보다 더 선명했다."

에마누엘 스베덴보리 《천국의 비밀*Arcana Coeléstia*》

차례

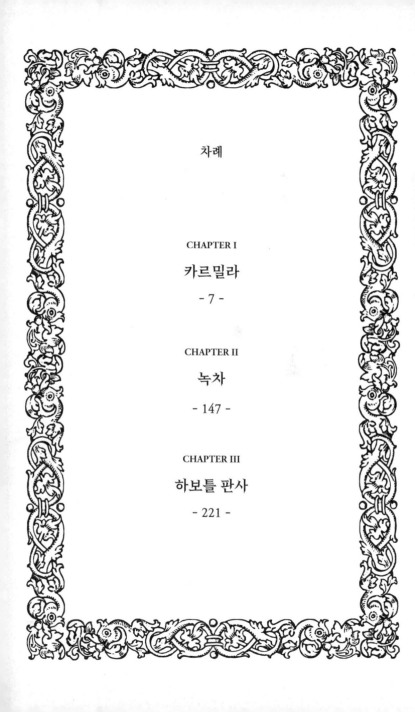

CHAPTER I

CARMILLA

카르밀라

PREFACE

이 이야기는 헤셀리우스 박사가 기이한 현상들에 관한 그의 논문에 참고 자료로 수록했던 것이다. 박사는 이를 다소 현학적으로 서술했다. 그는 논문에서 특유의 지식과 통찰로 이 기이한 주제를 아주 명료하고 요약적으로 다루고 있다. 이 이야기는 그동안 박사가 수집해온 이상한 자료 중 하나이다.

이를 대중을 위한 책으로 출간하면서 사건을 직접 겪은 여인의 이야기는 그대로 수록하고 박사의 전문적인 추론과 분석들은 제외하기로 했다. 하지만 헤셀리우스 박사는 이 글에서 '인간의 모습을 한 완전히 다른 존재 또는 중간자적인 존재에 대한 가장 심오한 비밀과 관련이 있다'고 설명하고 있다.

이 책의 출간을 위해 오래전 박사와 주고받았던 서신을 찾아 이 똑똑한 여성에게 연락을 취하려 했으나 안타깝게도 그녀는 더 이상 이 세상 사람이 아니었다. 하지만 그녀는 이미 솔직하고 자세하게 사건에 대한 이야기를 남겼기 때문에 더 덧붙일 것도 없었을 것이다.

한밤의 침입자

스티리아(오스트리아 남동쪽에 있는 전원 지역. 지금의 슈타이어마르크주-역주)에서는 대단한 귀족 집안이 아니어도 고성에서 살 수 있었다. 그리고 도시에서는 그리 많지 않은 금액이겠지만 여기서는 일 년에 팔구백 파운드 정도면 충분했다. 그럭저럭 우리는 여기서 풍족한 생활을 꾸려갈 수 있었다. 아버지가 영국인이라 영국을 가본 적도 없지만 나는 자신을 영국인으로 생각했다. 그리고 여기, 모든 것이 말도 안 되게 싸고 원시적이고 고립된 이 숲속에서 돈이 더 많다고 해서 물질적으로 더 호화롭고 안락한 생활을 할 수 있을 것 같지도 않았다.

오스트리아의 공직에 있다가 퇴직한 아버지는 받은 연금과 유산을 합쳐 작은 땅이 딸린 이 중세 시대 성을 헐값에 샀다. 성은 세상에서 가장 아름답고 가장 외딴곳에 있었다. 숲 한가운데 나지막한 언덕 위에 자리하고 있었다. 성 앞에서 좁고 오래된 도로가 내가 한 번도 열리는 걸 본 적이 없는 도개교까지 이어진다. 다리 아래 있는 인공 수로에는 농어들이 가득하고 백조들이 떠다니고 하얀 수련

넝쿨들이 떠 있었다. 이런 풍경 너머로 수많은 창이 있는 성의 정면과 탑 그리고 고딕 양식의 예배당이 보인다. 성의 정문 앞에 있는 그림처럼 아름다운 작은 공터는 숲으로 이어진다. 길은 오른쪽에 있는 가파른 고딕 양식 다리를 지나 숲으로 연결된다. 다리 아래로 흐르는 물줄기는 숲의 어두운 그림자 속으로 굽이굽이 빨려 들어갔다.

다시 말하지만 여기는 정말 외진 곳이었다. 내 말이 사실인지 직접 확인해보셔도 된다. 현관 앞에서 길을 마주보고 오른쪽으로 24킬로미터, 왼쪽으로는 29킬로미터까지 숲이다. 사람이 사는 가장 가까운 마을은 왼쪽으로 12킬로미터 떨어져 있다. 우리가 아는 사람 중에 가장 가까이 있는 슈필스도르프 장군의 성은 오른쪽으로 32킬로미터는 가야 한다.

'사람이 사는 가장 가까운 마을'이라고 말한 이유는 서쪽으로, 즉 슈필스도르프 장군의 성이 있는 방향으로 5킬로미터쯤 가면 폐허가 된 마을이 하나 있기 때문이다. 거기에 이제는 지붕도 없는 작고 특이한 교회가 하나 있다. 그 교회 회랑에 지금은 대가 끊긴 긍지 높은 귀족, 카른슈타인 가문의 사람들이 잠들어 있다. 한때 영화로웠던 그

성은 이제 깊은 숲속에 버려져 마을의 폐허를 말없이 내려다보고 있다.

왜 마을이 지독히도 음침한 곳이 되었는지 그 사연은 천천히 얘기하겠다.

별채에 사는 하인들과 그들의 가족을 제외하면 우리 성에 있는 식구들은 정말 단출했다. 점점 나이가 들고 있지만 세상에서 가장 다정한 우리 아버지, 팔 년 전 당시 겨우 열아홉 살이었던 나. 아버지와 내가 유일한 가족이었다. 스티리아 출신의 어머니는 내가 갓난아이였을 때 돌아가셨다. 하지만 아주 어렸을 때부터 항상 내 옆을 지켜준 따뜻한 유모가 있었다. 나는 한 번도 그녀가 통통하고 인자한 얼굴을 찌푸리는 걸 본 적이 없다. 그녀는 베른 출신의 페로돈 부인이었다. 그녀의 따뜻한 보살핌 덕에 어머니의 빈자리를 별로 느껴본 적이 없었다. 사실 어머니가 너무 일찍 돌아가셨기 때문에 나는 거의 어머니를 기억하지 못한다. 그녀가 우리와 조촐한 저녁 식사를 함께하는 세 번째 식구였다. 네 번째 식구는 나에게 일종의 교양을 책임지고 가르치던 라퐁텐 양이었다.

그녀는 프랑스어와 독일어를 할 줄 알았고 페로돈 부인

은 프랑스어와 서툰 영어를 사용했다. 게다가 아버지와 나는 애국심으로 모국어를 잊지 않기 위해 매일 영어를 사용했다. 그 결과는 바벨탑이었다. 처음 본 사람들은 웃음을 터트렸지만 여기서 그 상황들을 다시 설명하고 싶지는 않다. 그 외에 우리 집에 놀러 오거나 내가 놀러 가는 내 또래 여자 친구들이 두서넛 있었다. 이들이 우리가 일상적으로 만나는 사람들의 전부였다. 물론 수십 킬로미터 떨어진 곳에 사는 '이웃들'이 찾아올 때도 있었다. 어쨌든 우리는 아주 고립된 삶을 살고 있었다. 그리고 엄마가 없다고 너무 오냐오냐해서 버릇없는 아이가 될까를 걱정한 가정교사들이 나를 엄하게 대했다.

내 생애 처음이자 내 마음속에 끔찍한 기억을 남긴 사건은 내가 아주 어린 시절에 일어났다. 너무 사소한 일이라고 생각할지도 모르겠다. 하지만 굳이 이 일을 이야기하는 이유를 알게 될 것이다.

아기방이라고는 하지만 내가 혼자 쓰고 있는 커다란 방이 성의 맨 꼭대기 층에 있었다. 목재로 된 천장이 심하게 기울어진 방이었다. 여섯 살도 채 되지 않았던 어느 날 밤, 자다 깬 나는 주변을 둘러봤지만 유모가 보이지 않았다.

나는 혼자였다. 어려도 유령이나 요정을 믿을 만큼 어리석지 않았고, 삐걱거리는 문소리나 흔들리는 촛불에 비친 침대 기둥 그림자가 나한테 다가오는 뭔가로 느껴져 깜짝 놀랄 만큼 겁쟁이도 아니었다. 단지 나를 버려둔 것 같아 화가 나고 기분이 상했다. 나는 훌쩍이기 시작했고 큰 소리로 울려던 차에 놀랍게도 침대 옆에서 한 아름다운 소녀가 슬픈 표정으로 나를 보고 있었다. 그녀는 침대 옆에 무릎을 꿇고 두 손을 침대 시트 밑으로 넣고 있었다. 반갑기도 하고 호기심도 생겨서 나는 그녀를 보고 울음을 멈췄다. 그녀는 나를 부드럽게 쓰다듬으며 내 옆에 누웠다. 그리고 미소를 지으며 나를 끌어안았다. 나는 바로 기분이 풀려서 다시 잠들었다. 그러다 갑자기 바늘 두 개가 내 가슴에 세게 박히는 느낌에 깜짝 놀라 울음을 터트리며 잠에서 깼다. 그녀가 나를 빤히 바라보며 뒤로 물러섰다. 그리고 바닥으로 미끄러지듯 내려갔다. 침대 밑에 숨은 것 같았다.

난생처음 겁에 질린 나는 온 힘을 다해 소리를 질렀고 놀란 유모와 보모, 가정부가 뛰어왔다. 내 이야기를 들은 그들은 별일 아니라고 나를 달래기 위해 애썼다. 하지만 어린 내 눈에도 그들의 얼굴은 하얗게 질려 불안해 보였다. 그들은 침대 밑을 들여다보고 방 안을 돌아다니며 탁자 아래를 살펴보거나 벽장을 열어보았다. 그때 가정부가 유모에게 속삭였다.

“여기를 만져보세요. 움푹 들어가 있어요. 여기 누운 적이 없다고 하셨는데 뭔가가 누워 있었던 것 같아요. 자리가 아직 따뜻해요.”

보모가 나를 달래는 동안 다른 어른 세 명은 내가 뭔가에 찔렸다고 말한 가슴 부위를 살폈다. 그리고는 찔린 상처 같은 건 없다고, 나한테 아무 일도 아니라고 말했다.

그날 밤, 가정부와 아이 방을 담당하는 하인 두 명이 밤새도록 방을 지켰다. 그리고 그때부터 내가 열네 살이 될 때까지 한 사람씩 번갈아가며 매일 밤 불침번을 섰다.

그날 밤 이후 나는 오랫동안 불안 증세가 심했다. 의사를 불렀는데 안색이 창백한 남자였다. 천연두 흉터가 남아 있는 길고 음침한 얼굴과 밤색 가발이 아주 생생하게 기억난다. 한동안 의사는 이틀에 한 번씩 와서 약을 지어줬다. 당연히 그 약은 끔찍했다.

유령을 본 다음 날 아침까지도 나는 잔뜩 겁에 질려 대낮에도, 잠시도 혼자 있지를 못했다. 아버지가 내 방으로 올라와 침대 옆에 서서 보모에게 이것저것 묻고 어떤 대답을 들으면 크게 웃으시던 모습이 기억난다. 그리고 내 어깨를 토닥이다가 뽀뽀를 하며 무서워할 필요 없다고, 단지 꿈이니까 아무 일도 없을 거라고 하셨다. 하지만 나는 마음이 놓이지 않았다. 나를 찾아왔던 그 낯선 소녀는 꿈이 아니었다. 나는 극도로 겁에 질려 있었다.

나를 봐주던 가정부가 그날 밤 침대에서 내 옆에 누웠던 사람이 사실 자기였다고 했다. 잠깐 나를 보러 왔었다고 했다. 그리고 내가 잠에 취해 자기를 못 알아본 거라고 했다. 유모까지 그 얘기에 동조하고 나서서 조금 진정이 되긴 했지만 여전히 불안함은 가시지 않았다.

그러던 어느 날, 검은 성직자 복장의 한 노신부가 유모, 가정부와 함께 내 방에 들어왔다. 그는 두 사람과 잠시 얘기를 나누더니 나에게 다정하게 말을 걸었다. 아주 온화하고 친절한 표정으로 지금부터 기도를 하겠다고 했다. 그리고 내 손을 잡고 이렇게 말하라고 했다.

“주께 청하오니 저희의 선한 기도를 들어주소서.”

자주 혼자 이 말을 되뇌기도 했고 내가 기도할 때마다 유모가 그 문장을 넣으라고 했기 때문에 정확하게 기억하고 있다.

투박하고 천장이 높은 어두운 방, 삼백 년 된 소박한 가구들과 검은 사제복을 입은 백발 노신부의 사려 깊고 따듯한 눈빛, 작은 격자창에서 어두운 방에 스며들던 희미한 빛이 아직도 생생하게 기억이 난다. 신부가 무릎을 꿇자 세 명의 여자들도 같이 무릎을 꿇었다. 내가 느끼기에 그는 아주 한참을 진지하고 떨리는 목소리로 소리 내어 기도를 드렸던 것 같다.

나는 그 이전의 기억은 없고 그 이후에도 부분 부분 기억이 흐릿한데 지금 묘사한 장면만큼은 어렴풋한 기억 속에서 따로 떨어져 나온 그림처럼 선명하게 남아 있다.

낯선 손님

지금부터 하려는 이야기는 믿기 힘들지도 모르겠다. 이 이야기를 받아들이려면 내가 하는 이야기가 진짜 사실이라는 걸 믿어야 한다. 단지 사실일 뿐 아니라 내가 직접 경험한 일이다.

날씨가 아주 좋은 어느 여름날 저녁, 아버지가 성 앞 오솔길을 따라 숲으로 산책을 가자고 했다.

“슈필스도르프 장군께서 예정보다 늦으실 것 같구나.” 아버지가 걸으며 말했다.

몇 주 전부터 정해졌던 일이라 우리는 당연히 내일 온다고 생각하고 있었다. 장군은 데리고 있는 라인펠트라는 조카딸을 데려오겠다고 했는데, 만나본 적은 없지만 아주 매력적이라는 말을 들었다. 그래서 잔뜩 기대하고 있던 터였다. 도시에서 쉽게 친구들을 만날 수 있는 사람들은 내가 얼마나 실망했는지 모를 것이다. 이번 방문과 그리고 이어진 다음 만남을 상상하며 몇 주간 공상에 빠져 있었다.

“그럼 장군님은 언제 오신대요?” 내가 물었다.

“가을이 지나야 할 것 같다. 두 달은 더 걸릴 거야. 네가 라인펠트를 몰랐던 게 정말 다행이다.” 아버지가 대답했다.

“왜요?” 내 마음을 들키는 것 같아 창피했지만 너무 궁금해서 아버지한테 캐물었다.

“그 불쌍한 소녀가 죽었다는구나. 네게 말해준다는 걸 깜빡 잊었다. 장군의 편지를 받고 네 방에 갔더니 네가 없더구나.”

충격적이었다. 슈필스도르프 장군이 두 달 전쯤 보낸 편지에서 건강이 아주 좋은 편은 아니라고 했지만 위독하다는 건 전혀 몰랐다.

"여기, 장군의 편지다." 아버지가 내게 편지를 건넸다.

"얼마나 상심하고 있을지 걱정이다. 편지도 거의 제정신이 아닌 상태로 쓴 것 같더구나."

우리는 커다란 라임나무 아래에 있는 엉성한 벤치에 앉았다. 해가 숲의 지평선 너머로 온통 세상을 쓸쓸하게 물들이며 지고 있었다. 저택 옆으로 흐르는 개울이 가파르고 낡은 다리를 지나 웅장한 나무들 사이를 굽이치며 우리 발 아래까지 빛바랜 진홍빛 노을을 드리웠다. 슈필스도르프 장군의 편지는 정말 이상하게 격하고 때때로 말이 되지 않았다. 나는 두 번을 읽었다. 두 번째는 아버지에게 큰 소리로 읽어드렸지만, 장군이 커다란 슬픔으로 혼란스러워한다는 것 말고는 여전히 내용을 이해할 수 없었다. 편지에는 이렇게 쓰여 있었다.

> 제가 너무도 사랑하던 조카딸을 잃었습니다. 얼마 전부터 아이의 병세가 위독해 편지를 쓸 수가 없었습니다. 죽기 며칠 전까지도 아이가 그렇게 위독한지 저는 몰랐

습니다. 아이를 잃고야 비로소 깨달았습니다. 너무 늦은 거죠. 아이는 영광스러운 은총이 가득한 세계에 대한 믿음 속에서 평화롭고 천진하게 잠들었습니다.

우리의 온갖 환대를 배신하고 그 악마가 저지른 짓입니다. 저는 아이에게 순수하고 쾌활하며 매력적인 친구를 얻어줬다고 생각했습니다. 세상에! 제가 얼마나 멍청했는지! 아이가 자신의 병에 대해 전혀 의심도 못 하고 떠난 걸 신께 감사할 뿐입니다. 이 모든 비극의 원흉인 그 괴물의 저주받은 욕망을 알지 못한 채, 자기 병의 진짜 원인을 모르고 떠났습니다. 저는 그 괴물을 찾아 없애는 데 제 남은 삶을 바칠 것입니다. 그 정당하고 당연한 일을 해낼 수 있기를 바랄 뿐입니다.

지금은 거의 실마리가 눈에 보이지 않습니다. 그동안 오만하게 믿지 않고 저속하게 잘난 척하며 눈이 멀어 독선적이었던 저 자신을 저주합니다. 모두 너무 늦었죠. 지금은 제대로 얘기를 하거나 편지를 쓰기가 힘드네요. 정신이 없습니다. 조금 나아지는 대로 조사를 시작하려고 합니다. 어쩌면 빈까지 가야 할지도 모르겠습니다. 지금은 차분히 글을 쓸 수가 없지만, 상태가 나아지는 대로 탐문을 시작하려고 합니다. 가을 즈음에, 두 달 후가 되겠네요. 어쨌든 제가 살아 있다면 되도록 빨리 찾아뵙도록 하겠습니다. 선생께서 허락해주신다면 말입니다. 그때 편지로 감히 다 전하지 못한 끔찍한 이야기까지 모두 말씀드리겠습니다. 안녕히 계십시오. 그리고 저를 위해 기도해주십시오.

이 이상한 편지는 그렇게 끝났다. 나는 베르타 라인펠트를 본 적은 없지만 갑작스러운 비보에 눈물이 났다. 놀라기도 했고 너무 마음이 아팠다.

편지를 다시 아버지에게 돌려주고 나니 해는 이미 지고 땅거미가 내리고 있었다. 맑고 부드러운 저녁이었다. 우리는 편지에서 본 거칠고 두서없는 문장의 의미를 추측하면서 천천히 걸었다. 1킬로미터를 조금 넘게 걸었을까? 성으로 이어지는 도로가 나오기 전에 이미 달이 환하게 빛나고 있었다. 너무 밝은 달빛을 구경하러 모자도 쓰지 않고 도개교까지 나와 있는 페로돈 부인과 라퐁텐 양이 보였다. 가까이 가자 수다를 떨고 있는 그녀들의 목소리가 들렸다. 우리도 그녀들과 같이 도개교에서 아름다운 풍경을 감상하기로 했다.

우리가 방금 지나온 오솔길이 다시 나왔다. 오솔길 왼쪽은 커다란 나무 밑으로 울창한 숲까지 이어졌고 오른쪽은 가파르고 그림처럼 아름다운 다리를 지나 한때 그 길을 지키던 폐허가 된 탑으로 연결된다. 다리 너머 나무가 우거진 언덕이 불쑥 솟아 있었다. 언덕에는 담쟁이덩굴로 덮인 회색 바위가 그림자를 드리우고 있었다. 풀밭과 낮은 구릉 너머로 옅은 안개가 연기처럼 조용히 다가왔다. 투명한 베일로 감싸고 있는 것 같았다. 그리고 사방에서 달빛에 희미하게 빛나는 강물이 보였다.

세상에서 가장 부드럽고 달콤한 풍경이었다. 방금 들은 비보 때문에 조금 쓸쓸해 보이긴 했지만 그 풍경의 깊은 고요와 황홀한 아름다움과 신비한 분위기는 더할 나위 없었다.

아버지가 감상에 젖어 있는 동안 나는 우리 아래 펼쳐진 풍경을 바라보며 말없이 서 있었다. 우리 뒤에 조금 떨어져 있던 두 훌륭한 가정교사들은 경치와 달빛을 묘사하며 정신없이 떠들고 있었다.

뚱뚱한 중년 여성인 페로돈 부인은 낭만적인 성격이라

시적으로 말하며 한숨을 내쉬었다. 반면 라퐁텐 양은 아버지가 독일인인데 영적이고 형이상학적으로 추론하는 경향이 있었다. 다소 미신적이라고 할까. 달빛이 지금처럼 밝으면 어떤 초자연적인 일들이 일어난다고 굳게 믿었다. 저렇게 빛나는 보름달은 그 힘이 몇 배로 강해서 꿈이나 광기, 예민한 사람들에게 영향을 미친다고 했다. 또 일상생활과 관련해 놀라운 신체 변화가 일어나기도 한다며 선박에서 일하던 자신의 사촌 얘기를 해줬다. 그녀의 사촌은 오늘처럼 달이 밝은 밤에 갑판에서 달빛을 받으며 깜박 잠이 들었다고 했다. 그런데 꿈에서 어떤 나이 든 여인이 그의 뺨을 할퀴는 바람에 깼는데 얼굴 한쪽이 푹 들어가 있고 다시 평평하게 돌아오지 않았다는 것이다.

그리고 속삭였다. "오늘 밤, 저 달은…신비한 힘과 사람을 빨아들이는 기운이 가득해요. 뒤돌아서 저택을 한번 보세요. 창문 하나하나가 은빛 광채로 반짝반짝하네요. 마치 보이지 않는 손이 미지의 손님을 맞이하기 위해 방마다 불을 켜놓은 것 같아요."

아무 말도 하고 싶지 않을 만큼 나른했지만 다른 사람의 목소리가 멀리서 귀를 간질이는 것 같아 기분이 좋았다.

가정교사들의 재잘대는 수다를 아늑하게 즐기며 나는 말없이 풍경을 바라보고 있었다.

"오늘 밤은 좀 울적하구나."

잠시 말이 없던 아버지가 입을 열었다. 그리고 셰익스피어의 한 구절을 인용했다. 아버지는 우리의 영어 어휘력을 유지하기 위해 가끔 큰 소리로 셰익스피어를 낭독하곤 했는데 오늘도 그랬다.

진짜 내가 왜 슬픈지 모르오.
난 슬픔으로 지쳐버렸고
당신도 지쳤다고 하는군요.
왜 이렇게 됐는지, 어쩌다 이렇게

"다음은 기억이 안 나는구나. 뭔가 우리한테 큰일이 닥칠 것 같은 불길한 느낌이 든다. 아마 장군의 비통한 편지 때문이겠지."

바로 그때 도로를 울리는 이상한 마차 바퀴와 말발굽 소리가 우리의 주목을 끌었다. 그 소리는 다리 너머 언덕에서부터 가까워지더니 바로 마차가 보였다. 말을 탄 남자

두 명이 먼저, 그리고 바로 말 네 마리가 끄는 마차가 이어서 다리를 건너왔다. 그 뒤로 말을 탄 다른 두 명이 마차를 뒤따랐다.

지위가 높은 사람을 태우고 여행 중인 마차로 보였다. 우리는 그 진기한 광경을 넋 놓고 보았다. 그런데 잠시 후에 더 이상한 장면이 벌어졌다. 마차가 가파른 다리의 맨 위를 통과하는 순간 앞서 달리던 기수 중 한 명이 뭔가에 놀라 뒤쪽에 신호를 보냈다. 그러자 뒤쪽의 행렬이 한두 번 덜커덕하더니 서로 엉켜 곤두박질치기 시작했다. 마차는 선두 기수들 사이를 지나 천둥 같은 소리를 내며 도로를 따라 우리 쪽으로 폭풍처럼 질주하기 시작했다. 그때 마차 안에서 들려오는 한 여자의 끔찍한 비명에 그 상황이 더 무서웠다. 두렵지만 궁금한 마음에 우리 모두 그쪽으로 다가갔다. 아버지를 제외하고 우리 셋은 겁에 질려 각자 소리를 질러댔다.

위급한 상황은 금세 끝이 났다. 성의 도개교 바로 앞쪽 길가에 거대한 라임나무가 있었고 그 건너편에 오래된 돌 십자가가 있었다. 겁에 질려 무서운 속도로 달리던 말들이 바로 그 지점에서 방향을 바꾸는 바람에 마차 바퀴가 나무에 걸렸다. 그 다음은 안 봐도 뻔했다. 나는 더 이상 볼 수가 없어 눈을 감고 고개를 돌렸다. 바로 내 앞에 있던 가정교사들이 비명을 질렀다.

궁금해서 눈을 떠보니 이미 아수라장이었다. 말 두 마리가 바닥에 뒹굴고 있었고 마차는 옆으로 처박혀 두 개의 바퀴가 하늘로 향하고 있었다. 남자들이 사고 수습을 하는 동안 도도한 분위기의 한 귀부인이 마차에서 나왔다. 그녀는 두 손을 모아 쥐고 연신 손수건으로 눈가를 훔쳤다. 마차문으로 한 젊은 여자를 끌어내리는데 죽은 듯이 보였다.

나의 친절한 아버지는 벌써 모자를 벗어들고 마차 앞에서 있는 귀부인 옆에 가 있었다. 필요하면 우리 집에서 좀 안정을 취하는 게 어떠냐고 하시는 것 같았다. 하지만 부인은 아버지한테는 관심도 없어 보였다. 그리고 길 한쪽 비탈에 눕혀 놓은 가냘픈 소녀만 보고 있었다.

가까이 가보니 소녀는 정신을 잃었을 뿐 죽은 것 같지는 않았다. 항상 자신이 거의 의사라고 자신하던 아버지는 이미 소녀의 맥박을 재고 있었다. 그리고 소녀의 엄마라고 소개한 귀부인에게 약하고 불규칙적이긴 하지만 분명히 맥이 뛰고 있다고 안심시켰다. 부인은 두 손을 모아 잡고 감사라도 하듯 아버지를 보았다. 하지만 바로 연극이라도 하는 것 같은 가식적인 태도로 돌변했다. 보통의 사람들 같은 행동은 아니었다.

노부인은 젊었을 때 미인, 인물 좋다는 소리를 많이 들었을 것 같았다. 키가 크고 마르지 않은 체형에 검정 벨벳 드레스를 입은 부인은 조금 창백하긴 하지만 도도하고 권위적으로 보였다. 하지만 지금은 이상한 조바심이 언뜻언뜻 드러났다.

“저는 저주받은 운명이라도 타고 태어난 걸까요?”

내가 다가갔을 때 부인이 아버지한테 하는 말이 들렸다.

“생사를 다투는 일에 여기서 이러고 있다니. 한 시간만 늦어도 모든 걸 잃게 될 텐데. 앞으로 얼마나 더 가야 할지도 모르는데 제 아이가 바로 출발할 만큼 회복되지도 못할 것 같고…아이를 두고 가야겠어요. 정말 더는 지체할 수가 없어요. 죄송하지만 선생님, 여기서 가장 가까운 마을을 알려주시겠어요? 거기 아이를 맡기고 가야겠습니다. 제가 돌아오려면 앞으로 세 달, 사랑하는 아이를 보지도 못하고 소식도 전할 수 없지만 어쩔 수가 없네요.”

나는 아버지의 코트자락을 움켜쥐고 간절히 부탁했다.

"아빠! 저 아이를 우리가 맡겠다고 해주세요. 그럼 정말 기쁠 거예요, 제발 아빠!"

"여사님께서 아이를 제 딸과 제 딸의 훌륭한 가정교사인 페로돈 부인에게 맡겨주시면 여사님이 돌아오실 때까지 제가 책임지고 저희 손님으로 보살피겠습니다. 그렇게 해주시면 저희에겐 더 없는 영광이겠습니다. 저희가 마땅히 해야 할 책임이기도 하고요. 신의를 저버리지 않도록 성심성의껏 따님을 돌보겠습니다."

"그럴 수는 없습니다, 선생님. 이미 너무 많은 친절과 기사도 정신을 베풀어주셨는데 너무 폐를 끼치게 됩니다."

여자가 당황하며 말했다.

"아니, 오히려 그렇게 해주시는 것이 저희가 바라는 것이고 저희에게 큰 친절을 베푸시는 겁니다. 마침 제 딸이 손꼽아 기다리던 손님이 오시지 못하게 되어 너무 속상해하고 있던 터입니다. 여사님이 따님을 저희에게 맡겨주시면 제 딸에게는 최고의 위로가 될 겁니다. 가장 가까운 마을이라고 해도 여기서 한참 먼 데다, 따님을 맡기실 숙박 시설도 없습니다. 게다가 지금 따님이 바로 이동하기도 힘든 상태입니다. 말씀대로 더 지체하실 수가 없어 오늘 밤

맡기셔야 한다면 저희 저택보다 따님을 더 잘 보살필 수 있는 곳은 없을 겁니다."

그러자 위엄 있는 수행원을 데리고 있지는 않았지만, 높은 신분의 사람처럼 보이는 부인의 권위적 태도와 언행이 좀 달라졌다.

그때쯤 다시 마차가 바로 세워졌고 안정을 찾은 말들도 자리를 잡았다. 부인이 자기 딸을 한 번 힐끗 보았는데 처음에 생각했던 것처럼 애정 어린 시선이 아닌 것 같이 느껴졌다. 곧이어 부인은 살짝 아버지한테 손짓을 하더니 다른 사람들이 들을 수 없게 두세 발자국 떨어졌다. 그리고 지금까지와 다른 딱딱하고 완고한 표정으로 얘기하기 시작했다.

아버지가 달라진 여인의 태도를 눈치 채지 못한다는 게 정말 이상했다. 그리고 무슨 얘기를 저렇게 거의 아버지 귀에 대고 급하고 절박하게 하는지 정말 궁금했다.

그렇게 얘기를 나눈 지 이삼 분쯤 지났을까. 돌아선 여자는 페로돈 부인의 부축을 받으며 누워 있는 딸을 보러 몇 걸음 옮겼다. 그녀가 딸 옆에 잠시 무릎을 꿇고 앉아 속삭이는 동안 페로돈 여사는 그녀의 말을 조금 주워들을 수 있었다. 나중에 페로돈 여사에게 들으니 여자가 딸 아이의 귀에 대고 몇 마디 기도를 속삭였다고 한다.

부인은 급히 딸에게 입을 맞추고는 마차에 올랐다. 마차 문이 닫히고 우아한 제복을 입은 마부들이 올라탔다. 앞에 선 말들이 땅을 박차고 기수의 채찍질에 맹렬한 기세로 뛰어나가 속도를 높여 질주하기 시작했다. 그리고 마차는 그대로 멀어져 갔다.

같은 꿈

마차 행렬이 안개가 짙은 숲으로 완전히 사라질 때까지 우리는 지켜보고 있었다. 말발굽 소리와 마차 바퀴 소리도 조용한 밤공기 속으로 사라졌다.

눈앞에 갑자기 눈을 뜬 소녀가 없었다면 이 놀라운 일이 정말 있었던 건지 믿기지 않았을 것이다. 뒤돌아 있어서 얼굴이 보이진 않았지만 고개를 들고 주위를 두리번거리는 것 같았다. 그리고 달콤한 목소리로 투정부리듯 묻는 소리가 들렸다.

페로돈 여사가 상냥하게 대답하며 아이를 안심시키려

다독였다.

그러자 소녀가 다시 물었다. "내가 어디 있는 거죠? 여기 어디예요? 마차는 어디 갔죠? 마츠카는요?" 페로돈 부인은 그녀의 질문에 자신이 아는 것은 모두 답해주었다. 그녀는 조금씩 사고가 일어난 것을 기억해냈다. 마차가 전복됐을 때 수행원들은 물론 아무도 다치지 않았다는 얘기를 듣고 기뻐했지만 어머니가 자신을 여기 맡기고 삼 개월은 있어야 돌아온다는 사실을 알고는 울기 시작했다.

나도 페로돈 부인처럼 그녀를 위로하고 싶어 다가가려는데 라퐁텐 양이 내 팔을 붙잡고 말했다.

"가지 마. 한번에 너무 많은 얘기를 하면 안 좋아. 조금만 흥분해도 다시 쓰러질 수 있어."

나는 그녀가 침대에 편히 누우면 바로 달려가 얘기를 나눠야겠다고 생각했다. 그 사이 아버지는 10킬로미터쯤 떨어진 곳에 있는 의사를 부르러 하인을 보냈고 소녀를 머물게 할 침실을 준비했다.

자리에서 일어난 이 낯선 손님은 페로돈 부인의 팔에 기대어 천천히 저택으로 걸어 들어갔다. 하인들이 현관에서 그녀를 맞이해 준비된 방으로 안내했다.

우리는 평상시에 응접실로 쓰던 방에 모여 앉았다. 방에는 창문 네 개가 줄지어 있어 해자와 도개교 너머로 숲까지 내려다 보였다. 응접실의 오래된 가구들은 모두 오크나무를 깎아 만든 것이다. 그리고 커다란 진열장과 위트레흐트 벨벳(거죽에 모헤어가 촘촘한 천-역주) 쿠션들이 놓인 의자들이 있었다. 벽은 사면이 태피스트리로 장식되어 있고 굵은 금색 테두리가 둘러져 있다. 태피스트리에는 고대의 아주 독특한 복장을 한 사람들이 수렵과 사냥을 하거나 축제를 즐기는 모습이 거의 실물 크기로 수놓아져 있었다. 불편할 정도로 고급스러운 방은 아니었다. 이 방에서 우리는 차를 마셨는데 영국 스타일을 고집하던 아버지 때문에 커피나 초콜릿을 마실 때도 차는 있어야 했다.

그날 밤 우리는 응접실에서 촛불을 켜고 저녁에 있었던 사건에 대해 이야기를 나눴다.

페로돈 부인과 라퐁텐 양도 같이 있었다. 낯선 소녀가 한참을 잠들지 못해, 깊게 잠든 걸 보고서야 하인에게 그녀를 맡기고 내려올 수 있었다고 했다.

“저 아이 몇 살이에요?” 부인이 들어오자마자 내가 물었다. “아시는 거 전부 다 말해주세요.”

“나는 정말 저 아이가 마음에 들어.” 부인이 대답했다. “저 소녀는 내가 본 사람들 중에 제일 예쁜 것 같아. 나이는 아마 너랑 비슷할 것 같은데 정말 얌전하고 착하더구나.”

“진짜 예쁘게 생겼어.” 손님방을 살짝 보고 온 라퐁텐 양이 맞장구를 쳤다.

“목소리는 또 얼마나 달콤한지!” 부인이 덧붙였다.

“마차에 있던 다른 여자 봤어요? 마차를 다시 세울 때까지 전혀 안 나오던데요. 마차 창문으로 내다보고 있었잖아요?” 라퐁텐이 물었다.

우리가 못 봤다고 하자 라퐁텐 양이 머리에 짙은 터번을 쓴, 인상이 고약한 흑인 여자에 대해 설명했다. 그 여자는 마차 창문으로 노부인과 소녀를 내내 노려보며 고개를 흔들거나 비웃듯 소리 없이 웃곤 했는데, 하얗고 큰 눈동자를 번뜩이며 격분한 듯 입을 꽉 다물고 있었다고 했다.

“수행원들도 인상이 험악한 거 봤어요?” 부인이 물었다.

“그렇더군.” 마침 방에 들어온 아버지가 말했다.

“내 평생 그렇게 역겹고 추한 사람들은 처음 봤네. 그 자들이 숲에서 그 불쌍한 부인을 무슨 해코지라도 하지 않을지 걱정이군. 하지만 순식간에 사고를 수습하는 걸 보니 영리한 작자들이긴 하더군."

"장기간의 여행에 지쳐서 그런지도 몰라요. 여정이 너무 길어져서 녹초가 된 걸 거예요." 여사가 말했다.

"비열해 보이는 건 둘째 치고, 얼굴이 이상하게 핼쑥하고 까맣고 음침해 보였어요. 궁금해 죽겠어요. 저 아이가 내일 어느 정도 회복되면 우리한테 모두 말해주겠죠."

"그럴 것 같지는 않군."

아버지는 우리가 모르는 뭔가를 더 알고 있는 것처럼 알 수 없는 미소를 지으며 고개를 살짝 저었다.

그러자 검은 벨벳 드레스를 입은 귀부인이 출발 전에 아버지와 무슨 이야기를 그렇게 심각하고 급히 했는지 더 궁금해졌다.

우리가 전부 말해달라고 떼를 쓰자 아버지는 별로 뜸들이지 않고 입을 열었다.

"딱히 말 못 할 이유도 없지. 자기 딸을 우리한테 맡겨서 피해가 될까봐 걱정이 된다고 했어. 딸이 몸도 약하고 예민하다고 말이야. 하지만 발작을 한다거나 환각을 보는 건 아니라고. 내가 물어보지도 않았는데 완전히 정상이라고 하더구나."

"그게 전부라니 이상해요" 내가 끼어들었다.

"전혀 할 필요 없는 얘기잖아요."

"그게 진짜 다였다." 아버지가 웃으며 말했다.

"사실 더 할 얘기도 없지만 네가 자세히 알고 싶어 하니 말해주마. 그 여자는 이렇게 말하더구나. '저는 지금 생사가 걸린 긴 여행을 하고 있는 중입니다.' 그리고 '위급하고 비밀스러운'을 계속 강조하더구나. '삼 개월 안에 딸을 데리러 오겠다. 그동안 아이는 자기가 누군지, 자기네가 어디서 왔고, 어디로 가는지 절대 말하지 않을 거다.' 이게 부인이 한 얘기의 전부다. 완벽한 불어를 하더구나. 그리고 '비밀'이라고 말할 때는 잠시 말을 멈추고 심각한 표정으로 나를 뚫어지게 보더군. 그게 대단히 중요한 것처럼 보였다. 얼마나 급히 부인이 떠났는지 너도 봤겠지? 아이를 맡고 있는 동안 별일 없었으면 좋겠구나."

아버지는 조금 걱정스러워 보였지만 내 입장에서는 기뻤다. 빨리 그녀를 만나 이야기를 하고 싶어서 안달이 났다. 나는 의사의 진찰이 끝나고 괜찮다는 허락이 떨어지기만을 기다렸다. 도시에 사는 사람들은 이런 적막한 곳에서 새로운 친구를 사귄다는 것이 얼마나 대단한 일인지 전혀 모를 것이다.

의사는 거의 한 시가 될 때까지도 내려오지 않았다. 하지만 먼저 잠자리에 들 수가 없었다. 차라리 검은 벨벳 귀부인이 타고 간 마차를 따라잡는 편이 나을 것 같았다.

마침내 진료를 마친 의사가 응접실로 들어왔다. 환자가 많이 좋아졌다고 했다. 지금 깨어 있고 맥박도 정상이고 다 좋아 보인다고 했다. 다친 곳도 없고 정신적으로 쇼크를 받긴 했지만 지금은 아주 괜찮아졌다고 덧붙였다. 이제 그녀가 원하면 만나도 괜찮다고 하길래 하인을 보내 방으로 찾아가도 좋은지를 물었다. 하인이 그녀도 나를 만나고 싶어 한다고 전했다. 허락이 떨어지자마자 나는 바로 달려갔다.

어린 손님의 방은 성에서 가장 멋진 방 중 하나였다. 우아하다고 할까. 침대 맞은편에는 독사를 안고 있는 클레오파트라를 수놓은 어두운 태피스트리가 있었고 다른 벽에는 약간 빛바랜 엄숙한 고전 신화 장면들이 보였다. 하지만 황금 조각상이나 화려한 색색의 다른 장식품들이 오래된 태피스트리의 무거운 분위기를 한결 덜어주었다.

침대 옆에 촛불이 켜져 있고 소녀는 침대 위에 앉아 있었다. 부드러운 실크 가운을 걸친 소녀는 날씬하고 아름다웠다. 두꺼운 퀼트를 덧대고 꽃을 수놓은 가운은 그녀가 바닥에 쓰러져 있을 때 그녀의 어머니가 덮어준 것이다.

침대 옆으로 가서 수줍게 인사를 하려다 나는 얼어붙듯 넋이 나가 그녀에게서 두세 걸음 물러났다. 왜 그랬는지 지금부터 얘기하겠다.

소녀는 어렸을 때 한밤에 나를 찾아왔던 여자였다. 오랜 시간을 아무도 모르게 두려움에 떨며 그렇게 자주 떠올리다 내 기억 속에 선명하게 새겨진 바로 그 얼굴이었다.

소녀는 예뻤다. 아니 아름다웠다. 하지만 내가 처음 그녀를 봤을 때처럼 슬픈 얼굴이었다.

그녀도 나를 알아봤는지 기묘하게 어색한 미소를 지었다. 한동안 침묵이 흐르다 마침내 그녀가 입을 열었다. 나는 아무 말도 할 수 없었다.

"깜짝 놀랐어!" 소녀가 소리쳤다.

"십이 년 전에 꿈에서 너를 봤어. 그리고 지금까지 네 얼굴이 머리에서 떠나지 않았어."

"정말 신기해!" 겁을 먹고 말문이 막혔던 나는 애써 그런 감정을 지우고 맞장구를 쳤다. "나도 십이 년 전에 꿈인지 현실인지 모르겠지만 분명히 너를 봤어. 네 얼굴을 잊을 수 없었어. 그 뒤로 계속 눈앞에 아른거렸어."

소녀의 미소가 부드러워졌다. 처음에 내가 받았던 기묘한 느낌은 사라지고 두 뺨의 보조개와 그녀의 미소는 눈이 부시게 예쁘고 영리해 보였다.

다시 안심이 된 나는 이런 예상치 못한 그녀와의 만남으로 우리가 얼마나 기쁜지, 특히 나에게는 얼마나 행복한 일인지 등 입에 발린 접대용 인사를 늘어놓았다.

인사를 하며 그녀의 손을 잡았다. 외로운 사람들이 그렇듯 나도 다소 수줍은 성격이었지만 특별한 상황이면 말도 많아지고 대담해졌다. 그녀가 내 손을 꼭 잡아 자기 몸 쪽으로 가져갔다. 그리고 눈을 반짝이며 내 눈을 똑바로 보더니 다시 미소를 짓고 얼굴을 붉혔다.

나는 약간 당황해서 그녀 옆에 앉아 있는데 그녀가 아주 상냥하게 말했다.

"내가 너에 대해 기억하고 있는 걸 말해줄게. 우리가 꿈에서 그토록 생생하게, 그리고 지금처럼 나는 너를, 너는 나를 서로 봤다는 게 정말 이상해. 물론 우리 둘 다 어렸을 때였지만, 나는 그때 여섯 살쯤 됐어. 혼란스럽고 뒤죽박

죽인 꿈을 꾸다가 깼는데, 내 방이 아닌 낯선 방에 있는 거야. 벽에는 시커먼 목재가 엉성하게 둘러져 있고, 거기 있던 벽장도 침대도 의자와 소파도 다 처음 보는 거였어. 내가 기억하기엔 침대엔 아무도 없었고 방 안에도 나밖에 없는 것 같았어. 다시 주변을 둘러보다가 금속 촛대를 보고 감탄했던 게 기억 나. 창 쪽으로 가려고 침대 아래쪽으로 기어가다가 누가 우는 소리가 들렸어. 엎드린 채로 올려다보니 너였어. 지금 너를 보는 것처럼 분명히 너를 봤어. 금발에 커다란 푸른 눈, 그리고 입술. 지금 내 앞에 있는 너처럼 아름다운 소녀였지. 네 모습에 반해서 침대로 올라가 너를 안아줬지. 그리고 아마 우리 둘 다 잠들었던 것 같아. 비명 소리에 깼는데 네가 일어나 앉아서 소리를 지르고 있는 거야. 겁이 나서 침대 밑으로 미끄러져 내려왔다가 잠깐 정신을 잃은 것 같아. 다시 정신을 차렸을 땐 내 방이었어. 그 뒤로 네 얼굴을 잊은 적이 없어. 비슷해 보이는 사람들 사이에서도 너를 바로 알아볼 수 있어. 네가 바로 그때 봤던 소녀야."

그리고 이제 내가 기억하는 것들을 얘기하자 그녀는 놀라워했다.

“누가 더 무서워했는지 모르겠네.” 그녀가 다시 웃으며 말했다.

“네가 덜 예뻤으면 정말 무서웠을지도 몰라. 하지만 너는 지금처럼 예뻤거든. 우리 둘 다 어렸고. 우리가 십이 년 전부터 알아온 사이 같은 느낌이 들어. 우리가 친한 사이 같이 느껴져. 어쨌든 우리는 어린 시절부터 친구가 될 운명이었던 것 같다고나 할까? 내가 너한테 이상하게 끌리는 것처럼 너도 그런지 궁금해. 나는 어렸을 때부터 친구가 없었어. 이제 친구가 생겼다고 생각해도 될까?”

사실 이 아름다운 낯선 손님에게 내가 느끼는 감정도 다르지 않았다. 그녀가 말한 대로 이상한 끌림을 느꼈다. 하지만 또한 이상한 거부감도 있었다. 이런 복잡한 감정들 속에서 끌리는 감정이 더 컸다. 이렇게 아름답고 매혹적인 소녀가 나에게 관심을 보이고 가까워지기를 원했다.

그때 그녀가 너무 지치고 피로해 보여서 나는 서둘러 잘 자라는 인사를 했다.

“의사 선생님이 오늘은 밤에 너를 보살펴줄 사람이 있어야 된다고 해서 한 명이 올 거야. 아주 조용하고 믿을 만한 사람이야.”

"고마워. 근데 그러면 잠을 못 자. 나는 방에 누가 있으면 못 자. 시중 들어줄 사람은 없어도 돼. 사실 고백하자면 나는 강도에 공포증이 있어. 어렸을 때 강도가 든 적이 있는데 하인 두 명이 살해당했어. 그 뒤로 항상 방문을 잠그고 자는 게 습관이 됐어. 네 마음은 정말 고맙지만 이해해 줄 수 있지? 잠그는 열쇠가 저기 있는 거 봤는데."

그리고 그녀는 아름다운 두 팔로 나를 끌어당겨 안더니 귀에 대고 속삭였다.

"잘 자, 내 사랑. 너랑 떨어지기 정말 싫지만 오늘은 이만 안녕. 내일, 일찍은 힘들겠지만 내일 다시 보자."

소녀는 작게 한숨을 쉬고는 베개에 몸을 기댔다. 그녀의 예쁜 두 눈이 다정하지만 우울한 빛으로 나를 보았다. 그리고 작게 중얼거렸다. "잘 자, 내 친구."

젊은 사람들은 쉽게 끌리거나 사랑에 빠진다. 내가 그럴 자격이 있는지 모르겠지만 그녀가 내게 보여주는 애정에 사실 기뻤다. 나에 대한 그 분명한 확신이 좋았다. 우리는 제일 소중한 친구가 될 운명이라고 그녀는 확신하고 있었다.

다음 날 우리는 다시 만났다. 나는 모든 면에서 친구가 있어서 즐거웠다.

소녀는 한낮에도 내가 아는 누구보다도 아름다웠다. 처음 봤을 때 느낀, 어린 시절 꿈에서 봤던 사람이란 것 때문에 생긴 불편한 감정은 사라지고 없었다.

그녀도 나를 처음 봤을 때 놀랐고 호감도 있었지만 비슷한 반감도 있었다고 털어놓았다. 우리는 잠시나마 서로 두려워했다는 얘기를 하며 같이 웃었다.

산책

나는 소녀의 모든 면에 매료되었다. 별로 마음에 들지 않는 부분이 조금 있긴 하다. 그녀는 평균적인 여자들보다 키가 컸다. 그녀를 묘사해보겠다. 날씬하고 정말 우아했다. 나른하게 움직인다는 것을 빼면, 진짜 나른해 보이긴 했다, 외모에서 환자같이 보이는 구석은 없었다. 피부색도 좋고 빛이 났다. 얼굴은 작고 조화롭게 아름다웠다. 검고 커다란 눈은 반짝반짝 빛이 났고 머리카락을 풀어 어깨 위에 늘어뜨리면 너무 예뻤는데, 나는 이제까지 그렇게 길고 풍성한 머리칼을 본 적이 없었다. 나는 종종 그녀의 머리

칼을 만지며 무게를 느껴보고 놀라서 웃고 했다. 결이 너무 부드럽고 약간 금빛이 섞인 짙은 갈색이었다. 나는 그녀의 머리가 자연스럽게 흘러내려 찰랑거리는 게 좋았다. 방에서 그녀가 의자에 기대어 달콤하고 낮은 목소리로 얘기를 하는 동안 나는 종종 머리카락을 잡아서 꼬았다가 풀고 하는 장난을 쳤다. 세상에 그때 내가 모든 걸 알았다면!

하지만 앞서 말한 대로 마음이 불편한 부분이 있었다. 그녀를 처음 봤을 때, 우리의 우정에 대한 그녀의 강한 확신이 나를 매혹시켰다. 하지만 그녀는 자신에 대해, 자신의 어머니나 이전의 생활에 대해 전혀 얘기하지 않았다. 자신의 생활이나 앞으로의 일이나 지인들 등 자신과 관련된 모든 것에 대해 조심하며 비밀로 했다. 내가 어리석었는지 모르겠다. 내가 잘못했던 것 같다. 검은 벨벳 드레스를 입은 여자가 아버지에게 했던 엄격한 경고를 따랐어야 했는지 모른다. 하지만 호기심은 참을 수 없는, 무모한 열정이다. 어떤 어린 소녀가 남이 시키는 대로, 그런 궁금증을 참고만 있단 말인가. 내가 그토록 알고 싶어 하는 걸 말해준다고 누군가에게 해가 될 것도 없지 않은가. 내 진심이나 약속을 믿지 못했을까? 그녀가 말한 것을 모든 살아 있는 것에 입도 뻥긋하지 않겠다고 엄격하게 맹세했는데 그녀는 나를 못 믿은 걸까?

내가 보기에 그녀는 나이에 맞지 않는 냉정한 면이 있었다. 웃고 있어도 내가 일말의 기대도 갖지 못하게 단호하고 지속적으로 거부하고 있었다.

하지만 이 문제로 우리가 다투었던 건 아니다. 그녀는 화내는 법이 없었다. 물론 그녀를 자꾸 다그치는 게 무례하고 별로 정당하지는 않았지만 다른 방법이 없었다. 그냥 내버려두는 게 좋았을지도 모르겠다.

냉정하게 보면 그녀가 말해준 것 모두를 합쳐봐야 내가 아는 건 거의 아무것도 없었다. 내가 간신히 알아낸 건 별 의미도 없는 이 세 가지 사실이었다.

하나, 그녀의 이름은 카르밀라이다.

둘, 아주 유서 깊은 귀족 집안 출신이다.

셋, 그녀의 집은 서쪽에 있다.

하지만 그녀는 가문의 이름도, 문장紋章도, 영지도, 심지어 가족이 있는 지역까지도 말해주지 않았다.

사실 이 문제로 계속 그녀를 괴롭혔던 건 아니다. 다그쳐 묻기보다 넌지시 물어볼 기회를 보고 있었다. 사실 한

두 번쯤 직접적으로 그녀에게 묻기는 했다. 그러나 내가 무슨 방법을 쓰건 결과는 매한가지였다. 투덜대기도 하고 구슬려도 봤지만 카르밀라에게는 소용없었다.

하지만 이 말은 해야겠다. 그녀는 아주 슬프고 애원하는 어조로 내 질문을 피했다. 나를 정말 좋아하고 믿는다고 간절하게 말하며 결국에 내가 모두 알게 될 거라고 수없이 약속했다. 그래서 나는 상처받지 않고 마음을 바로 접었다.

그녀는 종종 내 목을 끌어안고, 뺨을 대고, 입술을 내 귀 가까이 대고 이렇게 속삭였다. "내 사랑하는 친구, 상처받지 마. 나를 냉정하다고 생각하지 말아줘. 나는 저항할 수 없는 본성의 법칙을 따를 수밖에 없어. 너의 사랑스런 마음이 다친다면 내 황폐한 마음도 너를 따라 피를 흘릴 거야. 엄청난 상심의 황홀경으로 나는 네 따뜻한 생명 안에서 살아갈 거고 너는 죽겠지만 내 안에서 달콤하게 죽을 거야. 나도 어쩔 수가 없어. 내가 너에게 다가갈수록 너는, 너는 다른 존재가 되어가겠지. 그리고 잔인함의 황홀함을 알게 되겠지. 하지만 이게 사랑이야. 지금은 나와 내 존재에 대해 더 알려고 하지 마. 하지만 너의 사랑스런 영혼으로 나를 믿어주렴."

카르밀라는 그렇게 알 수 없는 말을 미친 것처럼 쏟아내며 떨리는 몸으로 나를 꼭 껴안고 부드럽게 내 볼에 입을 맞추었다. 나는 그녀가 왜 이렇게 흥분하는지, 무슨 말을 하는 건지 알 수 없었다.

이런 부끄러운 포옹이 자주 있었던 건 아니었지만 나는 벗어나고 싶으면서도 내버려둘 수밖에 없었다. 그럴 때면 온몸에 힘이 풀리곤 했다. 그녀는 내 귀에 자장가처럼 말들을 속삭였는데 나는 정신이 아득해져 그녀를 거부할 수가 없었다. 그녀가 팔을 풀고 나를 놓아줘야 정신이 들었다.

이런 이상한 분위기가 되면 나는 그녀가 싫어졌다. 기쁜 것 같기도 하면서 조금은 혐오스럽고 두렵기도 한 이상하고 혼란스러운 감정이었다. 그런 감정이 지속되면 그녀에 대해 제대로 생각할 수가 없었고 애정이 커져 숭배가 되고 혐오가 되는 듯한 느낌이었다. 모순이란 걸 알지만 이 감정을 설명할 수가 없다.

십 년도 더 지난 지금도 나는 떨리는 손으로 이 글을 쓰고 있다. 당시에는 전혀 모르고 있었던 비극적인 상황이나 사건들을 혼란스럽고 두려운 감정으로 다시 떠올리면서 말이다. 물론 주요한 사건들은 아직도 예리하고 생생하게 기억이 난다. 하지만 어떤 감정적인 부분이 있다. 누구나 감정이 폭발하고 격렬해지면 다른 세세한 부분은 모호하고 희미해지는 경우가 있지 않은가.

때때로 이상하고 아름다운 내 친구는 한 시간쯤 무심하게 있다가 갑자기 내 손을 힘주어 잡곤 했다. 그럴 때면 내 손을 부드럽게 어루만지며 특유의 나른하면서도 이글거리는 눈빛으로 뚫어지게 보곤 했다. 가쁜 숨을 내쉬며 몸을 떨었다. 그건 마치 열정적인 연인의 모습 같아서 당황스러웠다. 싫었지만 거부할 수 없었다. 카르밀라는 흡족한 눈빛으로 나를 끌어당기고 뜨거운 입술로 내 뺨에 키스를 퍼부었다. 그리고 이렇게 속삭였다. "너는 내 거야. 내 것이어야 해. 너와 나는 영원히 하나야." 거의 흐느낌에 가까웠다. 그리고 의자에 털썩 주저앉아 작은 손으로 두 눈을 감쌌다. 나는 떨고 있었다.

"우리가 뭔데?" 나는 그녀에게 물어보곤 했다. "그게 무슨 말이야? 그건 연인에게 하는 말 같잖아. 그러지 마. 싫어. 너를 모르겠어. 네가 그런 표정으로 그렇게 말할 때면 혼란스럽다고."

내가 격렬하게 반발하면 그녀는 한숨을 쉬며 손을 놓아

주었다. 그리고 고개를 돌렸다.

나는 이런 이상한 태도를 이해하기 위해 여러 가지로 생각해보았지만 어떤 합리적인 설명도 찾을 수 없었다. 일부러 그러는 것 같지도, 장난치는 것 같지도 않았다. 분명히 억눌렸던 본능과 감정이 순간적으로 터져 나오는 것 같았다. 혹시 그녀의 어머니는 아니라고 했지만, 간간이 광기가 튀어나오는 게 아닐까? 아니면 위장을 한 진짜 로맨스?

그런 얘기를 오래된 소설 속에서 읽은 적이 있었다. 사랑에 빠진 남자가 늙고 노련한 모험가의 도움을 받아 여장을 하고 집에 잠입하는 얘기 같은 거 말이다. 내 허황된 허영심을 채워줄 순 있지만 말도 안 되는 얘기였다. 그리고 나는 그런 남성적인 애정의 모험담에 조금도 관심이 없다고 단언할 수 있다. 하지만 이런 격정적인 순간이 지나고 나면 우리 사이는 보통은 상식적이고 유쾌한 관계였다. 때때로 우울하고 슬퍼 보이기도 했다. 가끔 그녀가 아주 어두운 눈빛으로 나를 볼 때가 있었는데 그럴 때면 나는 그녀에게 아무런 의미도 없어 보였다. 그 이상한 잠깐의 흥분 상태를 제외하면 그녀는 대체로 소녀다웠고 항상 나른한 분위기였고 힘이 넘치는 남성적인 면은 전혀 없었다.

카르밀라의 일상은 몇 가지 면에서 조금 이상했다. 도시 여자들에게는 별로 특별한 게 아닐지도 모르지만 나 같은 시골 사람에게는 이상했다. 그녀는 아주 늦게, 거의 오후 한 시가 넘어서야 거실로 내려왔다. 그리고 초콜릿 한 잔 정도 마시고 아무것도 먹지 않았다. 그리고 우리는 가볍게 산책을 갔다. 그러다 그녀는 갑자기 완전히 탈진해서 성으로 돌아오거나 벤치에서 쉬어야 했다. 그건 정신을 따라가지 못하는 육체적인 무기력이었다. 이야기를 할 때는 항상 생기가 넘치고 영민했다.

가끔 카르밀라는 자신의 집을 살짝 암시하거나 어렸을 때 일이나 기억을 언급할 때가 있는데 이야기에 나오는 사람들의 행동과 태도가 너무 낯설고 이상하게 들렸다. 나는 그래서 아마 그녀의 고향은 내가 처음에 생각했던 것보다 더 먼 곳이라고 짐작했다.

그러던 어느 날 오후, 우리가 나무 아래 앉아 있는데 장례 행렬이 지나갔다. 나도 자주 보았던 숲 관리인의 딸 장례식이었다. 그녀는 예쁘고 아직 어린 소녀였다. 불쌍한 아버지가 사랑하는 딸의 관을 뒤따르고 있었다. 외동딸이라 아이 아버지는 더 애통해했다. 소작농들이 두 줄로 줄을 맞춰 그 뒤를 따르며 장송곡을 부르고 있었다.

그들이 지나갈 때 나도 애도를 표하기 위해서 일어나 나지막이 들리는 곡을 따라 했다.

내 친구가 다소 거칠게 나를 잡아 흔들었다. 나는 깜짝 놀라 돌아봤다.

그녀가 날카롭게 말했다.

"너무 끔찍한 노래 아니니?"

"아니, 난 애처롭게 들리는데." 나는 그녀의 거친 태도에 당혹스러웠다. 그리고 소박한 장례 행렬에 참여하고 있는 사람들이 우리를 보고 화를 낼까봐 마음이 몹시 불편했다.

내가 다시 따라 부르는데 카르밀라가 다시 막았다.

"네 소리 때문에 고막이 찢어지는 것 같아."

그녀는 화를 내며 가녀린 손가락으로 자신의 귀를 틀어막았다.

"그리고 어떻게 내가 너랑 종교가 같을 거라고 생각하지? 너희 식 의식은 나한테 고문이야. 나는 장례식이 싫어. 왜 난리야, 왜? 언젠가 너도 죽고 모두 죽어. 죽으면 더 행복할 수도 있어. 집에 가자."

“아버지도 신부님과 교회 묘지에 가셨어. 너도 오늘이 아이 발인하는 날인 걸 알고 있는 줄 알았지.”

“저 아이? 나는 소작농 하나 때문에 신경 쓰고 싶지 않아. 나는 재를 모른다고.”

카르밀라의 눈빛이 날카롭게 번뜩였다.

“불쌍한 아이야. 이 주 전에 유령을 봤다고 헛소리를 하더니 시름시름 앓다가 어제 죽었대.”

“유령 얘긴 하지 마. 밤에 못 잔단 말이야.”

“전염병이나 열병이 아니었으면 좋겠어. 증상이 비슷하잖아.” 나는 계속했다. “돼지 농장 주인의 젊은 아내도 바로 일주일 전에 죽었는데, 침대에 누워 있으면 뭔가 자신의 목을 움켜잡는다고 했대. 아빠가 그런 무서운 환상이 보이면 열병 같은 증상이 나타난다고 하셨어. 그녀도 그 전까지는 아주 건강했는데 그런 말을 하더니 바로 병이 나서 지난주에 죽은 거야.”

“어쨌든, 저 아이 장례식도, 장송곡도 빨리 끝나버렸으면 좋겠어. 저런 알아들을 수도 없는 끔찍한 소리 때문에 귀가 멀 것 같아. 저 소리 때문에 진정이 안 돼. 여기 앉아봐. 내 옆에 가까이. 내 손 좀 잡아줘. 더 세게 더 세게.”

우리는 조금 더 뒤에 있는 벤치로 자리를 옮겼다.

카르밀라는 벤치에 앉았다. 그녀의 안색이 눈에 띄게 안 좋아졌다. 어둡고 무서울 정도로 시퍼레졌다. 입을 앙다물고 손을 꽉 모아 쥐고 미간을 찌푸린 채 발밑을 내려다보며 오한이 오는 것처럼 어깨를 심하게 떨고 있었다. 발작을 억누르기 위해 온 힘을 다해 참는 사람처럼 보였다. 숨도 못 쉬고 안간힘을 쓰는 것 같았다. 그리고 마침내 작고 경련하는 듯한 신음 소리가 그녀에게서 새어 나오고 나자 차차 경련 증상이 진정되는 것 같았다. "저기 봐. 저들이 장송곡을 부르며 나를 죄어와." 그녀가 입을 열었다. "나를 잡아줘. 잡고 있어줘. 이쪽으로 지나가잖아."

그녀 말처럼 장례 행렬은 천천히 우리를 지나갔다. 그러고 나서 오늘 일로 내게 어둡고 기이한 인상을 주기 싫었는지 그녀는 보통 때보다 더 쾌활해지고 수다스러워졌다. 그리고 우리는 집에 돌아왔다.

이것이 그녀의 어머니 말대로라면 건강상의 문제를 분명하게 느낀 첫 번째 사건이었다. 또 카르밀라가 뭔가에 성질을 내는 걸 본 것도 처음이었다.

장례 행렬도 그녀의 순간적인 분노도 모두 한여름의 구

름처럼 지나갔다. 그 뒤로 딱 한 번을 제외하고는 그녀가 화를 내는 모습을 본 적이 없다. 그 딱 한 번에 대해 이야기하겠다.

그날도 카르밀라와 나는 긴 거실에 있는 창문으로 밖을 내다보고 있었다. 그때 도개교 너머 안뜰에 누군가 나타났다. 내가 잘 아는 방문자였다. 그는 보통 일 년에 두 번 정도 우리 성을 방문하곤 했다.

그는 꼽추였다. 기형적인 사람들이 그렇듯 아주 마른 사람이었다. 뾰족한 검은 턱수염을 기르고 웃을 때는 입이 귀에 걸린 것처럼 찢어져 하얀 송곳니가 보였다. 그는 누렇고 까맣고 자주색이 섞인 옷을 입고, 셀 수도 없을 만큼 많은 끈과 벨트를 차고 있었다. 그리고 그 벨트에는 온갖 물건들이 달려 있었다. 등에는 환등기와 도롱뇽과 흰독말풀이 담긴 상자 두 개를 지고 있었다.

아버지는 이 괴상한 것들을 보고 웃음을 터트리곤 했다. 그중에는 원숭이와 앵무새, 다람쥐와 물고기 그리고 고슴도치의 일부를 말려 기막힌 바느질 솜씨로 꿰매 붙여놓은 것도 있었다. 사람들이 깜짝 놀라곤 했다. 그 외에 바이올린, 마술 상자, 허리띠에 매단 가면과 알루미늄 포일, 몸에

주렁주렁 달린 정체를 알 수 없는 통들도 있었다. 남자의 손에는 끝에 구리를 씌운 검은 지팡이가 들려 있었다. 사납고 비쩍 마른 개가 그의 뒤를 졸졸 따라다녔다. 개는 도개교에서 뭔가를 감지한 듯 갑자기 멈춰서 처량하게 낑낑거리기 시작했다.

그때 이 사기꾼 약장수는 안뜰 중앙에서 기괴한 모자를 벗고는 우리에게 과장되게 공손히 고개를 숙였다. 그리고 형편없는 불어와 더 나을 것도 없는 독일어로 아주 수다스럽게 아첨을 늘어놓았다. 그러더니 바이올린을 꺼내 켜기 시작했다. 그리고 경쾌하지만 엉망인 노래를 부르며 웃긴 춤을 추었다. 개가 짖든 말든 우리는 웃음을 터트렸다.

남자는 창문으로 다가와 연신 인사를 건네며 활짝 웃었다. 왼손에는 모자를 들고 팔에는 바이올린을 끼고 숨쉴 새도 없이 번드르르하게 말을 늘어놓기 시작했다. 자기가 가져온 물건들에 대해 한참 자랑을 하더니 자신이 우리에게 해줄 수 있는 각종 다양한 서비스와 자신이 갖고 있는, 가격만 맞으면 우리에게 넘길 수 있는 장난감과 진귀한 물건들에 대해 떠들었다.

"공주님들, 숲을 지나면서 들었는데 늑대처럼 돌아다니

는 흡혈귀가 있다던데 그 부적을 하나 사시겠어요?" 남자가 모자를 내려놓으며 덧붙였다.

"이 부적만 있으면 그놈들이 바로 뻗어버리죠. 절대 틀림없는 부적이죠. 베개에 붙여놓기만 하면 그놈들과 마주쳐도 아무 문제도 없다니까요."

부적은 기다란 양피지 조각에 신비한 상형 문자와 도형들이 그려져 있었다. 카르밀라가 바로 하나 사길래 나도 하나 샀다.

남자가 우리를 보고 있었고, 우리도 신이 난 남자를 보며 웃고 있었다. 적어도 나는 그랬던 것 같다. 우리 얼굴을 보고 있던 남자가 뭔가 흥미로운 걸 발견했는지 눈빛이 날카로워지더니 한곳을 빤히 보았다.

그는 바로 가죽 상자를 풀어 이상하고 작은 쇠로 된 기구를 꺼냈다.

그리고 그중 하나를 보여주며 내게 말했다. "보세요, 아가씨. 다른 쓸 데 없는 것들은 치워버리고 치과 치료에 쓰는 이 예술 작품을 소개해드리죠. 저 염병할 녀석!" 남자는 개 짖는 소리에 말이 끊겼다. "이 놈아, 조용히 해. 개가 저렇게 짖어대니 아가씨들이 제 말을 들으실 수 있을지 모르겠습니다. 아가씨, 오른쪽에 계신 고귀한 친구분께선 이가 정말 길고 가늘고 뾰족하군요. 마치 바늘이나 송곳 같습니다. 하하! 제가 멀리까지 아주 잘 보기 때문에 이렇게 올려다보니 뚜렷이 보이는군요. 잘못하면 주인 아가씨를 다치게 할 수도 있습니다. 충분히 그럴 수 있죠. 하지만 제가 있습니다. 여기 줄과 펜치, 다른 기구들이 있습지요. 숙녀님들이 허락하신다면 제가 둥글고 뭉뚝하게 해드릴 수 있습니다. 물고기 이빨이 아니라 아름다운 소녀의 이같이 만들어드리죠. 예? 숙녀님께서 불쾌하셨나요? 제가 너무 무례했나요? 기분이 상하셨습니까?"

남자가 말한 '숙녀님'은 아주 화가 나서 거실 창문에서 떨어졌다.

"꼽추 주제에 감히 우리를 조롱해? 너희 아버지 어디 계셔? 저 꼽추를 혼내주라고 해야겠어. 우리 아버지 같았으면 저 비열한 놈을 꽁꽁 묶어 말채찍으로 내리친 다음에 뼈가 드러날 때까지 인두로 지져버렸을 거야!"

카르밀라는 창문에서 한두 걸음 물러나 자리에 앉았다. 무례한 꼽추가 시야에서 사라지자 그녀의 분노는 일어날 때처럼 갑자기 사라졌다. 그리고 점차 평소의 모습으로 돌아와 작은 꼽추와 그의 경솔한 언행도 잊은 것처럼 보였다.

그날 저녁 아버지는 정신이 없어 보였다. 집에 돌아온 아버지는 최근에 일어난 끔찍한 두 건의 사건과 비슷한 일이 또 일어났다고 하셨다. 여기서 그리 멀지 않은 곳에서 우리 땅을 소작하는 젊은 농부의 여동생이 위독하다는 것이었다. 비슷한 증상을 보이며 계속 조금씩 악화되고 있다고 했다.

"이 모든 게 사실 자연적인 원인이 있을 텐데, 마음 약한 사람들이 자꾸 서로 미신적인 얘기들을 부추기고 있단다. 서로 공포스러운 환상을 주위 사람들에게 전파하는 거지." 아버지가 말했다.

"하지만 이런 상황 자체가 무서운 걸요." 카르밀라가 대답했다.

"뭐가 그렇지?" 아버지가 물었다.

"유령을 본다는 걸 상상하는 것만으로도 무서워요. 그게 실제로 보는 것만큼이나 무서운 걸요."

"우리는 신의 품 안에 있단다. 어떤 일도 그분의 허락 없이는 일어나지 않아. 그러니 그분을 믿고 따르면 모두 잘 될 거다. 자비로운 그분께서 우리의 창조주이시고 우리를 위해 모든 것을 만드셨으니 우리를 보살피실 게다."

"창조주라고요? 자연이에요." 카르밀라가 친절한 아버지한테 반발했다. "이 지역에 퍼진 질병도 다 자연이라고요. 자연. 모든 것은 자연의 법칙을 따르죠, 그렇지 않나요? 하늘에, 땅에, 땅 속에 있는 모든 것들이 자연의 섭리에 따라 살아 움직이죠. 저는 그렇게 생각해요."

잠시 침묵이 흘렀다. 아버지가 화제를 돌렸다. "오늘 의사가 온다는구나. 그의 의견도 들어보고 우리가 뭘 해야 할지 얘기를 나누자구나."

"저는 의사들과 좋았던 적이 없어요." 카르밀라가 툭 내뱉었다.

"전에 아팠던 적이 있어?" 내가 물었다.

"네가 전에 아팠던 것보다 더 심했어." 그녀가 대답했다.

"오래전에?"

"응, 오래전에. 지금 비슷한 증상을 앓았어. 근데 아프고 기운이 하나도 없었던 거 말고 기억이 잘 안 나. 다른 병들보다는 훨씬 더 나았어."

"그럼 아주 어렸을 때였겠네?"

"그랬겠지. 이 얘기는 그만 하자. 친구를 괴롭히진 않을 거지?"

카르밀라가 나른한 눈빛으로 나를 보았다. 그러더니 내 허리에 팔을 다정하게 두르고는 방 밖으로 데리고 나왔다. 아버지는 창가에서 무슨 서류 작업을 하느라 바빴다.

"왜 너희 아버지는 우리를 겁주시는 거지?" 아름다운 카르밀라가 한숨을 쉬며 작게 몸을 떨었다.

"그게 아냐, 카르밀라. 말도 안 돼."

"너는 안 무섭니?"

"그 불쌍한 사람들처럼 나한테도 그런 일이 실제로 벌어진다고 생각하면 무섭지."

"죽는 게 두려워?"

"그럼. 누구나 그렇잖아."

"하지만 연인들이 그러는 것처럼 함께 죽으면 영원히 함께 사는 거잖아. 세상에 있는 어린 소녀들은 여름이 오면 나비가 되어야 하는 애벌레들이야. 생김새도, 성질도, 원하는 것도 다 다른 유충들이지. 옆방에 있는 박물학자 뷔퐁의 두꺼운 책에서 봤어."

의사는 밤이 늦어서야 도착했다. 그리고 아버지와 한참

을 붙어서 얘기를 나누었다. 의사는 족히 육십은 넘어 보이는 노련한 사람이었다. 창백한 얼굴을 깨끗하게 면도하고 분을 발랐다. 함께 방에서 나왔을 때 아버지가 웃으며 의사와 얘기를 나누시는 모습이 보였다.

"진짜 선생처럼 현명하신 사람을 보면 저는 이런 게 궁금하더군요. 히포그리프(말의 몸에 독수리의 날개를 가진 괴물-역주)나 드래곤은 어떻게 생각하시는지요?"

의사는 웃으며 고개를 저었다. "그럼에도 삶과 죽음은 신비로운 문제입니다. 우리는 그 근원에 대해 전혀 아는 게 없죠."

그리고 아버지와 의사는 지나가 버려서 나는 더 이상 그들의 대화를 듣지 못했다. 그때는 의사가 왜 그런 말을 하는지 알지 못했지만 지금은 알 것 같다.

초상화

그날 저녁 그림 복원가의 아들이 그라츠에서 왔다. 그림을 잔뜩 실은 상자 두 개를 마차에 싣고 어둡고 심각한 얼굴로 도착했다. 그는 이 지역의 작은 중심지 그라츠에서 여기까지 50킬로미터를 달려왔다. 우리는 그가 올 때면 새로운 소식들을 들으려고 그의 주변에 몰려들곤 했다.

그의 등장으로 한적하던 우리 저택은 아주 떠들썩해졌다. 그가 가져온 상자를 현관에 두고 저녁을 먹는 동안 하인들이 그의 주변에 몰려들었다. 식사가 끝나고 그는 망치와 끌, 드라이버를 들고 하인들과 함께 현관홀로 나왔다. 우리는 상자를 푸는 걸 보기 위해 현관홀에 모였다.

오래된 그림들이 하나씩 상자에서 나왔다. 카르밀라는 내키지 않는 표정으로 보고 있었다. 복원 작업을 마친 그림들은 대부분 초상화였다. 헝가리의 유서 깊은 가문 출신인 어머니가 친정에서 가져온 것으로 다시 제자리로 돌아갈 것이다.

아버지가 손에 든 목록을 읽으면 복원업자가 그에 맞는 그림을 찾았다. 훌륭한 그림인지는 모르겠지만 오래된 그림인 것은 분명했다. 몇 개는 진짜 독특해 보였다. 오랜 시간이 흐르면서 먼지가 끼고 색이 변했던 그림들이 제 모습을 찾자 내 눈에는 지금 거의 처음 보는 그림들 같았다.

"못 보던 그림이 있군." 아버지가 말했다. "위쪽 구석에 이름에 있는데 '마르시아 카른슈타인, 1698'이라고 써 있군. 이 그림이 어디서 나왔는지 신기하군." 아버지가 말했다.

나도 그 그림을 기억하고 있었다. 가로세로가 한 45센티미터에 액자가 없었다. 오랫동안 먼지가 쌓여 시커멓던 그림이라 바로 알아보지 못했다.

그림 복원가는 자신감에 차서 그림을 집어 들었다. 그림은 아주 아름다웠다. 마치 살아 있는 것처럼 생생했다. 그건 카르밀라와 똑 닮은 초상화였다.

"카르밀라, 이건 정말 기적이야. 여기 그림에 네가 살아 있는 것 같아. 웃으며 말할 것처럼. 아름답죠, 아빠? 보세요. 목에 작은 점까지 똑같아요."

"정말 놀라울 정도로 닮았구나." 아버지는 웃으며 말했지만 뭔가 조금 걸리는 게 있는지 멀리 시선을 던지더니 그림 복원가에게 다가가 이야기를 하기 시작했다. 복원가는 예술가 같은 태도로 그림들에 대한 전문가적인 얘기를 늘어놓았다. 아버지와 복원가가 빛과 색채에 대한 작업들에 대해 얘기를 나누는 동안 나는 점점 더 그 그림의 놀라움에 빠져들었다.

"아빠, 이 그림 제 방에 걸어놔도 돼요?" 내가 물었다.

"물론이지. 그렇게 마음에 든다니 기쁘구나. 내가 생각했던 것보다 훨씬 더 아름답구나."

카르밀라는 예쁘다는 우리 대화에도 별로 관심을 두지 않았다. 아니 듣지도 않고 있는 것 같았다. 그녀는 의자에 기대앉아 긴 속눈썹이 달린 아름다운 눈으로 무슨 생각에 잠겨 나를 보고 있었다. 그리고 황홀하게 미소를 지었다.

"이제 구석에 적힌 이름이 분명히 보여. 마르시아가 아니야. 금박으로 된 것 같네. 미르칼라 카른슈타인 백작부인이야. 귀족들이 쓰는 작은 관이 있고 밑에 1698년이라고 되어 있어. 나는 사실 카른슈타인 가문의 후손이야. 엄마가 그쪽이거든."

"아! 사실 나도 그래. 그 가문의 아주 먼 후손이야. 지금도 카른슈타인 가문 사람들이 남아 있을까?" 카르밀라가 나른하게 대답했다.

"그 이름을 쓰는 사람들은 아무도 없을 걸. 내란으로 몰락했다고 들었어. 그래도 카른슈타인 가문의 폐허가 된 성이 여기서 5킬로미터쯤 가면 남아 있어."

"세상에! 달빛이 너무 아름다워!" 카르밀라가 살짝 열린 현관문을 내다보며 화제를 돌렸다. "뜰을 거닐며 숲길과 강을 바라보면 너무 좋겠는 걸"

“네가 처음 우리 집에 온 날 밤 같아.” 내가 말했다.

그녀가 작게 한숨을 쉬며 웃었다. 그녀가 일어났고 우리는 서로 허리에 팔을 두르고 밖으로 나왔다.

우리는 아름다운 풍경이 펼쳐진 도개교까지 아무 말 없이 걸었다.

“내가 여기 처음 온 날을 생각하고 있는 거야? 내가 여기 온 게 좋아?” 그녀가 거의 속삭이듯 물었다.

“기뻐, 카르밀라.” 내가 대답했다.

“그래서 나랑 닮은 그림을 네 방에 걸겠다고 했구나.” 그녀가 한숨을 쉬며 중얼거렸다. 그리고 내 허리를 감싼 팔을 가까이 당기고 머리를 내 어깨에 기대었다.

“너는 너무 낭만적이야, 카르밀라. 네가 하는 이야기들은 언제나 무슨 대단한 로맨스 소설 같아.”

그녀가 나에게 조용히 키스했다.

“너는 지금 분명 누군가를 사랑하고 있는 거야. 지금 이 순간 마음을 온통 빼앗은 사람이 있는 거라고.”

“나는 아무와도 사랑에 빠지지 않았어. 앞으로도 그럴 거고.” 그녀가 속삭였다. “혹시 너라면 모르지!”

달빛 아래서 속삭이던 그녀는 얼마나 아름다웠던가! 그

녀는 수줍으면서도 묘한 표정을 하고는 내 목과 머리에 얼굴을 묻었다. 그리고 작은 흐느낌 같은 숨을 내뱉었다.

카르밀라는 떨리는 손으로 나를 잡았다. 그녀의 볼은 상기되어 있었다. "내 사랑, 내 사랑. 나는 네 안에 살고 있어. 너는 나를 위해 죽겠지. 나는 그만큼 너를 사랑해."

나는 깜짝 놀라 그녀에게서 떨어졌다. 그녀는 모든 열정과 의미를 담은 눈빛으로 나를 보았다. 그녀의 얼굴은 창백하고 차가웠다.

"여기 춥지 않니?" 그녀가 졸린 목소리로 말했다. "온몸이 떨려. 내가 꿈을 꾸고 있는 건 아니지? 우리 들어가자. 어서 가자."

"아파 보여, 카르밀라. 좀 창백하기도 하고…들어가서 와인이라도 마시는 게 좋겠어." 내가 말했다.

"그래, 그럴게. 지금은 괜찮아. 조금만 있으면 좋아질 거야. 그래 와인을 좀 가져다줘."

현관 앞에서 카르밀라가 말했다. "조금만 더 같이 있자. 아마 너랑 같이 달빛을 보는 게 이게 마지막일지도 몰라."

"이제 괜찮아, 카르밀라? 좀 나아졌어?" 내가 물었다.

나는 갑자기 인근 지역을 휩쓸고 있는 이상한 전염병에

그녀가 감염된 게 아닌지 걱정되기 시작했다.

"조금이라도 아프면 우리한테 바로 알려줘. 그렇지 않으면 아버지가 많이 속상해하실 거야. 여기 근처에 아주 유능한 의사가 있어. 오늘 아버지랑 같이 있던 분 말이야."

"나도 알아. 여기 사람들 모두 얼마나 나한테 잘해주는지 알아. 하지만 이제 정말 좋아졌어. 지금은 아무렇지도 않아. 내가 원래 몸이 좀 약해. 그래서 사람들이 종종 기운이 없어 보인다고 해. 많이 움직이질 못해. 세 살배기 아이처럼 많이 걷지도 못하고. 힘이 없어서 방금 너가 본 것처럼 창백해지곤 해. 하지만 금방 다시 괜찮아져. 이제 완전 정상이야. 봐봐 벌써 좋아졌잖아."

정말 그랬다. 우리는 그렇게 한참 얘기를 나눴고 그녀는 아주 활기차 보였다. 그리고 그날 밤은 마치 이상한 열병이라도 걸린 것 같은 모습은 다시 보이지 않았다. 나를 아주 당혹스럽게 하고 두렵게 하는 그런 이상한 말이나 태도 같은 것들 말이다.

하지만 그날 밤, 내 생각에는 새로운 국면이라고 할 수 있는 사건이 일어났다. 평소 나른해 보이던 그녀가 한순간에 깜짝 놀랄 정도로 변한 것 같았다.

이상한 꿈

그날도 우리는 응접실에 모여서 커피와 초콜릿을 마시고 있었다. 카르밀라는 아무것도 손대지 않았지만 완전히 다시 원래대로 돌아온 것 같았다. 라퐁텐 양과 페로돈 부인이 합류해 우리는 카드놀이를 시작했고 차를 마시러 온 아버지도 끼어들었다.

게임이 끝나자 아버지는 소파에 있는 카르밀라 옆으로 자리를 옮겨 어머니로부터 무슨 소식이 있었는지 조금 걱정스럽게 물었다.

카르밀라는 없었다고 했다.

그러자 아버지는 지금 어머니의 연락처를 알고 있는지 물었다.

"글쎄요." 카르밀라는 애매하게 대답했다. "여길 떠나야 할 거 같다고 생각하고 있어요. 저에게 너무 친절하고 잘 해주셨어요. 폐를 너무 끼쳐드린 것 같아요. 내일이라도 마차를 불러서 어머니를 쫓아갈게요. 말씀드릴 수는 없지만 어디로 가면 어머니를 찾을 수 있는지 알아요."

"그런 생각은 하지도 말거라."

아버지가 펄쩍 뛰었다. 나는 마음이 놓였다.

“너를 그렇게 보낼 순 없다. 너희 어머님이 우리를 믿고 맡기셨는데 그분께서 직접 데리러 오시지 않는 한 떠나는 걸 허락할 수 없다. 네가 어머니 소식을 들었다면 정말 좋았을 텐데. 더구나 오늘 밤은 이웃 마을에 떠도는 이상한 전염병이 더 심각해지고 있다는 소식이 들려 더 걱정이다. 너는 우리의 소중한 손님이고 너희 어머니로부터 연락이 없으니 내 책임감이 막중하구나. 하지만 최선을 다해보자. 한 가지는 분명히 하자. 너희 어머니 허락이 없으면 절대 여길 떠날 생각도 말거라. 너를 그렇게 보내면 우리는 정말 후회할 거다.”

“감사해요, 아저씨. 정말 몇 번을 말씀드려도 모자랄 정도로요.” 카르밀라가 수줍게 웃었다. “모두 저한테 너무 잘 해주셨어요. 아름다운 저택에서 이렇게 보살핌을 받으며 따님과 함께 지낼 수 있다니 저는 정말 행복해요.”

아버지는 그녀의 말에 기분이 좋아져서 웃으며 연극처럼 정중하게 그녀의 손에 키스했다.

여느 때처럼 그날도 우리는 그녀의 방에서 자기 전까지 함께 앉아 수다를 떨었다.

“나한테 진짜 솔직하게 말해줄 거지?” 나는 한참을 뜸을 들이다 물었다.

카르밀라가 웃으며 돌아봤다. 그리고 대답은 하지 않고 나를 보고 웃기만 했다.

“말을 안 하네? 내키지 않나봐. 괜히 물어봤나 봐.” 내가 물었다.

“너는 나한테 뭐든 물어봐도 괜찮아. 네가 나한테 얼마나 소중한지 너는 모를 거야. 내가 너를 얼마나 신뢰하는지도. 하지만 나는 맹세를 했어. 수녀들의 서약보다 더 엄격한 맹세를. 그래서 아직은 너한테도 내 이야기를 할 수가 없어. 하지만 곧 너는 모든 것을 알게 될 거야. 내가 너무 하다고, 이기적이라고 생각하겠지. 하지만 사랑은 항상 이기적이지. 격렬할수록 더 이기적이야. 내가 너한테 얼마나 집착하는지 모를 거야. 너는 나랑 함께해야 돼. 죽을 때까지 나를 사랑하든가 아니면 미워하겠지. 하지만 그래도 죽음 그 이후까지 나랑 함께하며 나를 증오할 거야. 이 차가운 세계에 중간은 없어.”

“카르밀라, 지금 또 진짜 이상한 소리를 하는구나.” 나는 당황스러웠다.

“그게 아닌데. 내가 좀 바보 같고 변덕스럽고 몽상가잖아. 너를 위해 이제 사감들처럼 굴게. 너는 무도회에 가본 적 있니?”

“아니. 너는 가봤어? 어땠어? 얼마나 멋있을까!”

“너무 오래돼서 잘 기억도 안 나.”

“노인같이 말하네.” 내가 웃었다. “첫 번째 무도회를 어떻게 잊어.”

“기억하려고 노력하면 생각나긴 해. 나는 모두 봤으니까. 그날 있었던 일들은 마치 투명하지만 어둡고 흐르는 물속을 들여다보는 잠수부의 시야처럼 느껴져. 그날 밤 일들을 혼란스럽게 만든 사건이 있었어. 그래서 장면이 다 희미해. 침대에서 살해당할 뻔했어. 여기 상처를 입었어.”

카르밀라는 그녀의 가슴 쪽을 만졌다.

“그리고 그 후로 모든 게 달라졌어.”

“죽을 뻔했다고?”

“응, 잔인한 사랑. 내 생명을 원하는 아주 이상한 사랑. 사랑에는 희생이 따르고 희생은 피를 원하지. 그만 자야겠다. 나 이제 너무 졸려. 일어나서 문 잠그기도 힘들 것 같아.”

카르밀라는 풍성하게 흘러내리는 머리카락 속에 조그만

손을 묻고 자신의 작은 머리를 베개에 뉘었다. 그리고 내가 움직일 때마다 반짝이는 눈으로 나를 좇으며 내가 이해할 수 없는 수줍은 듯한 미소를 지었다.

나는 간신히 잘 자라는 인사를 하고 불편한 마음으로 방을 빠져나왔다.

나는 그녀가 자기 전에 기도를 한 적이 있는지 의심스러웠다. 실제로 그녀가 무릎을 꿇고 있는 걸 본 적이 한 번도 없었다. 아침에는 우리가 기도를 마친 후에야 방에서 내려왔다. 밤에는 우리가 홀에서 간단하게 저녁 기도를 하는 동안에도 혼자 응접실에 있었다.

우연히 다른 얘기를 하다가 세례를 받았다는 얘기를 하지 않았다면 나는 그녀가 기독교인인 것조차도 의심했을 것이다. 그녀는 종교에 대한 얘기는 한마디도 꺼내지 않았다. 내가 세상 물정에 더 밝았다면 이런 종교에 대한 반감이나 무관심에 그렇게 놀라지는 않았을 것이다.

예민한 사람들의 경계심은 쉽게 전염되고 비슷한 기질의 사람들은 시간이 지나면서 서로 닮아간다. 나도 카르밀라처럼 침실 문을 잠그고 자는 버릇이 생겼고 밤에 배회하는 침입자나 살인자에 대한 근거 없는 불안에 시달렸다.

또 살인자나 강도가 숨어 있지 않은지 방부터 살펴야 비로소 안심하고 잠들 수 있었다.

이런 만반의 준비를 하고서야 침대에 누워 잠을 청했다. 불 하나는 항상 켜져 있었다. 어렸을 때부터의 오랜 습관인데 바꾸고 싶은 생각은 없었다.

그렇게 해야 마음 편히 잘 수 있었다. 하지만 꿈은 돌벽을 넘어 들어와 어두운 방을 밝히거나 밝은 방에 어둠을 드리운다. 그리고 꿈속의 이들은 자물쇠를 비웃으며 자신이 원하는 대로 들어오기도 하고 나가기도 한다.

그날 밤 나는 꿈을 꾸었다. 그리고 아주 이상한 고통이 시작되었다.

단지 악몽이라고 보기도 힘들었다. 분명히 나는 자고 있었고, 진짜 현실처럼 내 방 침대에 누워 있다는 의식도 있었다. 그때 나는 보았다. 아니면 보았다고 꿈을 꾼 건지도 모르겠지만. 아주 어두웠다는 것만 제외하면 내 방과 가구들은 평소와 별로 다를 게 없었다. 그때 침대 밑으로 뭔가가 움직였다. 처음에는 정확하게 보이지도 않았다. 하지만 곧 아주 커다란 고양이 같은 거무스름한 동물이 보였다. 움직일 때 카펫과 비슷한 걸로 봐서 길이가 1미터는 훨씬 넘는 것 같았다. 그리고 우리 안에 갇힌 유연하고 사악한 맹수처럼 쉬지 않고 왔다 갔다 했다. 나는 너무 겁에 질려 소리도 지를 수 없었다. 그때 놈의 움직임이 빨라졌고 방은 점점 더 어두워졌다. 이제 완전히 깜깜해져 그놈의 눈만 보였다. 그놈이 침대 위로 살며시 뛰어오른 것 같았다. 쫙 찢어진 두 개의 눈이 내 얼굴 쪽으로 다가왔다. 그리고 갑자기 커다란 바늘이 내 심장 깊숙이 꽂히는 것 같은 찌르는 듯한 고통을 느꼈다. 나는 비명을 지르며 깨어났다.

방은 내가 잠들 때처럼 촛불이 켜져 있었다. 그리고 침대 발치에, 약간 오른쪽으로 서 있는 여자 모습이 보였다. 검은색의 헐렁한 드레스를 입고 머리는 흘러내려 어깨를 덮고 있었다. 순간 정지된 화면 같았다. 조그만 숨소리조차 들리지 않았다. 내가 시선을 떼지 않고 굳어 있는 동안 그 형체는 조금씩 조금씩 문 쪽으로 움직였다. 그리고 문 앞에 닿자 문이 열리고 사라졌다.

나는 그제야 안도의 숨을 내쉬며 움직일 수 있었다. 첫 번째 들었던 생각은 내가 방문을 잠그는 걸 잊어버려서 카르밀라가 나한테 장난을 친 게 아닐까 하는 거였다. 재빨리 확인했더니 방문은 평소처럼 안에서 잠겨 있었다. 나는 문을 열기가 무서웠다. 나는 겁이 났다. 침대로 뛰어들어가 머리끝까지 이불을 덮었다. 그리고 아침이 될 때까지 죽은 듯이 누워 있었다.

잠식

지금도 그날 밤에 있었던 일을 생각하면 두려움에 몸이 떨린다. 악몽을 꿨을 때 같은 일시적인 공포가 아니다. 시간이 지날수록 더해져서 환영을 봤던 그곳, 그 시간으로 다시 돌아가는 듯한 느낌이다.

다음 날이 밝았는데도 나는 잠깐이라도 혼자 있을 수가 없었다. 아버지한테 말하려고 했으나 두 가지 이유로 걸렸다. 하나는 내 얘기를 아버지가 장난 취급을 하며 웃어넘길까봐, 또 다른 하나는 내가 이웃 마을에 돌고 있는 이상한 전염병에 감염됐다고 생각하실까봐 걱정되었다. 나는 그런 거랑은 거리가 멀었고 아버지가 요즘 가끔 힘이 없어 보여서 걱정을 끼치고 싶지 않았다.

나는 사람 좋은 페로돈 부인과 생기발랄한 라퐁텐 양과 같이 있는 것만으로도 충분히 마음이 놓였다. 두 사람은 내가 정신이 나가 있고 불안해하는 걸 알아차렸다. 결국 나는 내 마음을 무겁게 하고 있는 그 일에 대해 털어놓았다. 라퐁텐 양은 웃었지만 페로돈 부인은 걱정하는 눈치였다.

"그러고 보니, 라임나무 길에 뭔가가 나타났대요. 카르밀라의 침실 창문 뒤쪽에 있는 산책로 말이에요." 라퐁텐 양이 웃으며 말했다.

"말도 안 되는 소리!" 페로돈 부인이 그런 얘기를 할 때가 아니라고 생각했는지 말을 잘랐다.

"누가 그런 소리를 해?"

"마르틴이 새벽에 낡은 헛간 문을 수리하러 두 번인가 왔었잖아요. 그때마다 라임나무 산책로를 어떤 여자가 걸어 내려가는 걸 봤대요."

"왜 강변에서 키우는 젖소도 봤다고 하지."

"그러게요. 근데 마르틴은 진짜 겁을 먹은 거 같았어요. 그렇게 겁에 질려 넋이 나간 모습은 처음 봤다니까요."

"카르밀라한테는 절대 말하지 마세요. 그녀의 침실 창문으로 산책로가 보인단 말이에요. 카르밀라가 나보다 더 겁이 많아요." 내가 끼어들었다.

그날 카르밀라는 평소보다 조금 늦게 내려왔다.

"어젯밤에 무서워서 죽는 줄 알았어요." 우리를 보자마자 그녀가 말했다.

"그 작고 불쌍한 꼽추한테 심한 말을 하긴 했지만, 그에게 부적을 사지 않았다면 진짜 끔찍한 일이 일어날 뻔했어요. 어떤 시커먼 것이 내 침대 주위를 돌아다니는 꿈을 꿨어요. 소스라치게 놀라서 깼는데, 진짜 벽난로 옆에 검은 형체가 보였어요. 잠깐 진짜 있다고 믿었어요. 그 순간 베개 밑에 둔 부적이 생각나서 그걸 만졌더니 그 형체가 사라졌어요. 부적이 없었다면 어떤 끔찍한 것이 나타나서 분명히 제 목을 졸랐을 거예요. 인근 마을에서 그렇게 죽었다는 사람들처럼요."

"내 얘기도 들어봐." 나는 지난밤에 있었던 일을 다시 털어놓았고 그녀는 겁먹은 것처럼 보였다.

"너도 부적이 옆에 있었어?" 그녀가 진지하게 물었다.

"아니, 나는 응접실에 있는 중국 도자기 병에 넣어놓았어. 하지만 네 얘기를 듣고 나니 오늘은 꼭 지니고 자야겠다."

시간이 많이 흐른 지금, 내가 그날 밤 어떻게 무서워서 혼자 잤는지 모르겠다. 아니 이해가 되지 않는다. 베개 밑에 부적을 넣었던 것은 분명히 기억이 난다. 그리고 거의 바로 잠이 들었고 밤새도록 보통 때보다 더 잘 잤다.

다음 날 밤도 잘 지나갔다. 너무 깊이 잠들어서 꿈도 꾸지 않았다. 하지만 일어났을 때 살짝 무기력하고 나른했다. 하지만 특별히 불편할 정도는 아니었다.

"거봐. 내가 그랬잖아." 내가 잘 잤다고 하자 카르밀라가 말했다. "나도 어제 진짜 잘 잤어. 부적을 잠옷 위에 꽂아놓고 잤거든. 그날 밤에는 부적이 너무 멀리 있었어. 그냥 꿈이었어. 다른 건 모두 환상이었어. 전에는 악령이 꿈을 꾸게 한다고 생각했는데 우리 주치의 선생님이 그런 건 없다고 하셨어. 지나가는 열병이나 다른 병증으로 종종 그렇게 느껴지지만, 문을 두드리고도 들어오지 못하는 것처럼, 일종의 경고처럼 그냥 지나가는 거라고 하셨어."

"그럼, 부적은 뭐라고 생각해?" 내가 물었다.

"어떤 약 성분이나 소독하는 성분이 있겠지. 말라리아 해독제 같은."

"그럼 몸에 지녀야만 효과가 있나?"

"그럴 걸. 설마 악령이 이런 리본 조각이나 약품 향을 무서워한다고 생각하는 건 아니겠지? 어떤 해로운 병균들이

공기 중에 떠돌다가 신경을 건드리고 뇌에 영향을 주는 거야. 그런데 그 병균들이 너를 장악하기 전에 해독제가 물리치는 거지. 이 부적이 그런 역할을 했던 게 분명해. 마법이 아니라 단지 과학이라고."

카르밀라의 말을 완전히 믿으면 훨씬 더 기분이 나아질 것 같았다. 나도 그러려고 노력했지만 그날 밤, 그 장면의 강렬한 인상은 사라지지 않았다.

그 뒤에 며칠 밤은 잘 잤다. 하지만 아침마다 비슷하게 나른했고 하루 종일 몸이 무기력했다.

내가 달라졌다고 느껴졌다. 떨쳐지지 않는 이상한 우울감이 나를 잠식했다. 어렴풋하게 죽음에 대한 생각이 떠올랐고 부드럽고 천천히 그 생각이 나를 사로잡았다. 별로 거부하고 싶지 않은 느낌이었다. 슬프긴 해도 그런 감정 한쪽엔 어떤 달콤함이 있었다. 그게 뭐든 내 영혼은 기꺼이 이를 받아들이고 있었다. 내가 아프다고 생각하지 않아서 아버지한테 알리지도, 의사를 찾지도 않았다.

카르밀라는 어느 때보다 내게 헌신적이었고 그녀의 이상하고 기묘한 애정 표현도 더 빈번해졌다. 내가 기운을 잃고 심적으로 약해질수록 그녀는 더 뜨거운 열의를 보이며 흡족해했다. 그 모습이 일종의 광기처럼 보여 나는 매번 충격을 받았다.

그때는 몰랐지만 나는 그 기묘한 병이 심각할 정도로 진행된 상태였다. 초기에는 병의 증상인 무기력증이라고 보기에는 너무 납득할 수 없는 황홀감 같은 게 있었다. 그 황홀감은 잠깐 동안은 점점 세지다가 어떤 지점에 도달하자 끔찍한 느낌과 뒤섞였다. 그리고 점점 강해지다 결국 내 삶을 송두리째 변질시키고 왜곡시켰다.

첫 번째 변화는 그리 나쁘지 않았다. 하지만 그것이 아베르누스(지옥으로 가는 입구인 호수-역주) 줄기의 시작이었다.

꿈만 꾸면 어떤 모호하고 이상한 감각이 느껴졌다. 대표적인 것이 목욕을 하거나 강을 거슬러 올라갈 때 같은, 특유의 차갑고 상쾌한 냉기였다. 그리고 장면과 사람과 어떤 행동이 구별할 수 없을 정도로 모호하게 반복되는 꿈과 뒤섞였다. 그러고 나면 오랫동안 격렬한 정신적인 고군분투와 위험천만한 일을 헤쳐 나온 것처럼 완전히 탈진되고 오싹한 여운이 남았다. 꿈에서 깬 뒤에 거의 아무 것도 볼 수 없는 어둠 속에서 보이지 않는 어떤 사람과 얘기를 했던 기억이 났다. 분명하게 기억하는 목소리는 한 여자였는데 아주 느리게, 아주 깊고 먼 곳에서 얘기하는 것 같았고 그 음성은 항상 엄숙하고 무서웠다. 한 손이 부드럽게 내 볼과 목을 쓰다듬는 느낌도 있었다. 가끔은 따뜻한 입술이 나에게 키스하는 것처럼 더 오래, 더 부드럽게 내 목에 닿았다. 하지만 애무는 거기서 멈췄다. 내 심장은 빠르게 뛰었고 호흡이 거칠어졌다가 숨이 막혔다. 나는 목이 졸린 것처럼 신음을 토하며 심한 경련을 일으켰다. 그리고 감각이 없어지고 의식을 잃었다.

이런 설명할 수 없는 상태가 삼 주쯤 지속되었다. 지난 주부터는 그 후유증이 얼굴에도 나타났다. 안색은 점점 창백해지고 눈은 퀭해지고 다크서클이 생겼다. 오래전부터 지속된 나른함이 내 표정에도 드러나기 시작했다.

아버지가 어디 아프냐고 몇 번이나 물으셨다. 지금 생각하면 이해가 안 될 정도로 고집스럽게 나는 괜찮다고 우겼다.

사실 그게 맞는 말이기도 했다. 통증은 없었고 하소연할 만한 육체적인 이상 증세도 없었다. 내 증세는 일종의 환각이거나 신경증으로 보였다. 내 상태가 아주 좋지 않았음에도 나는 병적일 정도로 침묵하고 드러내지 않았다.

나는 삼 주째 이런 증상이 지속되기 있기 때문에 인근 소작농들이 흡혈귀라고 부르는 끔찍한 역병은 아니었다. 그들은 앓다가 삼 일을 버티지 못하고 죽었다.

카르밀라도 악몽과 열병 증세가 있다고 걱정했지만 나만큼 심각한 것은 아니었다. 그때 나는 정말 위험했다. 내 상태를 이해할 수 있었다면 무릎이라도 꿇고 다른 사람들에게 도움과 조언을 청했을 것이다. 나는 일종의 최면 상태에 빠져 상황 판단 능력이 마비된 상태였다.

그러던 어느 날 나는 이상한 꿈을 꾸었고 기묘한 일들이 일어나기 시작했다.

그날 밤, 어둠 속에서 들려오던 부드럽고 달콤한 목소리 대신에 섬뜩한 목소리가 들렸다.

"살인자를 조심하라고 너의 어머니가 경고하고 있다."

목소리와 함께 불빛이 번쩍하더니 침대 발치에 있는 카르밀라가 보였다. 그녀의 하얀 잠옷은 온통 피로 흠뻑 젖어 있었다.

나는 비명을 지르며 잠에서 깼고 카르밀라가 살해당했다는 생각뿐이었다. 어느새 침대에서 뛰쳐나가 그 다음 장면은 복도에서 도와달라고 울부짖고 있었던 게 기억난다.

페로돈 부인과 라퐁텐 양이 내 소리에 놀라서 방에서 뛰어나왔다. 항상 복도에는 불이 켜져 있어서 그들은 나를 보고 상황을 바로 알아차렸다.

나는 계속해서 카르밀라의 방문을 두드려보라고 했다. 아무런 응답이 없었다. 우리는 시끄럽게 문을 두드리고 소란을 피우며 카르밀라를 크게 외쳤지만 역시 아무런 기척이 없었다.

방문이 잠겨 있어서 더 겁이 났다. 우리는 정신 나간 상태로 급히 내 방으로 돌아와 벨을 더 길고 세게 눌러댔다. 아버지의 침실이 우리와 가까이 있었다면 도움을 청하러 바로 달려갔겠지만 너무 멀었다. 우리 소리가 들리지도 않았고 이런 상황에서 거기까지 갈 엄두가 나지 않았다.

다행히 하인들이 바로 계단을 올라왔다. 나는 가운을 걸치고 슬리퍼를 신었고, 같이 있던 두 여자들도 바로 옷을 걸쳐 입었다. 복도에서 들리는 목소리를 확인하고 하인들과 합류했다. 다시 카르밀라의 방으로 몰려가 부질없이 문을 두드렸다. 나는 하인에게 방문을 부수라고 했다. 문이 열리자 우리는 전등을 들고 문 앞에서 방 안을 살폈다.

다시 카르밀라의 이름을 불렀다. 여전히 대답이 없었다.

우리는 안을 이리저리 둘러보았다. 모든 게 그대로였다. 내가 지난밤에 그녀에게 잘 자라는 인사를 건네고 나왔을 때와 전혀 다르지 않았다. 하지만 카르밀라는 사라지고 없었다.

수색

우리가 부수고 들어온 문을 빼고 카르밀라의 방은 그대로였다. 우리는 마음을 가라앉히고 정신을 차려서 하인들을 내려보냈다. 라퐁텐은 카르밀라가 방문 앞에서 벌어진 소란에 놀라 침대에서 뛰쳐나와 어디 숨었다가 집사와 하인들 때문에 나오지 못하고 있을지도 모른다고 했다. 우리는 다시 방 안을 살피며 그녀의 이름을 불렀다.

하지만 소용이 없었다. 우리는 당황했고 점점 불안해졌다. 창문 쪽도 살펴봤지만 단단히 잠겨 있었다. 어딘가 숨어 있다면 이런 심한 장난은 그만하고 나와달라고, 진짜 걱정 좀 시키지 말라고 보이지 않는 카르밀라에게 애원도 했지만 헛수고였다. 그때서야 카르밀라가 방에도, 방에 딸린 드레스룸에도 없다는 확신이 들었다. 방에 있는 드레스룸은 밖에서 잠겨 있으니 그녀가 들어갈 수가 없었다. 나는 완전히 혼란에 빠졌다. 나이든 하녀장이 저택에 비밀 통로가 있다고 한 말이 떠올랐다. 혹시 카르밀라가 지금은 누구도 모르는 그 비밀 통로를 발견한 것일까?

금방 이 사건의 전모가 밝혀졌지만, 그 순간에는 우리 모두 당혹스럽기만 했다.

새벽 네 시가 지나고 있었다. 나는 아침이 될 때까지 페로돈 부인 방에 같이 있고 싶었다. 물론 날이 밝는다고 뾰족한 수가 생기는 건 아니지만 말이다.

다음 날 나의 아버지를 선두로 온 저택이 발칵 뒤집어졌다. 성의 구석구석을 수색했다. 정원도 예외가 아니었다. 하지만 사라진 소녀의 흔적은 전혀 나타나지 않았다. 시간이 걸릴 것 같았다. 아버지는 카르밀라의 어머니가 돌아오면 뭐라고 말씀드려야 할지 걱정이 태산이었다. 나 역시 안절부절했지만 아버지와는 다른 이유에서였다.

그렇게 아침 시간이 걱정과 흥분 속에서 지나갔다. 그리고 오후 한 시가 되었다. 아직 별다른 소식은 없었다. 나는 카르밀라의 방으로 뛰어 올라갔다. 그리고 그녀가 화장대 앞에 서 있는 걸 발견했다. 나는 정말 놀라서 내 눈을 믿을 수가 없었다. 그녀가 조용히 가냘픈 손가락으로 나에게 손짓했다. 얼굴이 완전히 겁에 질려 있었다.

나는 기쁨에 겨워 그녀를 껴안고 키스를 퍼부었다. 그리고 다른 사람들을 부르려고 벨을 계속해서 눌러댔다. 아버지도 이제야 걱정을 더시겠다고 생각했다.

“카르밀라, 이게 어떻게 된 거야? 우리가 너를 얼마나 걱정했는지 알아?” 내가 소리쳤다. “대체 어디 있었어? 어떻게 돌아온 거야?”

“어젯밤에 정말 이상한 일을 겪었어.” 카르밀라가 말했다.

“세상에! 전부 다 말해줘.”

“새벽 두 시가 지났을 때였어. 나는 평소처럼 방문을 잠그고 침대에서 자고 있었어. 드레스룸이나 응접실 쪽으로 통하는 문도 모두 잠갔고. 꿈도 꾸지 않고 깊이 잠들었는데 갑자기 내가 깨서 저기 드레스룸 소파에 있지 뭐야. 방 쪽으로 통하는 문은 열려 있고 다른 쪽 문은 자물쇠가 뜯겨 있고. 내가 자는 동안 어떻게 이런 일이 있을 수 있지? 엄청나게 시끄러웠을 텐데 말이야. 나는 잠귀가 예민해서 조금만 건드려도 금방 깨는데 어떻게 내가 잠든 채로 침대에서 옮겨져 있을 수가 있지?”

그때 페로돈 부인과 라퐁텐, 아버지와 다른 하인들이 방에 들어왔다. 당연히 카르밀라에게 수많은 질문과 안도의 인사가 쏟아졌다. 그녀는 같은 얘기만 반복했고 그녀의 말을 듣고 어젯밤 무슨 일이 있었는지 조금이라도 이해가 되는 사람은 아무도 없었다.

아버지가 골똘히 생각에 잠겨 방을 왔다 갔다 하셨다. 그때 나는 카르밀라가 은밀하고도 어두운 눈빛으로 아버지를 살피는 걸 보았다.

아버지는 하인들을 내려보냈고 라퐁텐 양은 진정제와 탄산암모늄 병을 가지러 갔다. 이제 방 안에는 아버지와 페로돈 부인과 나만 남았다. 아버지는 생각에 잠긴 얼굴로 카르밀라의 손을 상냥하게 잡아 소파에 앉혔다. 그리고 그녀 옆에 앉았다.

"내가 짐작이 가는 게 있는데, 하나 물어봐도 되겠니?"

"당연히 되고 말고요. 뭐든 물어보세요. 다 말씀드릴게요. 하지만 제가 기억나는 건 그렇게 황당하고 모호한 것뿐이에요. 저도 정말 모르겠어요. 뭐든 물어보세요. 다만 어머니가 제게 당부하셨던 것만 빼고요."

"물론이다, 얘야. 부인께서 당부하신 것에 대해 물어보려는 게 아니란다. 지금은 네가 지난밤 방 침대에서 잠든 채 사라졌던 이상한 일에 대해 얘기하려는 거다. 창문과 방문은 모두 잠겨 있었는데 말이야. 내 생각을 말하기 전에 먼저 네게 한 가지 묻고 싶구나."

카르밀라는 힘없이 손을 떨어뜨렸다. 페로돈 부인과 나는 숨죽이고 듣고 있었다.

"내가 묻고 싶은 건, 전에 너는 잠든 상태로 돌아다닌 적이 있었니?"

"아주 어렸을 때 이후론 그런 적이 없어요."

"그럼, 어렸을 때는 그런 적이 있었구나?"

"네. 그랬다고 알고 있어요. 어렸을 때 자주 그랬다고 유모한테 들었거든요."

아버지가 웃으며 고개를 끄덕였다.

"그래. 이제야 설명이 되는구나. 너는 잠든 상태로 일어나 문을 열고 평소처럼 열쇠를 꽂아놓지 않고 가지고 나가서 밖에서 문을 잠근 거야. 그리고 열쇠를 이 층에 있는 스무 개가 넘는 방 어디에, 아니면 위층이든 아래층이든 어딘가 둔 거야. 여긴 방이 수도 없이 많고 벽장과 커다란 가구들과 잡동사니들이 쌓여 있어서 이 오래된 저택을 샅샅이 뒤지려면 일주일은 걸리겠구나. 이제 내가 무슨 말을 하는지 알겠니?"

"네, 전부는 아니지만요." 카르밀라가 대답했다.

"그럼 아빠, 우리가 이미 그렇게 샅샅이 뒤졌던 드레스룸 소파에 카르밀라가 있었던 건 어떻게 된 거죠?" 내가 물었다.

"네가 이미 뒤져본 뒤에 카르밀라가 거기 들어간 거지. 여전히 잠든 채 말이야. 그리고 자연스럽게 잠이 깨서, 마치 다른 사람처럼 자신을 발견하고 얼마나 놀랬겠니? 이걸로 카르밀라 말처럼 이 이상한 일이 명확하고 깨끗하게 설명되었으면 좋겠구나."

아버지가 웃으며 말을 이었다.

"이번 일이 약에 취한 것도 아니고, 자물쇠에 마법이 걸린 것도 아니고, 강도나 암살범, 마녀의 짓도 아닌, 있을 수 있는 일이라는 것이 판명되었으니 이제 우리 모두 기쁘게 생각하자구나. 카르밀라도 더 이상 놀랄 것 없다. 다른 사람들도 더 이상 걱정할 것 없단다."

그러자 카르밀라가 매혹적인 표정을 지었다. 이 세상 어떤 것도 그녀 특유의 분위기만큼 아름다운 것은 없었다.

그녀의 아름다움은 특유의 우아하고 나른한 분위기 때문에 더 빛이 났다. 아버지가 말없이 그녀의 모습을 나와 비교하는 것 같았다.

"우리 로라도 더 여성스러워 보이면 좋을 텐데." 아버지가 한숨을 내쉬었다.

그렇게 사건은 평화롭게 마무리되었고 카르밀라는 다시 우리 곁으로 돌아왔다.

의사

카르밀라가 밤에 하인과 같이 자는 걸 끝까지 거절하자, 아버지는 그녀가 이번처럼 잠든 채 돌아다니는 걸 막기 위해 하인에게 방 밖을 지키게 했다.

그날 밤은 조용히 지나갔다. 다음 날 아침, 의사가 나를 진찰하러 왔다. 아버지가 나에게 한마디 상의도 없이 부른 것이었다.

페로돈 부인이 나를 서재로 데려갔다. 내가 전에 말했던 작고 침울해 보이고, 하얀 머리에 안경을 쓴 의사가 나를 진찰하기 위해 기다리고 있었다.

내 증상을 이야기하자 그는 점점 더 표정이 어두워졌다. 우리는 서로 마주보고 창가 쪽에 서 있었다. 내가 이야기를 끝내자 그는 벽에 등을 기대고 진지한 눈으로 나를 뚫어지게 보았다. 두려움과 호기심이 섞인 눈빛이었다.

일 분쯤 생각에 잠겼던 의사가 페로돈 부인에게 아버지를 뵐 수 있는지 물었다.

얘기를 듣고 아버지가 웃으면서 서재로 왔다.

"별일도 아닌데 바보처럼 선생을 불렀다고 타박하시려는 건 아니시죠? 솔직히 그랬으면 좋겠지만요."

하지만 심각한 얼굴로 가까이 오라고 손짓을 하는 의사를 보고 아버지의 미소가 사라졌다. 아버지와 의사는 내가 좀 전에 의사와 있었던 창문턱 쪽에서 한참 이야기를 나누었다. 진지한 모습으로 종종 목소리가 높아지기도 했다. 서재는 아주 컸고 나는 페로돈 부인과 한쪽 끝에서 그들의 대화가 궁금해서 미칠 지경이었다. 목소리가 아주 작은 데다 의사는 아버지 옆에 바짝 붙어 있어서 창문턱에 가려 모습도 보이지 않았다. 아버지의 발과 팔, 어깨만 보였다. 그리고 두꺼운 벽과 창문이 밀실처럼 그들의 목소리를 차단하는 것 같았다.

잠시 후 아버지가 창백하고 걱정스러운 얼굴을 우리 쪽으로 돌렸다. 동요하는 듯한 표정이었다.

“로라, 얘야. 잠깐 이리 와보거라. 그리고 부인께서는, 의사 선생 말씀이 별일 아니라니 다른 일을 보셔도 될 것 같군요.”

나는 약간 불안해하며 가까이 갔다. 기운이 좀 없었지만 어디가 아픈 건 아니었다. 그리고 기운이야 누구나 아는 것처럼 마음이 즐거우면 다시 생기는 것 아니겠는가.

아버지는 손을 뻗어 나를 가까이 오게 하고는 의사를 바라보며 말했다.

“말도 안 됩니다. 나는 도대체 이해할 수가 없군요. 로라야, 이리 와서 슈필스베르크 선생님께 다시 기억나는 대로 말씀드려라.”

“두 개의 바늘 같은 것이 목 근처 피부를 찌르는 것 같았다고 했지? 처음으로 악몽을 꾸었던 날 밤에 말이야. 거기가 아직도 아프니?”

“아뇨, 지금은 괜찮아요.” 내가 대답했다.

“찔렸던 부위를 손가락으로 짚어보겠니?”

“목 바로 아래, 여기요.”

가운을 입고 있어서 내가 가리킨 곳이 옷으로 가려져 있었다.

"그래. 잘했다. 아버지한테 가운을 살짝만 내려달라고 해도 괜찮겠니? 네가 겪고 있는 증상을 알아보기 위해 필요한 일이란다." 의사가 말했다.

나는 그러라고 했다. 목깃에서 대략 삼사 센티미터 아래였다.

"세상에! 정말이잖아." 아버지가 창백한 얼굴로 소리쳤다.

"그것 보세요. 이제 직접 보이시죠?" 의사가 침통하게 동의를 구했다.

"그게 뭔데요?" 나는 무서워져서 소리를 질렀다.

"아무것도 아니야, 우리 꼬마 아가씨. 단지 네 손톱만한 작은 푸른색 점 같은 거야." 의사는 나를 다독이고는 아버지에게 말했다. "이제 어떻게 해야 되는지가 문제죠."

"위험한 건가요?" 내가 떨면서 다급하게 물었다.

"별거 아니란다, 얘야. 상처가 왜 아물지 않는지 모르겠구나. 왜 바로 낫지 않는지 모르겠어. 목 졸리는 느낌이었다는 데도 여기니?"

"네."

“다시 최대한 기억을 되살려보자. 방금 얘기했던 차가운 냉기가 퍼져나가는 것 같은 오싹한 느낌도 같은 데였니?”

“그런 것 같아요.” 내가 대답했다.

“보셨죠?” 의사는 다시 아버지한테 묻고는 “페로돈 여사님과 얘기를 좀 할 수 있을까요?”라고 덧붙였다.

“그럼요.”

의사가 페로돈 부인을 불러 말했다.

“여기 우리 꼬마 아가씨가 상태가 좋지 않습니다. 별일이 아니었으면 좋겠지만 몇 가지 해주셔야 할 것이 있습니다. 이유는 차차 설명드리지요, 부인. 그때까지는 로라가 잠깐이라도 혼자 있지 않게 해주셔야 합니다. 지금은 그것만 지켜주시면 됩니다. 꼭 지켜주셔야 합니다.”

“부인만 믿겠습니다.” 아버지가 덧붙였다.

부인이 기꺼이 그러겠다고 아버지를 안심시켰다.

“로라야, 의사 선생님 말씀대로 해야 한다. 그리고 선생님, 다른 환자도 좀 봐주셨으면 합니다. 가볍긴 해도 내 딸아이와 비슷합니다. 훨씬 상태가 좋긴 하지만 방금 선생께 말씀드린 증상과 비슷한 것 같아서요. 우리 집에 손님으로 와 있는 젊은 아가씨입니다. 저녁 때 다시 들러주실 수 있으신지요? 저희랑 식사를 같이하시고 아이를 봐주시는 게 좋을 것 같습니다. 아이가 오후가 돼야 내려와서요."

"고맙습니다. 그럼 오늘 저녁 일곱 시에 다시 오지요."

나와 페로돈 부인에게 주의 사항을 다시 한번 확인하고 아버지는 의사와 함께 서재를 나갔다. 그리고 두 분이 밖으로 나가 진지한 대화를 나누며 성 앞 호숫가 산책로 주변을 왔다 갔다 하는 게 보였다.

의사는 이야기가 끝나자 거기서 바로 숲으로 통하는 동쪽 방향으로 말을 타고 떠났다. 그리고 바로 한 남자가 드란펠트에서 우편물을 가지고 왔다. 그는 말에서 내려 아버지한테 우편 꾸러미를 건넸다.

그동안 페로돈 부인과 나는 왜 아버지와 의사가 그렇게 간단한 일을 심각하게 당부하는지, 그 이유를 추측하느라 정신이 없었다. 부인은 의사가 갑작스런 발작에 대비해서 신속하게 도와줄 누군가가 옆에 없으면 내가 돌발 상황으로 목숨을 잃거나 아주 위험한 상황에 처할까 우려한 거라고 했다.

부인의 해석은 나한테는 별로 그럴듯하게 들리지 않았다. 하지만 내 생각에는 단지 아버지와 의사가 안심하기 위해 합의를 본 것 같았다. 내가 너무 심하게 놀거나 설익은 과일을 먹거나, 젊은 친구들이 흔히 저지르기 쉬운 오십 가지쯤 되는 일들을 못 하게 하려고 말이다.

삼십 분쯤 뒤에 아버지가 들어오셨다. 손에 편지가 들려 있었다.

"이 편지가 늦게 도착했구나. 슈필스도르프 장군한테 온 편지다. 어제 여기 도착할 예정이었는데, 오늘이나 늦으면 내일 도착할 수 있다는구나."

아버지는 내게 편지를 주었다. 아버지는 평소 그렇게 좋아하던 장군님이 온다는 데도 별로 기쁜 기색이 아니었다. 오히려 반대로 바다에라도 뛰어들고 싶은 표정이었다. 털어놓지 않은 뭔가를 마음에 두고 있는 것 같았다.

"아빠, 무슨 일인데요?" 나는 아버지의 팔을 잡고 아버지의 얼굴을 보며 애원하듯이 물었다.

"글쎄다." 아버지가 내 눈가로 흘러내린 머리카락을 부드럽게 넘겨주며 말했다.

"의사 선생님이 제가 아주 심각하대요?"

"아니다, 얘야. 적절한 조치만 하면 다시 아주 건강해질 거라고 하셨다. 하루 이틀 사이에 눈에 띄게 회복할 거라고.” 아버지가 약간 무뚝뚝하게 대꾸하시는 것 같았다. “단지 장군이 다른 때 오셨다면 좋았을 것 같구나. 네가 상태가 좋아서 손님을 맞기 좋을 때 말이다.”

“하지만 아빠, 그럼 의사 선생님이 지금은 저한테 무슨 문제가 있다고 하셨어요?” 나는 고집스럽게 캐물었다.

“아니라니까. 이제 그 얘기로 더 나를 괴롭히지 말거라.” 아버지가 그렇게 짜증을 내시는 건 처음 보았다. 그리고 내가 마음 상한 걸 느끼셨는지 키스를 하며 덧붙이셨다. “얘야, 하루나 이틀만 지나면 모두 알게 될 거다. 내가 아는 것도 그게 다야. 그동안은 괜히 그것 때문에 걱정할 필요 없다.”

그리고 방을 나갔던 아버지가 내가 이 이상한 상황을 이해하거나 추측해보기도 전에 다시 들어왔다. 그리고 카르슈타인 성에 가야 하니 열두 시까지 마차를 준비하라고 했다. 페로돈 부인과 나도 같이 가야 한다고 했다.

카른슈타인 성 근처의 그림 같은 곳에 살고 계신 신부님한테 볼일이 있다고 했다. 그리고 카르밀라도 거기는 가본 적이 없을 테니 방에서 내려오는 대로 라퐁텐 양과 뒤따라올 거라고, 폐허가 된 성 근처에서 피크닉을 하자고, 라퐁텐 양이 준비를 해올 거라 했다.

열두 시가 되자 나는 준비를 마치고 페로돈 부인과 아버지를 따라 목적지를 향해 출발했다. 우리는 도개교를 지나 오른쪽으로 방향을 틀었다. 그리고 가파른 고딕 양식의 다리를 건너, 버려진 마을과 폐허가 된 카른슈타인 성이 있는 서쪽으로 달렸다.

숲속으로의 드라이브는 너무도 아름다웠다. 길은 완만한 언덕과 계곡으로 이어졌고 온통 주위는 아름다운 나무들로 둘러싸여 있었다. 인위적인 조경의 형식미와는 비교할 수 없는 완전히 원시적인 아름다움이었다.

울퉁불퉁한 지형 때문에 마차가 샛길로 빠지기도 하고, 움푹 팬 웅덩이와 언덕의 가파른 길을 지나기도 했다. 다양한 풍경들이 끊임없이 나타났다.

그렇게 달리다 코너를 돌았는데 갑자기 우리 집안의 오래된 친구인 장군을 맞닥뜨렸다. 그는 하인을 대동하고 말을 몰아 우리 쪽으로 오고 있었다. 그 뒤를 사륜마차가 장군의 짐을 싣고 따라오고 있었다.

우리가 마차를 세우자 장군도 말에서 내렸다. 간단한 인사를 나눈 뒤에 장군은 재빨리 우리 마차의 빈 좌석에 자리를 잡았고 말과 하인을 먼저 우리 성으로 보냈다.

슈필스도르프 장군

장군을 마지막으로 본 것이 십 개월 전이었는데, 그 사이 장군은 몇 년은 더 늙어 보였다. 항상 침착하고 진지하던 모습이 어떤 음울하면서도 불안한 기색으로 바뀌었다. 꿰뚫어 보는 듯한 짙푸른 눈동자는 덥수룩한 회색 눈썹 아래서 고뇌에 찬 눈빛이었다. 단순히 슬픔만으로 그렇게 변할 순 없었다. 어떤 격정적인 증오가 장군을 그렇게 만든 것 같았다.

마차가 다시 출발하자 장군은 바로 군인답게 직설적으로 가족의 죽음에 대해 털어놓았다. 자신이 돌보던 사랑하는 조카딸의 죽음으로 힘들다고 했다. 그러다 갑자기 분노로 감정이 격렬해지더니 그녀를 희생자로 만든 악마 같은 술책에 대해 욕설을 퍼붓기 시작했다. 그리고 신이 어떻게 그런 악마의 탐욕과 악의를 허용하는지 정말 이해할 수가 없다고 신성 모독적인 말까지 내뱉었다.

뭔가 심상치 않은 일이 벌어졌다고 생각한 아버지가 감

정을 좀 가라앉히고 가능하다면 좀 더 자세히 얘기를 들려줄 수 없냐고 조심스럽게 물었다.

"기꺼이 모든 걸 말씀드리지요. 하지만 제 말을 못 믿으실 겁니다." 장군이 대답했다.

"왜 그렇게 생각하시죠?"

"선생께서는 편견과 허상으로 가득한, 눈에 보이는 세상만을 믿으실 테니까요. 저도 전에는 그랬습니다. 하지만 지금은 더 많은 걸 알게 됐지요." 장군이 퉁명스럽게 대답했다.

"말씀해보세요. 제가 장군 말대로 그렇게 꽉 막힌 사람은 아닙니다. 게다가 장군이 근거 없는 얘기를 하시는 분이 아니라는 걸 잘 알고 있으니, 어떤 얘기도 진지하게 받아들일 준비가 되어 있습니다."

"선생 말대로 저는 조금도 미신적인 사람이 아닙니다. 근데 제가 경험한 일이 초현실적이군요. 이제 저는 제 상식을 완전히 뛰어넘는 증거들과 이상한 사실들을 믿을 수밖에 없는 상황입니다. 초자연적인 음모에 완전 속아 넘어간 거죠."

장군의 판단을 신뢰한다고 단언했음에도 그때 아버지는

장군을 힐끔 보고는 제정신인지 의심하는 것 같았다.

장군은 이를 다행히 눈치 채지 못했다. 장군은 음울하고 생각에 잠긴 표정으로 우리 앞에 펼쳐진 숲의 풍경을 보고 있었다.

"카른슈타인 성에 가시는 길이라고요? 그럼, 진짜 잘 만났습니다. 그렇지 않아도 선생에게 같이 그곳을 조사해보자고 부탁하려던 참이었습니다. 거기를 뒤져봐야 할 중요한 이유가 있습니다. 거기 폐허가 된 예배당이 있지요? 대가 끊긴 그 가문 사람들의 묘지가 모여 있는."

"거기 있지요. 아주 흥미로운 곳입니다. 혹시 그 가문의 작위나 땅을 차지하시려는 건 아니겠지요?"

아버지가 농담조로 말했지만 장군은 웃지 않았다. 친구의 농담에 예의상이라도 살짝 웃어 보일 만도 하건만 장군은 반대로 분노와 공포를 불러오는 뭔가에 사로잡혀 심각하고 무서운 표정이었다.

"그런 게 아닙니다." 장군이 무뚝뚝하게 대답했다. "그 고귀한 이들의 무덤을 파헤쳐야 합니다. 신이 도우셔서 제가 이 신성 모독적인 과업을 완수할 수 있기를! 그 괴물들로부터 우리 땅을 지키고, 무고한 사람들이 살인자들의 손아귀에서 벗어나 편히 잠들 수 있기만을 바랄 뿐입니다. 친애하는 선생께 내가 이상한 이야기를 하나 해드리지요. 지난 몇 달 동안 제가 온통 매달려왔던, 믿기 힘든 이야기를 말입니다."

아버지가 다시 장군을 쳐다보았지만 이번에는 의심이 아니라 예리한 지성과 경계의 눈빛이었다.

"카른슈타인 가문은 오래전에 대가 끊겼습니다. 거의 백 년 전에 말입니다. 죽은 제 아내도 외가 쪽으로 카른슈타인 가문의 후손입니다. 하지만 가문의 이름과 직위는 이미 사라진 지 오래입니다. 성은 폐허가 되었고 마을은 버려졌습니다. 거기 마을 굴뚝에서 연기가 피어오르지 않은 지도 오십 년은 되었지요. 지붕도 안 남아 있고요."

"그렇습니다. 선생을 마지막으로 본 이후 저도 거기에 관한 많은 이야기를 들었습니다. 선생이 들으면 놀랄 만한 많은 이야기들을요. 하지만 일이 일어난 순서대로 차근차근 이야기를 하는 게 좋을 것 같습니다. 선생께서도 제 사랑스런 조카딸을 보셨지요. 내 아이나 다름없습니다. 세상에서 가장 아름다운 소녀였습니다. 불과 삼 개월 전에 그만 저버리고 말았지만요."

“봤지요. 안타까운 일입니다. 저도 충격을 받았습니다. 그리고 장군께 어떻게 위로의 말씀을 전해야 할지 모르겠습니다. 얼마나 상심이 크셨겠습니까.” 아버지가 말했다.

아버지가 장군의 손을 잡아 위로하듯 힘을 주자 장군이 맞잡았다. 늙은 군인의 눈에 눈물이 고였다. 그는 눈물을 감추지 않고 말을 이었다.

“우리는 아주 오래된 친구일세. 자식이 없는 나를 자네가 안쓰럽게 생각했던 것도 알고 있네. 그래서 나는 아이에게 온 정성을 다했네. 아이는 내 애정에 보답이라도 하듯 집안에 활기를 주고 내 삶을 행복하게 해주었지. 이제 모두 사라져버렸네. 내가 살날도 길지는 않네. 신이 도우신다면 내가 죽기 전에 인류를 위해 남은 과업을 마칠 수 있기를. 아름다운 미래의 싹을 틔우기도 전에 내 가엾은 아이를 죽인 악마에게 하늘의 복수를 하는 데 작은 도움이라도 되기를 바랄 뿐이네.”

“일어난 일들을 자세히 얘기해준다고 하지 않았나. 얘기해주게. 단지 호기심으로 안달하는 게 아닐세.”

그때쯤 마차는 장군이 출발한 드룬스톨 도로에 도착했다. 거기서 우리가 가려는 카른슈타인성 쪽으로 길이 갈라진다.

“폐허까지는 얼마나 걸리지?” 장군이 초조하게 앞쪽을 보며 물었다.

“약 3킬로미터 정도 남았습니다.” 아버지가 대답하고는 이렇게 덧붙였다. “자, 이제 약속하신 대로 일어난 일을 모두 들려주시겠습니까?”

가면 무도회

“제가 할 수 있는 한 해보겠습니다.” 장군이 어렵게 입을 뗐다. 이야기를 정리하기 위해 잠깐 생각하더니 내가 들어본 가장 기이한 이야기를 털어놓기 시작했다.

“제 아이는 선생의 초대를 몹시 기뻐하며 이 사랑스런 따님과의 만남을 정말 기대하고 있었습니다.” 장군이 나에게 정중하게 고개를 숙였다. 하지만 그는 슬퍼 보였다.

“그 무렵 저의 오래된 친구인 칼스펠트 백작의 초대를 받았습니다. 백작의 성은 카른슈타인에서 반대쪽으로 30킬로미터쯤 떨어진 곳에 있었습니다. 백작이 그 유명한 샤를 대공의 방문을 축하하기 위해 마련한 연회였습니다.”

"그랬죠. 정말 성대했겠군요." 아버지가 말했다.

"엄청났죠! 백작의 환대도 어마어마했습니다. 그가 알라딘의 램프라도 가지고 있는 줄 알았다니까요. 화려한 가면 무도회가 열렸던 그날 밤, 내 슬픔이 시작되었습니다. 성 안의 영토가 모든 이에게 공개되고 나무에는 색색의 조명들이 걸려 있었습니다. 파리에서도 본 적이 없는 불꽃놀이도 있었습니다. 그리고 그 음악은…아시다시피 음악의 문외한인 제가 듣기에도 정말 환상적이었습니다. 세계에서 최고인 음악 연주자들과 유럽에서 가장 대단한 오페라 가수들이 모였습니다.

성의 기다란 창문에서 나오는 장밋빛 불빛과 달빛에 비친 성의 실루엣으로 반짝이는 환상적인 정원을 거닐면 성악가들의 황홀한 음색이 수풀의 침묵 속에서, 호수 위에 떠 있는 보트에서 갑자기 들려오곤 했습니다. 그렇게 보이고 들리는 것에 저도 젊은 시절의 낭만과 시적 감성으로 돌아가는 것 같았습니다.

불꽃놀이가 끝나고 무도회가 시작되었습니다. 우리는 무도회가 열리는 우아한 홀로 되돌아갔습니다. 선생도 아시다시피 가면 무도회는 원래 화려하지만, 그날은 제가 이

제껏 본 무도회 중에 가장 눈부신 광경이었습니다.

정말 귀족적인 모임이었습니다. 저만 어울리지 않는 사람처럼 느껴졌습니다.

제 아이는 그날 정말 아름다웠습니다. 가면을 쓰고 있지 않아서 흥분하고 행복해하는 모습이 고스란히 드러나 더욱 사랑스러워 보였습니다. 그때 가면을 쓰고 화려하게 차려입은 젊은 여인이 보였습니다. 내 수양딸을 이상한 관심을 가지고 지켜보고 있는 것처럼 보였습니다. 그날 저녁 연회의 메인 홀에서 그녀를 보았습니다. 그리고 다시 몇 분 후에 테라스에서도 우리 가까이에서 비슷한 모습을 보았습니다. 또 우아하고 고급스럽게 차려입은, 가면을 쓴 지체 높은 신분으로 보이는 도도한 부인이 보호자처럼 그녀와 같이 있었습니다. 젊은 여자가 가면을 쓰고 있지 않았다면 그녀가 가여운 내 아이를 정말 관찰하고 있었는지 더 확실하게 알 수 있었을 텐데. 지금은 그랬다고 확신합니다.

우리는 한 살롱에 있었고 내 아이는 춤을 추다가 문 옆에 있는 의자에서 잠깐 쉬고 있었습니다. 저는 그녀 옆에서 있었고요. 그때 제가 얘기했던 두 여자가 다가오더니 젊은 여자가 내 아이 가까이 있는 의자에 앉았습니다. 그리고 그녀와 동행한 부인은 내게 낮은 목소리로 말을 걸며 자기소개를 하더군요.

가면을 쓰고 있다는 이점을 이용해 그녀는 나에게 몸을 돌려 마치 오랜 친구처럼 내 이름을 부르며 이야기를 시작했습니다. 저도 아주 호기심이 생겼습니다. 그녀가 나를 궁전이나 유명한 사람의 저택 등에서 여러 번 봤다고 하더군요. 나는 오래되어 기억도 나지 않는 사소한 일들을 슬쩍 꺼내 놓자 기억의 심연 속에 갇혀 있던 것들이 다시 살아났습니다.

저는 그녀의 정체가 점점 더 궁금해졌습니다. 하지만 제가 질문을 할 때마다 교묘하고 상냥하게 답변을 피했습니다. 그녀가 저에 대해 많은 것을 알고 있는 것이 저는 너무 이상했습니다. 그리고 내가 이유를 몰라 당황하고 열심히 이런저런 추측을 하며 당혹스러워하는 모습을 보고 꽤 재미있어 하더군요.

그때 젊은 아가씨는 우아하고 간략하게 자기소개를 하고는 제 아이와 대화를 나누고 있었습니다. '밀라르카Millarca' 라는 독특한 이름이었고 부인의 딸이라고 하더군요.

그녀가 자신의 어머니와 내가 오랜 친분이 있다고, 내 아이에게 자신을 소개하더군요. 그녀는 가면이 움직이는 것처럼 보일 정도로 대담하고 쾌활하게 얘기를 하고 있었습니다. 친구같이 굴며 아이의 드레스에 감탄하고 너무 예쁘다고 아이의 외모를 칭찬하더군요. 무도회장에 모여 있는 사람들을 재미있게 품평하며 제 아이를 웃겼습니다. 제 아이가 즐거워하면 그녀도 웃었습니다. 그녀는 기분이 좋을 때는 아주 재치 있고 생기발랄했습니다. 금방 두 아이는 친한 친구가 되었습니다. 그리고 젊은 아가씨가 가면을 벗으니 놀랄 만큼 아름다운 얼굴이더군요. 저도 그렇고 제 아이도 그렇게 아름다운 사람은 처음 보았습니다. 처음 보는 사람인데도 너무도 매력적이고 사랑스러워 그녀에게 아주 매혹되었습니다. 제 가엾은 아이도 그랬고요. 첫눈에 그렇게 누군가를 사로잡는 사람은 처음이었습니다. 그런데 사실 그 낯선 아가씨도 그랬습니다. 제 아이한테 홀딱 빠진 것 같았습니다.

그동안 저는 가면을 믿고 정체를 숨기는 나이든 부인에게 꽤 많은 질문을 했습니다.

'정말 저를 궁금하게 하시는군요.' 제가 웃으며 말했습니다. '이 정도면 충분하지 않으십니까? 지금부터 동등한 입장으로 얘기하는 데 동의하신다면 가면을 벗어주시겠습니까?'

'그렇게 말도 안 되는 요구를 하시다니요. 숙녀의 특권을 포기하라고요? 게다가 저를 못 알아볼지도 모르지요. 세월이 지나면 모두 변하지요.'

'저를 보시다시피.' 저는 허리를 숙였습니다. 조금은 씁쓸한 미소를 지어 보였던 것 같습니다.

'철학자들이 말했듯이 내 얼굴을 본다고 뭐가 달라지겠어요?' 부인이 말했습니다.

'그래도 한번 기회를 주시죠. 노인처럼 구셔도 소용없습니다. 전혀 그렇게 보이지 않으니까요.'

'제가 장군님을 마지막으로 본 후로 시간이 많이 흘렀어요. 그래서 제가 우려하는 거랍니다. 저기 있는 밀라르카가 제 딸이에요. 그러니 아무리 저를 너그럽게 봐주신다 해도 제가 젊지는 않지요. 장군이 기억하는 저와 비교당하고 싶지는 않아요. 장군님은 벗을 가면도 없으시죠. 그러니 제가 가면을 벗는 대가로 저한테 주실 게 없으시네요.'

'그저 부인께 간절하게 부탁드리는 겁니다. 가면을 벗어

주시길.'

'저도 간절히 부탁드려요. 그대로 그냥 놔두어 주시길.' 부인이 대답했다.

'하, 그럼 최소한 부인이 프랑스인인지 독일인인지는 말해주실 수 있으시죠? 두 언어를 모두 완벽하게 하십니다.'

'꼭 말씀드려야 할 필요는 없는 것 같네요. 장군께서 약점을 찾으려고 찔러보시는 것 같군요.'

'그럼, 이것마저 거부하시지는 않으시겠죠. 부인과 이야기를 나누게 돼서 영광입니다만, 제가 어떻게 불러야 할까요? 백작부인이라고 불러도 될까요?'

부인이 웃더군요. 그리고 틀림없이 내가 어떤 질문을 해도 또 다른 변명들을 늘어놓았을 것입니다. 지금 생각해보면 부인은 사전에 상황을 예상하고 교활한 술책으로 어떤 상황이든 빠져나갈 준비가 되어 있었습니다.

'그러시던가요.' 부인이 입을 열자마자 한 신사가 끼어들어 부인의 말을 막았습니다. 검은 옷을 입은 아주 우아하고 높은 신분으로 보이는 남자였습니다. 하지만 얼굴이 죽은 사람처럼, 제가 본 사람 중에 가장 창백했습니다. 그는 가면을 쓰지 않고 평범한 남성용 정장을 입고 있었습니다. 그가 지나칠 정도로 공손하게 허리를 숙이고 굳은 얼굴로 끼어들었습니다.

'백작부인, 괜찮으시면 잠시 말씀 좀 드려도 되겠습니까?'

부인이 재빨리 그를 향해 돌아서더니 조용히 하라는 듯 자신의 입술에 손을 가져갔습니다. 그리고 내게 양해를 구했습니다. '장군님 제 자리 좀 봐주세요. 잠깐 얘기 좀 하고 오겠습니다.'

부인이 장난스럽게 명령을 하고는 검은 옷의 신사와 좀 떨어져서 얘기를 나누며 걸어가더군요. 아주 진지해 보였습니다. 천천히 파티장 사람들 속에 섞여 들어가 몇 분간 보이지 않더군요.

저는 그 사이에 너무도 친절하게 나를 기억하고 있는 듯한 부인의 정체를 추측하느라 머리를 싸매고 있었습니다. 그리고 내 사랑스런 아이와 백작부인 딸의 대화에 끼어 볼까, 하는 생각도 들었습니다. 그녀가 돌아오면 그녀의 이름과 직위와 성, 영토를 자세히 기억해내서 놀라게 해줘야겠다고 생각했습니다. 하지만 바로 그녀가 검은 옷을 입은 창백한 신사와 같이 돌아왔습니다. 신사가 말했습니다.

'그럼, 마차가 문 앞에 준비되는 대로 백작부인께 다시 알려드리겠습니다.'

그리고 신사는 고개를 숙이고 물러갔습니다."

초대

"그래서 저도 허리를 숙이고 부인에게 말했습니다. '그럼 이제 백작부인과 헤어져야 하겠군요. 곧 돌아오시길 바랍니다.'

'그럴 수도 있고, 몇 주가 걸리는 수도 있고요. 하필 이때 볼일이 생기다니 애석하군요. 이제 제가 누군지 아시겠어요?'

저는 전혀 모르겠다고 했습니다.

'곧 아시게 될 거예요. 하지만 지금은 아니에요. 우리는 장군께서 짐작하시는 것보다 더 오래되고 좋은 사이였어요. 아직은 제가 누군지 밝힐 수 없지만요. 삼 주 후쯤 알아볼 일이 있어서 장군님의 아름다운 성 근처를 지날 것 같은데 한 시간이나 두 시간쯤 찾아 뵈도 될까요? 수없이 즐거웠던 일들이 있었던 우리 우정을 다시 시작해보죠. 지금은 갑작스런 일이 생겨서 떠나야 해요. 170킬로미터나 되는 길을 가능한 빨리 가야 합니다. 더 일이 복잡해졌네요. 작은 부탁을 하나 드리려는데 제 이름을 알려달라고 하실까봐 망설여지는군요. 제 가엾은 딸 아이는 아직 건강이 회복되지 않은 상태입니다. 사냥을 하러 인적이 없는 곳까지 갔다가 말에서 떨어져서 그 충격에서 아직 회복되지 않았답니다. 주치의도 그녀가 당분간 무리를 하면 안 된다고 했습니다. 그래서 여기 오는 데도 하루에 20킬로 정도씩만 아주 천천히 왔습니다. 지금 저는 생사가 걸린 문제로 밤낮으로 달려가야 합니다. 정말 위급하고 중대한 일입니다. 수 주일 내에, 그렇게 되길 바라지만, 다시 뵈면 그때 모두 설명을 드리겠습니다.'

부인이 부탁을 해왔지만 제 호의를 구하는 것이 아니라 제게 요구를 하는 것 같은 태도였습니다. 자신도 모르게 몸에 배어 있는 태도 같았습니다. 그 말하는 방식이 아주 뻔뻔했습니다. 자기가 없는 동안에 그녀의 딸을 맡아달라는 얘기였습니다.

무례하다고까지는 못해도 어떻게 봐도 이상한 방식이었습니다. 제가 반대할 만한 모든 이유를 먼저 자신이 말하는 방식으로 저를 옴짝달싹 못 하게 했습니다. 그리고 제 기사도를 자극하며 압박했습니다. 그때 파국이 모든 일어날 준비라도 하고 있었던 것처럼 제 조카아이가 내게 작은 목소리로 자신의 친구 밀라르카를 초대해달라고, 우리 성에 묵게 해달라고 애원하더군요. 밀라르카도 그 얘기를 듣고 허락해주시면 정말 기쁘겠다고 하더군요.

다른 때였다면 그녀에게 잠깐 기다리라고, 최소한 우리는 당신들이 누군지 알아야 한다고 했겠지요. 하지만 당시는 생각할 겨를이 없더군요. 두 아가씨가 함께 저를 다그치니 말입니다. 그리고 젊은 아가씨의 고상하고 아름다운 외모도 한몫했다는 걸 고백해야겠습니다. 고귀한 신분으로 보이는 열정과 우아함, 그리고 사람을 잡아끄는 대단한 매력이 있었습니다. 거기에 설득당하고 압도되어서 너무 쉽게 밀라르카라는 젊은 아가씨를 맡겠다고 항복한 셈이죠.

백작부인이 딸을 손짓해 얘기를 하고 딸은 진지하게 듣더군요. 자신은 급한 일이 생겨 갑작스럽게 떠나야 하고, 장군님께서 보살펴주신다고 약속하셨고, 나를 아주 믿을 만하고 오래된 자신의 친구라고 소개하더군요.

그 말을 들으니 상황은 이미 결정 난 거 같았습니다. 생각해보면 반쯤은 저도 원했던 것 같습니다.

검은 옷을 입은 신사가 돌아와서 부인을 홀에서 데리고 나갔습니다. 신사의 태도에서 백작부인이라고 제가 추측했던 것보다 훨씬 높은 신분의 사람이란 확신이 들었습니다.

부인의 마지막 당부는 자신이 돌아올 때까지 제가 지금 아는 것보다 더 알려고 하지 말라는 것이었습니다. 우리를 초대한 칼스펠트 백작은 부인이 누군지, 사정이 어떤지 알고 있다고 했습니다.

'하지만 여기서는, 저도 제 딸도 안전 때문에 하루 이상 머물 수는 없답니다. 한 시간쯤 전에 제가 경솔하게도 가면을 벗은 적이 있는데 이미 늦었지요. 장군께서도 아마 저를 보셨을 거라고 생각했습니다. 그래서 장군과 잠시 얘기를 나눠봐야겠다는 생각했습니다. 저를 보셨다면 몇 주간만 비밀을 지켜달라고 장군님께 부탁을 드리려 했습니다. 제 얼굴을 보지 못하셔서 안심했지만 제 정체를 의심하거나 고민하신다면 장군님의 공정함에 진심을 담아 간청드립니다. 제 딸도 저처럼 비밀을 지켜야 합니다. 딸애가 경솔하게 비밀을 누설하려 하면 장군께서 단속해주실 거라고 믿습니다.'

부인은 딸에게 몇 마디 속삭이고 두어 번 급하게 키스를 하고는 가버렸습니다. 창백한 검은 옷의 신사와 함께 군중 속에서 사라졌습니다.

'옆방에 현관이 내려다보이는 창문이 있어요. 어머니가 떠나시는 모습을 보고 싶어요. 작별 인사를 하고 싶어요.' 밀라르카가 말했습니다.

우리는 당연히 그러자고 했고 그녀와 창문 쪽으로 갔습니다. 창밖을 보니 고풍스럽게 멋진 마차와 하인과 마부들이 보였습니다. 마른 검은 옷의 신사가 두꺼운 벨벳 망토를 부인의 어깨에 둘러주고 모자를 씌워주는 것이 보였습니다. 부인은 그에게 살짝 고개를 끄덕이고는 그의 손을 잡고 마차에 올랐습니다. 남자는 마차 문이 닫힐 때까지 연신 고개를 숙이더군요. 그리고 마차는 출발했습니다.

'엄마가 갔네요.' 밀라르카가 한숨을 쉬며 말했습니다.

'갔군요.' 저도 혼자 중얼거렸습니다. 아이를 맡겠다고 한 순간부터 정신없이 벌어진 상황에서, 이제 겨우 제가 얼마나 바보 같은 짓을 했나 알겠더군요.

'올려다보지도 않았어요.' 밀라르카가 처량하게 말했습니다.

'부인이 가면을 벗고 있어서 얼굴을 보이고 싶지 않았던 것 같구나. 그리고 네가 창문 쪽에 있는 걸 몰랐을 거야.' 제가 대답했습니다.

밀라르카가 한숨을 쉬며 저를 보았습니다. 제 마음이 다 풀릴 정도로 그녀는 아름다웠습니다. 저는 조금 전까지 그녀를 초대한 걸 후회했던 게 미안해지더군요. 그래서 그녀에게 인색하게 굴었던 걸 뉘우치고 잘해줘야겠다고 마음먹었습니다.

밀라르카는 다시 가면을 쓰고 제 조카딸과 같이 정원으로 가보자고 조르더군요. 거기서 다시 음악회가 시작될 예정이었습니다. 우리는 그러자고 했고, 창문 아래에 있는 테라스를 따라 걸었습니다. 밀라르카는 우리에게 아주 친근하게 굴었고 테라스에서 보았던 지체 높은 사람들에 대한 생생한 묘사로 우리를 즐겁게 했습니다. 저는 점점 더 그녀가 마음에 들었습니다. 저도 사교계를 오래 떠나 있어서 그런지 그녀의 악의 없는, 귀족들의 가십에 정말 재미있었습니다. 그녀가 오면 우리 집의 쓸쓸하던 저녁 시간에 활기가 생기겠구나, 하는 생각이 들었습니다.

무도회는 거의 아침 해가 지평선에 보일 때까지 계속되

었습니다. 그때까지 대공은 즐겁게 춤을 추셨고 그래서 왕족들도 집으로 돌아가거나 자러 가지를 못 하더군요.

우리가 북적이는 살롱으로 막 돌아왔을 때 조카딸이 제게 밀라르카는 어디있냐고 묻더군요. 저는 그녀가 딸아이 옆에 있다고 생각했습니다. 딸아이도 그녀가 제 옆에 있다고 생각한 겁니다. 그러니까 밀라르카를 잃어버린 거였습니다.

그녀를 여기저기 찾아봤지만 보이지 않았습니다. 저는 그녀가 우리와 잠깐 떨어진 사이 다른 이들을 일행이라고 착각한 건 아닐까 하는 걱정이 되었습니다. 그래서 그들을 따라가다가 저 드넓은 정원에서 길을 잃었는지도 모른다고 걱정했습니다.

가장 큰 문제는 제가 그 젊은 아가씨를 맡겠다고 했으면서도 그녀의 이름밖에 모른다는 거였습니다. 게다가 부인과의 약속 때문에, 제가 몰라야 한다는 부인의 요구로 어떻게 할 수도 없었습니다. 몇 시간 전에 떠난 백작부인의 딸이 사라졌다고 묻고 다닐 수도 없었습니다.

아침이 밝았습니다. 제가 수색을 포기할 무렵에는 이미 환했습니다. 실종된 아이의 소식을 들은 건 거의 그날 오후 두 시가 다 되었을 무렵입니다.

두 시에 한 하인이 제 조카딸 방문을 두드렸습니다. 그리고 한 젊은 아가씨가 절망스러운 얼굴로 슈필스도르프 장군과 그의 딸이 어디 있는지 절박하게 찾고 있다고 전하더군요. 자신의 어머니가 떠나며 그들에게 자신을 부탁했다면서.

조금 다른 부분이 있었지만 그녀가 틀림없었습니다. 밀라르카가 틀림없었습니다. 세상에 우리가 잃어버렸던 바로 그녀였습니다.

밀라르카가 제 조카딸에게 왜 그렇게 한참을 우리를 못 찾았는지 자초지종을 설명했습니다. 전날 늦게까지 우리를 찾다 포기하고 하녀의 침실에 들어가 지쳐 곯아떨어졌다고 하더군요. 전날 무도회의 피로 때문에 기운을 차리는데 한참 걸렸다고 했습니다.

그날 우리는 밀라르카와 함께 집으로 돌아왔습니다. 저는 제 사랑하는 아이의 매혹적인 친구가 무사하다는 것만으로도 행복했습니다."

카른슈타인 가문

“그리고 곧 여러 가지 문제들이 생기기 시작했습니다. 우선 밀라르카가 최근에 아팠던 후유증인지 온몸에 힘이 하나도 없다고 했습니다. 그녀는 정오가 한참 지난 후에야 방에서 나왔습니다. 그리고 우연히 알게 된 사실인데 항상 방문을 안에서 잠그고 하녀가 화장실을 청소하겠다고 허락을 구하지 않으면 문을 열어주지 않았습니다. 때때로 이른 아침 그녀의 방이 비어 있기도 했고 낮에도 종종 그랬습니다. 마음이 심란해서 그런다고 이해해달라고 했습니다. 새벽 무렵 성의 창문 너머로 그녀를 봤다는 사람이 여럿 있었습니다. 뭔가에 홀린 사람처럼 나무 사이로 동쪽으로 걸어가고 있었다고 했습니다. 저는 밀라르카가 몽유병이 있다고 생각했습니다만 의문점이 있었습니다. 어떻게 방문이 안에서 잠긴 채 방을 나올 수 있었을까? 현관문과 창문에 빗장이 걸려 있는데 집 밖으로 나갈 수 있었을까?

그렇게 당혹스러워하는 와중에 더 긴급한 사건이 발생했습니다.

제 사랑하는 조카딸이 초췌해지더니 아프기 시작했습니

다. 증세가 정말 이상하고 끔찍해서 너무 두려웠습니다.

처음에 아이는 무서운 꿈에 시달렸습니다. 꿈속에서 때론 밀라르카를 닮은 것 같기도 하고 때로는 괴물의 모습을 하고 있는 흐릿한 유령이 침대 발치에서 왔다 갔다 했다고 하더군요. 나중에는 이상한 감각이 느껴졌다고 했습니다. 불쾌하다기보다는 아주 독특한 느낌이라고 했습니다. 가슴에 얼음 조각이 훑고 지나가는 것 같은 느낌이라고 했습니다. 그리고 더 지나면 두 개의 기다란 바늘이 목 아래쪽을 찌르는 것 같았고 아주 날카로운 통증이 느껴졌다고 했습니다. 그 뒤로 며칠 밤이 지나지 않아 점점 숨을 못 쉬고 경련을 일으키더니 의식을 잃었습니다."

그때쯤 마차가 양옆으로 풀밭 지대를 달리고 있었기 때문에 나는 노장군이 말하는 걸 한마디도 놓치지 않고 똑똑히 들을 수 있었다. 굴뚝에서 연기가 피어오른 지도 오십 년은 되었다는 폐허가 된 마을이 가까워 오고 있었다.

불쌍한 소녀가 겪었다는 병의 증세가 나와 너무 비슷해서 내가 얼마나 이상한 느낌이었는지 짐작하실 것이다. 그녀는 사고가 없었다면 우리 저택을 방문했을 것이다. 그리고 무엇보다 장군이 말한 젊은 아가씨는 사소한 습관이나 이상한 행동까지 우리의 아름다운 손님 카르밀라와 너무 똑같았다.

저 멀리까지 숲의 풍경이 펼쳐져 있었다. 우리는 어느새 버려진 마을의 기울어진 지붕과 굴뚝 아래를 지나고 있었다. 허물어진 성벽과 탑들도 보였다. 살짝 경사가 진 성터에는 거대한 나무들이 우리를 덮칠 듯 둘러싸고 있었다. 우리는 비탈길을 올라갔다. 그리고 성의 넓은 홀과 나선형 계단, 어두운 복도를 지났다.

"여기가 한때 카른슈타인 가문의 으리으리한 성이었다니!" 노장군이 한탄을 했다. 그리고 성의 커다란 창문으로 마을과 광활하게 펼쳐진 숲의 정경을 훑어보았다.

"악명 높은 가문이었습니다. 여기서 피로 물든 가문의 역사가 써졌죠." 장군이 말을 이어갔다. "멸족했으니 이제 더 이상 사악한 욕망으로 사람들을 괴롭히는 일은 없겠죠. 저기 보이는 게 카른슈타인 가문의 예배당일세."

장군이 고딕 양식의 회색 건물을 가리켰다. 언덕 바로 아래, 나무들 사이로 그 일부만 보였다.

"나무꾼의 도끼 소리가 들리는군요. 저기 건물 옆 나무 밑에서 작업을 하고 있네요. 저 나무꾼한테 제가 찾고 있는 정보를 얻을 수 있을지도 모릅니다. 카른슈타인 백작부인 미르칼라Mircalla의 무덤이 어디 있는지 알려줄지도 모르고요. 이런 시골 사람들이 지역의 명망 높은 가문들의 전통을 지키고 있습니다. 정작 부유하고 이름 있는 사람들은 가문이 망하자마자 바로 잊는데 말입니다."

"우리 집에 카른슈타인 백작부인인 미르칼라의 초상화가 있습니다. 와서 한번 보시겠습니까?" 아버지가 물었다.

"시간은 많습니다. 저는 실제로 그녀를 봤다고 믿습니다. 선생을 이렇게 예정보다 빨리 찾아뵌 것도 지금 우리가 가고 있는 예배당을 같이 조사하고 싶어서입니다."

"뭐라고요? 미르칼라 백작부인을 보셨다고요? 죽은 지 백 년은 지났는데요?" 아버지가 소리쳤다.

"선생이 생각하시는 것처럼 죽은 게 아닌지도 모르지요." 장군이 대답했다.

"솔직히 장군님, 저를 너무 혼란스럽게 하시네요." 아버지는 이렇게 말하고 장군을 보았다. 그리고 순간적으로 다시 아버지의 얼굴에 의혹의 빛이 스쳤다. 하지만 분노와 증오를 품고 있는 장군의 태도는 비교적 침착했다.

"제가 해야 할 일입니다." 장군이 말했다. 그때 우리는 고딕 양식으로 지은 예배당의 육중한 아치를 지나고 있었다. 그 두께가 전형적인 고딕 양식이었다.

“제 얼마 남지 않은 생에서 제가 해야 할 유일한 목표입니다. 그 여자에게 복수하는 것 말입니다. 신에게 감사하게도 제게 아직 시간이 남아 있습니다.”

“무슨 복수를 말씀하시는 건가요?” 점점 더 당혹스러워진 아버지가 물었다.

“그 괴물의 목을 치는 거죠.” 장군이 험악하게 벌게진 얼굴로 발을 굴렀다. 발소리가 빈 복도에 안타깝게 울려 퍼졌다. 그리고 동시에 도끼 자루라도 잡은 것처럼 손을 맞잡아 올리고 허공을 향해 험악하게 휘둘렀다.

“세상에!” 아버지가 경악하며 소리쳤다.

“그 요물의 머리를 잘라버릴 겁니다.”

“목을 자른다고요!”

“예, 도끼로, 아니면 삽으로. 그녀의 흉악한 모가지를 쪼개 놓을 수만 있다면 뭐든 상관없습니다. 두고 보십시오.” 장군이 분노로 몸을 떨었다. 그리고 걸음을 서두르며 말했다.

“저기 난간에 앉으면 되겠군. 아이가 지쳐 보이는군요.

그녀를 저기 좀 앉게 하고 내 끔찍한 이야기를 마무리 짓도록 하지요."

잡초로 무성한 예배당 바닥에 사각의 나무 들보가 의자처럼 있었다. 나는 앉을 수가 있어서 기뻤다. 그리고 장군은 나무꾼을 부르러 갔다. 나무꾼은 오래된 벽에 늘어진 나뭇가지들을 쳐내고 있었다.

건장한 체구의 나이든 나무꾼이 도끼를 들고 나타났다. 그는 묘비들에 대해서는 아는 게 없었다. 하지만 숲의 관리인이었던 한 노인이 있다고 했다. 그는 현재 여기서 3킬로미터쯤 떨어진 목사의 사택에 머물고 있는데, 그 노인이 카른슈타인 가문의 묘비들에 대해 전부 다 알고 있을 거라고 했다. 푼돈과 말 한 마리만 주면 삼십 분도 안 되서 그를 데려오겠다고 했다.

"숲에서 일한 지 오래되었나?" 아버지가 나무꾼에게 물었다.

"한평생 여기서 나무꾼으로 있었습죠. 숲에서 평생을 다 보냈습니다. 제 아버님도 그랬고, 제 할아버지도 그랬고, 제가 아는 한 저희 가족은 대를 이어 나무꾼으로 일했습죠. 여기 마을에 조상 대대로 살아온 집이 있는데 보여드릴 수도 있습죠."

"어쩌다 마을이 이렇게 폐허가 된 건가?" 장군이 물었다.

"악령들 때문입니다, 선생님. 몇몇 무덤들을 찾아내 간단한 검증을 한 뒤, 머리를 자르고 말뚝을 박은 뒤에 불에 태워 제거했습니다. 하지만 이미 많은 마을 사람들이 죽은 후였습니다. 모든 과정을 법에 따라 진행했습니다. 수많은 무덤을 파헤쳐서 수많은 뱀파이어들의 끔찍한 생명을 절단 냈지만 마을을 구할 수는 없었습니다. 그런데 여행으로 인근을 지나던 모라비아에서 온 한 귀족이 우연히 이 이야기를 듣고 자신이 마을의 문제를 해결해주겠다고 하셨습니다.

그분은 이런 일에 경험이 많고 그의 고향 출신이 다 그렇다고 했습니다. 그리고 그분이 그렇게 하셨습니다. 그날 밤은 달이 아주 밝았습니다. 해가 지자 바로 예배당의 첨탑으로 올라갔습니다. 거기서 바로 밑으로 묘지들이 보입니다. 저기 창문으로 보이지요? 거기서 그분은 뱀파이어가 무덤에서 나오기를 기다렸습니다. 뱀파이어는 린넨 옷을 접어서 무덤 근처에 두고 주민들을 덮치기 위해 마을 쪽으로 사라졌습니다.

귀족 나리는 이 모두를 지켜보다가 첨탑에서 내려와 뱀파이어가 말아놓은 린넨 천을 집어 들고 첨탑 꼭대기에 올려두었습니다. 마을에서 돌아온 뱀파이어가 천이 없어진 걸 알고 모라비아 귀족에게 사납게 울부짖더군요. 첨탑 꼭대기에 있던 그분은 올라와서 가져가라는 듯 뱀파이어에게 손짓을 했습니다. 뱀파이어는 그분의 말대로 첨탑을 오르기 시작했습니다. 뱀파이어가 탑 바로 아래 흉벽에 도달하자마자 모라비아 귀족은 칼로 내리쳐 놈을 두 동강 내고 아래 묘지로 던져버렸습니다. 그리고는 나선형 계단을 내려와 놈의 머리를 잘랐습니다. 다음날 그는 머리와 몸통을 마을 사람들에게 가져다주었고 우리는 그 몸에 말뚝을 박고 불에 태웠습니다.

이 일로 모라비아 귀족은 카른슈타인 가문의 수장에게 미르칼라 백작부인의 무덤을 이장하라는 허락을 얻었습니다. 그렇게 무덤이 옮겨지고 얼마지 않아 까맣게 잊혀졌습니다."

"무덤이 어디 있는지 알려줄 수 있겠나?" 장군이 절박하게 물었지만 나무꾼은 고개를 흔들며 미소를 지었다.

"지금 살아 있는 사람 중에는 아무도 알고 있는 사람이 없을 겁니다. 게다가 시신을 없앴다고 했지만 누가 확신할 수 있겠습니까?"

이야기를 마친 나무꾼은 도끼를 던져놓고는 자리를 떠났다. 그리고 우리는 남아서 장군의 기묘한 이야기를 마저 들었다.

그녀의 이름은 밀라르카

"사랑스런 제 아이는…빠르게 증상이 악화되었습니다. 아이를 진찰한 주치의는 제가 생각했던 것처럼 전혀 병세에 대해 모르더군요. 제가 심하게 걱정을 하자 다른 의사를 소개해주었습니다. 그라츠에서 좀 더 능력 있는 의사를 불렀습니다. 의사가 도착하기까지 며칠이 걸렸습니다. 전문적인데다가 친절하고 신실한 분이었습니다. 주치의와 새로 온 의사는 서재로 들어가 서로 의논을 하더군요. 저는 옆방에서 논의가 끝나기를 기다리고 있었습니다. 두 의사의 목소리가 전문적인 소견을 나누는 것이라고 보기엔 다소 언성이 높더군요. 저는 문을 두드리고 서재로 들어갔습니다. 그라츠에서 온 의사가 자신의 의견을 주장하고 있었습니다. 주치의는 조롱하듯 웃음을 터트리며 반박을 하더군요. 제가 들어가니 꼴사나운 신경전을 멈추고 언쟁을 끝내더군요.

'장군님, 이 잘나신 선생의 의견으로 장군님께는 의사가 아니라 주술사가 필요하답니다.'

주치의가 말했습니다.

'죄송하지만, 저는 언제든 제 방식으로 제 의견을 말씀드릴 생각입니다.' 그라츠에서 온 나이든 의사가 불쾌한 표정으로 말을 이었습니다. '장군님, 제 의술이나 지식이 아무런 도움이 되어드리지 못해서 유감입니다. 괜찮으시면 제가 떠나기 전에 장군님께 조언드릴 것이 좀 있습니다.'

의사는 한참 생각을 하더니 테이블에 앉아 뭔가를 쓰기 시작했습니다. 저는 상심해서 인사를 하고 서재를 나오려는데 주치의가 나이든 의사가 쓰는 걸 어깨 너머로 들여다보더니 어깨를 으쓱하고는 머리를 감싸더군요.

결국 진찰은 아무런 소용도 없었습니다. 심란해진 저는 정원으로 나갔습니다. 그라츠에서 온 의사가 십 분쯤 후에 저를 따라오더군요. 그는 방해해서 미안하다고 사과를 하고는 몇 가지를 더 말씀드리지 않고는 양심상 떠날 수가 없다고 했습니다. 나이든 의사는 자신의 소견이 틀리지 않았고 어떤 자연적인 질병도 이런 증상을 보일 수는 없으며 아이의 목숨이 위험하다고 했습니다. 하루나 이틀 정도의 시간밖에 없다고 했습니다. 처음에 정확한 처치와 치료로 한 번에 발작을 잡았으면 회복했을지도 모르지만 지금은 돌이킬 수 없는 상황까지 와 있다고, 한 번만 더 발작을 하면 마지막 불꽃마저 꺼질 수 있는, 언제 죽을지 모르는 상태라고 했습니다.

'선생께서 말씀하시는 발작이란 게 무엇입니까?' 제가 간절히 물었습니다.

'지금 장군님께 드리는 이 편지에 모두 적어놓았습니다. 특별한 조건이 있습니다. 근처에 있는 목사를 부르시고 목사가 왔을 때 편지를 열어보십시오. 반드시 목사와 함께 읽으셔야 합니다. 삶과 죽음이 걸린 문제이니 가볍게 생각하지 마십시오. 부득이하게 목사가 올 수 없다면 그럼 장군께서 혼자 열어보십시오.'

의사는 마지막으로 떠나기 전에 이런 문제에 정통한 사람이 있는데 만나볼 생각이 있냐고 물었습니다. 편지를 읽고 나면 아마 알고 싶을 거라고 했습니다. 그리고 그를 찾아가서 불러오라고 진지하게 충고하고는 떠났습니다.

목사는 오지 못했고 저는 혼자 편지를 읽었습니다. 다른 때 같았으면 황당해서 웃어버렸을 내용이었습니다. 하지만 사랑하는 아이의 생명이 위급하고 다른 방법이 없는 상황에서 아무리 지푸라기라도 움켜쥐고 싶지 않겠습니까?

전문가라는 의사의 쪽지만큼 황당한 것도 없었습니다. 그를 정신병원에 처넣어도 될 만큼 터무니없는 내용이었습니다. 환자는 뱀파이어의 공격으로 병이 났다고 하더군요. 아이의 목 근처에 생긴 구멍이 길고, 얇고, 뾰족한 뱀파이어의 송곳니 자국이라고 주장했습니다. 그 악마의 입술이 닿으면 생긴다는 작고 검푸른 자국도 뚜렷해서 의심할 여지가 없다고 하더군요. 환자가 묘사한 모든 증세가 비슷한 뱀파이어의 사례 기록과 정확히 일치한다고 했습니다.

저는 뱀파이어 같은 미신적 존재를 믿지 않는 사람입니다. 유능한 의사의 초자연적인 이론은 지식과 지혜가 누군가의 환상과 기묘하게 결합된 것 같았습니다. 하지만 아무것도 하지 않는 것보다는 낫다고 생각할 정도로 저는 절망적이었습니다. 그래서 편지의 지시를 따르기로 했습니다.

제 조카딸 방의 어두운 드레스룸에 몸을 숨겼습니다. 아이의 방에는 촛불이 켜져 있었고 아이는 바로 잠이 들었습니다. 쪽지에 적힌 대로 칼을 바로 옆 테이블에 놓고 작은 문틈으로 방을 엿보고 있었습니다. 한 시가 조금 넘었을까. 저는 검고 커다란 뭔가를 보았습니다. 그 형체는 제가 보기엔 침대 쪽으로 기어가고 있었습니다. 그러다 갑자기 검은 형체는 순간적으로 흔들리며 커다랗게 몸을 부풀리더니 제 아이의 목 쪽을 덮쳤습니다.

잠시 저는 너무 놀라 꼼짝도 못 하고 있다가 칼을 잡고 뛰어들어 갔습니다. 검은 형체는 침대 발치로 미끄러지듯 움츠러들었습니다. 그리고 침대에서 일 미터쯤 떨어진 바닥에 서서 잔혹하고 무서운 눈빛으로 저를 노려보았습니다. 밀라르카였습니다. 저는 생각할 겨를도 없이 칼을 그녀를 향해 내리쳤습니다. 하지만 밀라르카는 멀쩡한 모습으로 문 옆에 서 있더군요. 저는 두려웠지만 다시 쫓아가 그녀를 내리쳤습니다. 그녀는 다시 사라졌고 휘두른 제 칼은 문짝에 부딪혀 흔들리더군요.

그 끔찍한 밤에 일어난 일을 말로는 다 설명드릴 수가 없습니다. 집안이 뒤집혀졌고 밀라르카의 유령은 사라졌습니다. 그녀의 희생양인 제 아이는 빠르게 죽음의 나락으로 떨어져 아침이 되기 전에 죽었습니다."

노장군의 감정이 격해졌고 우리는 그에게 아무 말도 할 수가 없었다. 아버지는 말없이 자리에서 일어나 조금 떨어진 곳에 있는 묘비의 비문을 읽기 시작했다. 한동안 묘비명들을 둘러보던 아버지가 뭔가를 찾으러 예배실 문으로 들어갔다. 그때 가까이서 카르밀라와 페로돈 부인의 목소리가 들려와 나는 반가웠다. 하지만 목소리는 곧 다시 멀어졌다.

한 위대하고 지체 높은 가문의 멸망을 보여주는, 이 쓸쓸하고 황량한 풍경이 방금 들은 이상한 이야기들과 뒤섞였다. 그 흔적들이 먼지와 담쟁이덩굴 속에서 서서히 허물어져 가고 있었다. 모든 일들이 나한테 일어나고 있는 이상한 일들과 두려울 정도로 같았다. 침묵이 온통 주위 벽을 빽빽이 감싸고 있어 더 으스스한, 이 어두운 공간에서 서서히 공포심이 나를 엄습해왔다. 그리고 무엇보다 내 친구가 이 비극적이고 저주받은 사건에 등장해 엮여 들어갈 생각을 하니 마음이 괴로웠다.

장군은 부서진 묘비석의 밑단을 짚고 땅만 내려다보고

있었다.

고딕 양식 특유의 오싹한 상상력이 담긴 악마적이고 기괴한 조각품이 새겨진 좁은 아치형 문. 그 문으로 어두운 예배당 안으로 들어오는 카르밀라의 모습과 아름다운 얼굴이 보였다. 그녀 특유의 매혹적인 미소를 보고는 나도 막 일어나 웃으며 인사를 하려던 차였다.

그때 갑자기 옆에 있던 노장군이 울부짖으며 나무꾼의 손도끼를 집어 들고 뛰어나갔다. 장군을 보고 카르밀라의 표정이 사나워졌다. 그녀가 뒤로 움찔 물러나는 찰나에 순간적으로 괴물같이 변했다. 내가 미처 비명을 지르기도 전에 장군이 온 힘을 다해 그녀를 내리쳤다. 카르밀라는 몸을 숙여 피하며 그녀의 가느다란 손가락으로 장군의 손목을 움켜쥐었다. 장군은 그녀의 손아귀에서 벗어나려고 몸부림치다 도끼를 놓쳤고 카르밀라는 사라졌다.

장군은 비틀거리며 벽에 기댔다. 그의 회색 머리칼은 곤두서고 얼굴은 땀으로 흠뻑 젖어 있었다. 죽다가 살아난 사람 같았다.

끔찍한 상황은 순식간에 끝났다. 제 정신이 돌아온 내가 처음 기억하는 건 내 옆에 있던 페로돈 부인이 계속 카르밀라는 어디 있냐고 물었다는 것이다.

"몰라요. 저기로 갔는데…." 나는 간신히 대답하며 부인이 막 들어온 문을 가리켰다. "일이 분 정도 됐어요."

"하지만 카르밀라가 여기 들어온 뒤에 내가 계속 통로에 있었는데…다시 나오지 않았다고요."

부인이 문과 복도와 창문 쪽에서 카르밀라를 불렀지만 대답이 없었다.

"그녀이 자신을 카르밀라라고 하던가?" 장군이 아직 흥분한 상태로 물었다.

"네. 카르밀라예요." 제가 대답했습니다.

"아! 그게 밀라르카야. 그리고 그게 카른슈타인 백작부인인 미르칼라랑 같은 사람이지. 얘야, 어서 이 저주받은 곳을 되도록 빨리 떠나거라. 곧장 목사의 집으로 가서 우리가 올 때까지 기다려라, 어서! 카르밀라를 다시 볼 생각 말거라. 다시는 여기서 그녀을 보지 못할 테니까."

처형

그때 카르밀라가 들어왔다가 사라진 예배당 문으로 이

상한 외모의 남자가 들어왔다. 그 남자는 큰 키에 어깨가 좁고 구부정했다. 각진 검은색 옷을 입고 까무잡잡한 얼굴에 메마른 주름이 깊이 패어 있었다. 챙이 넓은 이상한 모자를 쓰고 희끗희끗한 긴 머리카락이 어깨까지 내려왔다. 그는 금테 안경을 쓰고 이상한 몸짓으로 느리게 걸어왔다. 가면 같은 미소를 띠고 하늘을 한번 봤다, 땅을 한번 봤다 하며 길고 가는 팔을 휘저으며 다가왔다. 앙상한 손에 비해 너무 크고, 낡고, 검은 장갑을 끼고 의미를 알 수 없는 손짓을 하며 팔을 흔들었다.

"이런 남작님이시군요. 오셔서 정말 기쁩니다. 이렇게 바로 와주실 거라곤 생각도 못 했습니다." 장군이 소리치며 남자를 반겼다.

장군은 마침 그때 돌아온 아버지를 불러 남작이라는 기묘한 노신사에게 인사를 시켰다. 형식적인 인사를 마치자 그들은 바로 심각한 이야기를 나누기 시작했다. 남작이 주머니에서 종이 뭉치를 꺼내 옆에 있는 묘지 위에 펼쳤다. 남작은 연필을 잡고 종이 위에 한 지점에서 한 지점까지 가상의 선을 그었다. 그리고 서로 오가던 세 사람의 시선이 건물의 어떤 지점에 꽂혔다. 그 종이는 예배당의 지도 같았다. 남작이 빛바랜 종이에 글자가 빽빽한, 더럽고 작은 책을 때때로 읽어가며 설명을 해나갔다.

그들은 내가 있는 쪽에서 맞은편 복도를 따라가며 이야기를 나누더니 보폭으로 거리를 재기 시작했다. 그리고 한 측벽에 멈춰서 벽을 자세히 살펴보고는 덮고 있는 담쟁이 덩굴을 제거하고, 작대기 끝으로 회벽을 벗겨내고, 긁어내고, 두드렸다. 그리고 마침내 글자가 새겨진 넓은 대리석 석판을 찾아냈다.

불려온 나무꾼의 도움으로 새겨진 비문과 가문의 문장의 정체가 밝혀졌다. 그것은 오랫동안 잊혀졌던 카른슈타인 백작부인 미르칼라의 것이었다.

기도하는 모습이라고 보긴 이상했지만 노장군이 손을 뻗어 하늘에 감사의 말을 중얼거렸다.

"내일, 교구 위원들이 여기 도착하는 대로 절차에 따라 종교 재판이 열릴 겁니다." 장군이 말했다. 그리고 금테 안경을 쓴 노신사에게 돌아서서 그의 두 손을 힘주어 맞잡았다.

"남작님, 어떻게 감사를 드려야 할지요. 우리 모두 정말 감사할 따름입니다. 백 년 넘게 주민들을 괴롭혀온 전염병으로부터 이 지역을 구해내셨습니다. 신께 감사하게도 그 끔찍한 괴물을 마침내 찾아냈습니다.”

갑자기 아버지가 노신사를 한쪽으로 데려가고 장군도 뒤를 따라갔다. 소리가 들리지 않은 곳으로 그들을 데려가서 내 이야기를 하는 것 같았다. 그들은 이야기를 나누면서 자주 내 쪽을 힐끗거렸다.

이야기를 끝낸 아버지가 내게 와 여러 번 입을 맞추고는 나를 예배당 밖으로 데리고 나가 말씀하셨다.

“돌아가야겠다. 근데 그전에 여기서 멀지 않은 곳에 사시는 목사님을 찾아뵈어야 한다. 그리고 우리와 함께 성으로 함께 가주십사 부탁드려 보자.”

아버지의 말대로 우리는 목사님을 설득해 함께 성으로 돌아왔다. 말할 수 없이 지쳐 있던 터라 집에 오니 기뻤다. 하지만 기쁨도 잠시, 카르밀라가 어떻게 되었는지 생각하니 가슴이 철렁했다. 허물어진 예배당에서 무슨 일이 있었는지 아무도 내게 설명해주지 않았다.

잠자리에 들기 전 절차가 유별나졌다. 하인 두 명과 페로돈 부인이 내 방에서 불침번을 섰고 아버지와 목사가 함께 드레스룸에서 나를 감시했다.

며칠이 지난 후에야 모든 사정을 명확하게 알게 되었다.

카르밀라가 사라지자 내가 매일 밤 겪던 고통도 사라졌다.

여러분들도 스티리아 전역에, 모라비아, 슐레지아, 터키령 세르비아, 폴란드, 심지어 러시아에까지 퍼진 오싹한 전설을 들어봤을 것이다. 그 전설에 따르면 그들은 뱀파이어로 불린다.

지성과 고결함을 갖춘 심사관들로 구성된 위원회 앞에서 진지하게 선서한 수많은 사람들의 증언과 다른 종류의 사건과는 비교도 되지 않을 만큼 많은 보고서는 어느 정도 신뢰성을 갖고 있고 누구도 뱀파이어의 존재를 의심하거나 부인하기 어렵게 한다.

내 입장에서는 내가 직접 보고 겪은 것을 설명해줄 만한 이론을 찾지 못했다. 나에게 그 이론들은 이 지역에 퍼져 있는 오래전부터 전해오는 미신과 다를 게 없다.

다음 날 카른슈타인의 예배당에서 공식적인 절차가 집행되었다. 미르칼라 백작부인의 무덤이 열리고 장군과 아버지는 믿을 수 없는 자신들의 아름다운 손님의 얼굴을 직접 눈으로 확인했다. 그녀의 시신은 장례식 이후에 백오십 년이 지났음에도 화사하게 생기가 돌았다. 그녀는 눈을 뜨고 있었고 관에서 시체 썩은 냄새도 나지 않았다. 공식적으로 부검을 진행하는 사람과 조사를 진행하고 있는 검시관, 이렇게 두 명이 희미하지만 분명한 호흡과 심장 박동이 있다는 경악할 만한 사실을 확인했다. 사후 경직이 전혀 없었고 시신은 살아 있는 것처럼 탄력이 있었다. 납관 바닥이 피로 흥건했고 이는 뱀파이어의 흔적이자 증거로 받아들여졌다.

오래전부터 전해져 오는 방법으로 시신을 꺼내 그 뱀파이어의 심장에 날카로운 말뚝을 박았다. 그러자 시체에서 죽어가는 사람의 마지막 비명처럼 날카로운 괴성이 흘러나왔다. 그리고 목을 자르자 잘린 목에서 피가 솟구쳤다. 시체의 몸뚱이와 머리는 장작더미에 던져 불에 태웠다. 타고난 재는 강에 뿌려져 떠내려갔다. 그 이후로 그 지역에서 뱀파이어의 습격으로 죽어가는 사람들이 없어졌다.

아버지가 이 집행에 참여한 모든 사람들의 서명과 확인 진술서가 붙어 있는 위원회의 공식 보고서 복사본을 가지고 있었다. 이 끔찍한 마지막 장면은 공식적인 보고서에서 내가 요약한 것이다.

에필로그

제가 이 글을 침착하게 쓰고 있다고 생각하실지 모르겠습니다. 하지만 전혀 그렇지 않습니다. 저는 그 일을 떠올리면 아직도 몸이 떨려옵니다. 선생님께서 계속 간절히 부탁하시지 않았다면 제가 몇 달 동안 신경 쇠약에 시달리면서도 이렇게 책상에 앉아 있는 일은 없었을 것입니다. 제가 회복된 뒤에도 오랫동안 설명할 수 없는 공포의 그림자가 되살아나곤 했습니다. 저는 하루하루가 괴로웠고 끔찍하게 고독했습니다.

보르덴부르크 남작이라는 특이한 인물에 대해 몇 마디 더 하겠습니다. 그분의 구전 지식들은 미르칼라 백작부인의 무덤을 발견하는 데 결정적인 도움을 주었습니다.

그는 원래 북부 스티리아 출신으로 막대한 유산을 물려받았으나 뱀파이어의 전설을 연구하는 데 시간과 돈을 다 투자하고 지금은 그라츠에서 근근이 살아가고 있습니다. 이 주제에 관한 온갖 연구들에 정통한 분이지요. 《사후세계의 신비》, 《천국의 플레곤》, 《죽은 자를 보살피는 법》, 《뱀파이어에 대한 기독교적 인식》, 존 크리스토퍼 헤렌베르크의 저

작들과 그 외의 많은 연구서들. 그 중에 남작이 아버지에게 빌려줬던 몇 권만 기억나는군요. 남작은 뱀파이어에 관한 모든 판례를 요약한 문헌을 가지고 있었고 거기서 뱀파이어의 생존 조건을 지배하는 주요 원칙들을, 때론 공통되기도 하고 때론 예외적이기도 한 법칙들을 추려냈습니다.

간단히 언급하자면 뱀파이어가 죽은 자의 망령이라서 시체처럼 창백하다는 것은 통속적인 소설에나 나오는 얘기입니다. 무덤에 있는 뱀파이어가 인간 세상에 나타날 때는 혈색이 아주 좋습니다. 뱀파이어의 관을 열어 보면 오래전에 죽은 카른슈타인 백작부인의 경우처럼 여러 징후들에서 뱀파이어의 생명력이 드러납니다.

또 그들이 어떻게 무덤에서 나왔다 매일 일정 시간이 지나면 돌아가는 관이나 수의에 진흙이나 다른 흔적들을 남기지 않는지도 항상 설명되지 않는 의문이었습니다.

뱀파이어는 매일 무덤에 돌아가서 원기를 회복하는 이중생활을 해야 합니다. 살아 있는 자의 피가 그들에게 산 사람처럼 생기가 돌게 합니다. 뱀파이어는 특정한 사람과 사랑과 비슷한 맹목적인 격정에 빠지는 경향이 있습니다. 그래서 자신의 욕망을 채우기 위해서는 끝없는 인내와 술수를 발휘해야 합니다. 특정한 상대에 접근하는 데 수백 가지의 방해물을 넘어서야 합니다. 그리고 그 욕망이 완전히 충족될 때까지, 은밀한 희생양을 모조리 빨아들일 때까지 멈추지 않습니다. 하지만 이번 제 경우에는 미식가의 만족감을 위해 살인의 쾌락을 절제하고 기다렸습니다. 그리고 정교한 유혹의 기술로 한 단계씩 접근하며 수위를 높여갔습니다. 어떤 이해나 연민 같은 것을 갈구했던 것도 같습니다. 보통은 바로 상대에게 접근해서 폭력적으로 습격해서 질식시키고 한 번의 피의 파티로 마무리합니다.

뱀파이어는 어떤 상황에서는 특별한 조건들에 구속되는 것 같습니다. 제가 말씀드렸던 미르칼라라는 이름이 그런 경우입니다. 진짜 이름이 아니면 철자를 첨가하거나 빼지 않고 그 안에서 재조합해서 이름을 만들었습니다. 일종의 애너그램입니다. 카르밀라도 그렇고 밀라르카도 그렇습니다.

카르밀라를 처단한 후에 보르덴부르크 남작은 이삼 주 정도 더 우리 성에 머물렀습니다. 아버지는 모라비아 귀족과 뱀파이어의 카른슈타인 교회 묘지에 대한 이야기를 하며 미르칼라 백작부인의 숨겨진 무덤을 어떻게 그렇게 정확하게 찾을 수 있었는지 물었습니다.

남작의 기묘한 얼굴이 의미를 알 수 없는 미소로 일그러졌습니다. 남작은 한동안 말없이 고개를 숙이고 자신의 헤진 안경 케이스를 만지작거리다 입을 열었습니다.

"저는 대단한 사람이 쓴 기록과 논문들을 가지고 있습니다. 그중에서 가장 흥미로운 것은 카른슈타인을 방문하고 남긴 글이었습니다. 물론 구전이라 약간은 왜곡되고 변질된 부분도 있습니다. 그가 귀족이고 거기 거주지가 있어서 모리비아 귀족이라고 불렸던 사람입니다. 하지만 사실 그는 스티리아 북쪽 출신이었습니다. 아주 젊은 시절 그는 아름다운 카른슈타인 백작부인 미르칼라를 사랑했고 그녀의 연인이었다고 할 수 있습니다. 그녀가 젊은 나이에 죽자 그는 깊은 슬픔에 빠졌습니다. 확장하고 번식하는 것은 뱀파이어의 본성입니다. 하지만 영적이면서도 특정한 룰에 따라 그렇게 합니다. 그 악령이 잠든 사람들을 찾아옵니다. 그들이 죽으면 예외 없이 무덤에서 뱀파이어로 변하지요. 이런 일이 아름다운 미르칼라에게도 일어난 겁니다. 이 악마들 중 하나의 습격을 받은 겁니다. 제가 직위를 물려받은 제 선조 보르덴부르크 남작이 이를 알아내고 평생을 바쳐 이에 대한 연구를 하셨습니다. 꽤 많은 부분까지 알아내셨습니다.

무엇보다 그는 살아 있을 때 그토록 자신이 흠모했던 백작부인이 빠르든 늦든 아마 뱀파이어가 될 거라고 생각했습니다. 그는 그녀의 유해가 사후 처형이라는 광폭한 신성모독적인 능멸을 당할지도 모른다는 생각을 하고 공포를 느꼈습니다. 그분은 죽은 자와 산 자 사이의 이중생활에서 벗어난 뱀파이어는 더 끔찍한 괴물이 된다고 주장하는 이상한 글을 남기기도 하셨습니다. 어쨌든 그분은 한때 사랑했던 미르칼라를 이로부터 구하려고 하신 겁니다. 그는 미르칼라의 무덤을 이장한다는 핑계를 대고 여기에 오셨는데 사실은 묘비를 없애버리기 위해서였습니다.

어느덧 세월이 많이 흘러 옛날과는 다른 심정으로 자신이 했던 일을 떠올리고 공포심에 사로잡혔습니다. 그래서 내가 그 위치를 알 수 있는 흔적과 메모를 남겨놓았고 자신이 저지른 술책을 고백하셨습니다. 만일 그분이 이 문제에 대해 돌아가시기 전에 좀 더 조치를 취하셨다면 좋았겠지만, 또 너무 늦은 감이 있지만 오랜 후손의 손으로 결국 그 괴물의 은신처를 찾게 된 셈이죠."

우리는 더 많은 이야기들을 나누었지만 그중 남작은 이런 이야기도 남겼습니다.

"뱀파이어의 특성 중 하나가 손아귀의 힘입니다. 장군이 도끼를 들어 올렸을 때 미르칼라의 가녀린 손가락이 장군의 손목을 강철 족쇄처럼 움켜쥐었던 것 말입니다. 하지만 그 아귀힘이 다가 아닙니다. 움켜쥘 때 사지가 마비가 되기도 합니다. 그러면 회복하는 데 아주 오래 걸린다고 하더군요."

이듬해 봄이 되자 아버지는 저를 데리고 여행을 떠나 이탈리아 전역을 돌았습니다. 우리는 일 년 넘게 집을 떠나 있었습니다. 시간이 흐르면서 제가 겪었던 일들에 대한 공포심은 점점 옅어졌습니다. 지금 카르밀라를 생각하면 두 가지 이미지가 뒤섞여 왔다 갔다 합니다. 하나는 장난기 많고 연약하고 아름다운 소녀고, 하나는 폐허가 된 예배당에서 몸부림치던 악마입니다. 그리고 그렇게 상념에 잠겨 있을 때면 아직도 응접실 문가에서 카르밀라의 가벼운 발소리가 들려오는 것 같습니다.

CHAPTER II

GREEN TEA

녹차

PREFACE

나는 외과와 내과, 두 분야에서 모두 제대로 교육을 받았지만 실무 경험은 없다. 하지만 계속 열정을 갖고 공부해오고 있다. 의사가 되기로 마음먹은 후, 그 명예로운 소명에서 날 벗어나게 한 것은 게으름도 변덕도 아니었다. 그건 해부용 칼에 베인 정말 하찮은 상처 하나 때문이었다. 그 하찮은 상처로 손가락 두 개를 즉시 절단해야 했고, 나는 손가락보다 건강을 잃은 게 더 고통스러웠다. 그 후 내내 몸이 좋지 않아 한곳에서 일 년 이상을 지낸 적이 거의 없었다.

이곳저곳을 떠돌던 중 마틴 헤셀리우스 박사님을 알게 되었다. 박사님도 나처럼 떠돌던 중이었고, 나처럼 의사였으며, 나처럼 자신의 전문 분야에 열정적이었다. 박사님의 방황은 자발적이라는 것이 나와 다른 점이었다. 또 다른 점이 있다면, 박사님은 영국에서 대단한 재산가는 아니더라도 최소한 남들이 말하는 금전적으로 평탄한 삶을 살아온 사람이었다. 처음 만났을 때 이미 연로하셨던 박사님은 나보다 나이가 무려 서른다섯 살이나 위였다.

나는 마틴 헤셀리우스 박사님을 스승으로 모시기로 했다. 지식이 방대하고 사례를 꿰뚫어 보는 직관을 지닌 박사님은 나처럼 열정 있는 젊은이에게 감탄과 즐거운 영감을 불어넣어 주는 바로 그런 사람이었다. 박사님을 향한 나의 존경심은 시간이 지나도 변하지 않았고 죽음 앞에서도 희미해지지 않았다. 당연히 그럴 만했다.

나는 거의 이십 년 동안 박사님의 의료 비서를 자처했다. 박사님의 사후에 그가 소장했던 방대한 문서들이 정리되고, 색인이 붙여지고, 책자로 묶여 내게 유품으로 남겨졌다. 박사님은 사례를 두 단계의 독특한 방식으로 기록했는데 그 방식이 아주 흥미로웠다. 먼저, 박사님은 자신이 보고 듣고 관찰한 내용을 누구나 이해할 수 있도록 일반적인 언어로 명료하게 풀어썼다. 문 안쪽으로 햇빛이 쏟아지는 한낮 진료실에서 만났던 환자든, 죽은 자들이 머무는 곳으로 통하는 어둠의 문턱에 있던 환자든, 박사님은 그들의 사례를 비전문가의 언어로 기록한 후, 다시 그 이야기의 처음으로 돌아가 의학 전문가의 견해와 천재의 독창성을 더해 분석하고, 진단하고, 삽화를 추가했다.

여기저기 있던 문서들 중에는 대중들에게 즐겁거나 놀라운 읽을거리를 제공하기 위해 기록된 듯 보이는 것들도 있었다. 전문가들이 관심을 가질 만한 부분과는 사뭇 다른 면에서 눈길을 끄는 사례들이었다. 글의 표현을 조금 수정하고, 물론 등장인물의 이름들도 바꿔서, 아래의 내용을 다음과 같이 옮긴다.

이 이야기는 약 64년 전 박사님이 영국을 여행하는 동안에 기록한 방대한 사례들 속에서 발견한 것이며, 이야기 속 '나'는 마틴 헤셀리우스 박사님이다. 내가 옮긴 내용은 박사님의 친구, 레이덴의 반 루 교수님께 보낸 일련의 편지들이다.

반 루 교수님은 의사는 아니지만 역사와 형이상학은 물론 의학에도 관심이 많았고 한창때는 극본도 썼던 화학자이다. 따라서 이 이야기는 의료 기록으로는 다소 부족할지는 모르나 의학에 정통하지 않은 독자들의 흥미를 끌 만하다고 생각한다.

첨부된 메모를 보니, 이 편지들은 1819년 반 루 교수님이 돌아가신 후 헤셀리우스 박사님께 다시 돌아온 모양이다. 어떤 부분은 영어나 불어이지만, 편지의 대부분은 독일어로 쓰여 있다. 부족한 글 솜씨를 스스로도 잘 알지만 성실히 번역했다. 일부는 줄이거나 생략했고, 가명을 사용한 것도 있다. 그러나 그 어떤 것도 내가 덧붙이지는 않았다.

제닝스 신부

제닝스 신부님은 키가 크고 마른 편입니다. 구닥다리 고교회파(예배를 중요시하는 영국 국교회의 한 종파-역주) 정복을 말쑥하게 차려입은 중년의 남자로, 조금 엄숙해 보이긴 해도 완고한 사람은 아닌 것 같더군요. 미남은 아니지만 이목구비가 뚜렷하고, 수줍어 보이면서도 아주 친절한 태도를 가진 사람입니다.

메리 헤이듀크 부인 댁에서 열린 한 저녁 모임에서 신부님을 처음 만났습니다. 표정에서 드러나는 겸손과 인자함에 강한 인상을 받았습니다.

몇 명 되진 않았지만 신부님은 적절하게 대화에 참여하는 편이었어요. 말을 하기보다 듣기를 더 즐기는 것 같았지만 그래도 말을 할 때면 분명하고 조리가 있더군요. 메리 부인은 특히 신부님을 좋아해서 많은 것들을 신부님과 상의하더군요. 부인은 신부님이 이 세상에서 가장 행복하고 축복받은 사람이라고 생각했는데, 그를 잘 몰랐던 거죠.

미혼인 제닝스 신부님은 자선 사업을 하셨습니다. 사람들 말로는 육만 파운드나 모았다고 하더군요. 신부님은 무엇보다 성직자의 본분에 헌신적인 분이셨습니다. 하지만 워릭셔에 있는 사제관으로 돌아갈 때마다 이상하게 건강이 안 좋아진다고 했습니다. 그 외 다른 곳에서는 늘 잘 지낸다고 하네요. 물론 메리 부인한테 들은 말입니다.

확실한 건, 가끔 컨리스에 있는 자신의 고풍스러운 성당에서 예배를 집전하는 것만으로도 신부님의 상태가 갑자기 이상하게 안 좋아진다는 겁니다. 심장이나 신경에 문제가 있을 수도 있겠네요. 하지만 신부님은 벌써 서너 번 넘게 예배 중에 갑자기 멈춘 적이 있다고 합니다. 도저히 말을 잇기 힘든 듯 잠시 침묵하다가, 혼자만의 생각에 빠져서는 두 손을 올리고 위를 올려다보며 무언의 기도를 읊다가, 이내 이유를 알 수 없는 수치심과 공포심에 얼굴이 시체처럼 창백하게 질린 채 마치 쫓기듯 몸을 떨면서 강단에서 내려온다고 합니다. 그런 식으로 한마디 설명도 없이 그곳에 모인 성도들을 내버려 두고 혼자 제의실로 들어가 버리곤 한다는군요. 이게 다 보좌 신부님이 없을 때 일어난 일입니다. 그래서 이제 제닝스 신부님이 컨리스에 갈 때면 이런 갑작스러운 일에 대비하기 위해서 항상 자신의 성스러운 의무를 분담해줄 수 있는 사제를 미리 준비해둔다고 합니다.

메리 부인의 말에 따르면, 신부님 건강이 심하게 안 좋아져서 사제관을 떠나 런던으로 돌아오면 다시 건강이 좋아져 잘 지낸다고 합니다. 신부님은 런던에 돌아오면 피카딜리의 어두운 뒷골목에 있는 아주 작은 집에서 주로 지내십니다. 거기에 대해서 저는 나름 짚이는 바가 있습니다. 물론 정도의 차이는 있겠지만, 좀 더 두고 보면 아실 겁니다.

제닝스 신부님은 정말 신사다운 사람이었지만 좀 특이하다는 소문이 있더군요. 사람들이 약간 낯선 인상을 받은 거죠. 다른 사람들이 기억하지 못하거나 혹은 눈치 채지 못한 부분일 수 있지만, 제가 신부님을 보자마자 발견한 것이 하나 있습니다. 그는 마치 움직이는 뭔가를 눈으로 좇듯 바닥의 카펫을 곁눈질하더군요. 물론 항상 그러지는 않았지만 아까 말한 것처럼 신부님이 어딘가 이상하다고 느낄 수 있을 만큼 자주 그랬습니다. 바닥을 훑는 신부님의 시선에 어떤 부끄러움과 불안이 배어 있었죠.

교수님은 절 의학 철학자라고 부르시지요. 의학 철학자는 스스로 찾아내고 관찰한 사례를 시간을 들여 연구하기 때문에 일반적인 의사라면 생각할 수 없을 정도의 끝도 없는 세부 사항을 바탕으로 가설을 정교하게 다듬습니다. 그러다 보니 자기도 모르게 관찰하는 습관이 몸에 배어, 어디를 가든지 무례하다고 여겨질 정도로 그 습관을 발휘하게 되더군요. 별 소득 없이 끝나더라도 그 모든 것들을 관찰하곤 합니다.

이 신부님은 제 안의 그런 종류의 탐구심을 불러일으키는 면이 있었습니다. 이 소심하고, 친절하지만 말수가 적고, 몸이 야윈 신사분을 그날 저녁의 화기애애한 소모임에서 처음 만났지만 말입니다. 물론 전 여기에 기록한 것보다 많은 부분을 관찰했지만, 전문적인 부분은 엄밀한 과학 논문을 위해 아껴두겠습니다.

제가 이 편지에서 의학적인 설명을 구구절절 늘어놓을지도 모르겠습니다. 하지만 이는 육체적인 의학적 치료만을 위한 것이 아니라 언젠가 이것이 훨씬 포괄적이고 좀 더 일반적인 시각으로 이해되길 바라기 때문이라는 걸 말해두고 싶습니다. 우선, 저는 모든 자연계가 그 자체로 실존하는 영적 세계의 궁극적인 표상일 뿐이라고 생각합니다. 사람의 본질은 영혼이고 그 영혼은 조직화된 물질이지만, 우리가 일반적으로 이해하고 있는 물질과는 조금 다릅니다. 빛이나 전기처럼 말이죠. 그러므로 육신은 말 그대로 껍데기일 뿐이고, 죽음은 살아 있는 존재의 마지막이 아니라 그의 육신으로부터의 해방입니다. 그리고 우리가 죽음이라고 부르는 그 시점부터 시작하여 며칠이면 완성되는 그 과정이 '권능으로 인한' 부활이라고 생각합니다.

이런 가설들이 초래할 결과를 생각해본다면, 아마 그것들이 앞으로 의학에 어떤 현실적인 영향을 끼칠지도 상상해볼 수 있으시겠죠. 하지만 지금 이 편지가 이런 생소하고 논란의 여지가 있는 주제에 대한 증거를 나열하고 논의할 만한 자리는 아닌 것 같으니, 이 정도로 마무리하겠습니다.

제가 습관처럼 몰래 관찰하고 있는 것을 제닝스 신부님이 눈치 챘던 모양입니다. 신부님도 조심스럽게 절 관찰하고 있었던 게 분명합니다. 메리 부인이 마침 헤셀리우스 박사님, 하고 저를 부르자 신부님이 저를 더 뚫어지게 바라보다가 잠시 생각에 잠기더군요.

그 후, 응접실의 한쪽 구석에서 어떤 신사 분과 이야기를 하고 있는데 신부님이 저를 줄곧 보고 있다는 걸 알아챘습니다. 그 이유는 대충 짐작할 수 있었죠. 그리고 신부님이 메리 부인과 이야기하는 모습을 봤는데 멀리서도 저에 대해 묻고 있는 걸 알 수 있었습니다.

얼마 지나지 않아 키가 큰 신부님이 저에게 다가와 말을 걸었고, 자연스럽게 우리는 대화를 나누게 되었습니다. 어떤 두 사람이 둘 다 독서를 즐기고, 좋은 책과 장소들을 알고, 여행도 많이 하고, 대화를 나누고 싶어 하는데 서로 할 이야기가 없다면 그게 더 이상하겠지요. 신부님이 저에게 다가와 이야기를 시작하게 된 건 우연이 아니었습니다. 독일어에 능통한 신부님이 '형이상학적 의학'에 대해 제가 쓴 논문을 읽어본 적이 있다더군요. 보기보다 어려운 논문이었는데 말입니다.

이 정중하고, 온화하고, 낯을 가리며, 사색과 독서를 즐기는 남자는 우리와 함께 자리하고 대화하면서도 겉돌았습니다. 세상과는 물론 가장 가까운 친구들과도 넘을 수 없는 벽을 두고 있는 것 같았죠. 자신의 삶에서 일어나는 일들이나 문제들을 모두 조심스럽게 숨기는 사람일 것 같다고 생각하고 있었는데, 그런 그가 저에게 한 발자국 다가오기 위해 신중하게 고민하고 있더군요.

신부님은 눈치 채지 못했지만 저는 그의 생각을 꿰뚫어 보고 있었습니다. 그래서 그의 예민한 경계심을 자극하거나 그에 대한 제 추측이 드러날 만한 말은 삼갔습니다. 저를 염두에 둔 그의 계획을 지레짐작한다는 인상을 주게 될까 조심스러웠지요.

우리는 한동안 다른 주제로 이야기를 나눴는데, 결국 신부님이 이렇게 운을 떼더군요.

"헤셀리우스 박사님, 박사님이 형이상학 의학에 관해 쓰신 논문을 정말 흥미롭게 읽었습니다. 십 년도 전에 독일어로 봤는데 영어로도 번역되었나요?"

"아니요, 번역이 되었다면 제가 모를 리 없습니다. 제 허락이 필요한 일 같으니까요."

"저는 독일어로 된 원서를 구하고 싶어서 몇 달 전에 이곳 출판사에 문의했는데 이제 절판되었다고 하더군요."

"그렇죠. 절판된 지 몇 년 된 것 같습니다. 하지만 대단치 않은 제 저서를 기억해주시다니 저자로서 기분 좋은 일이군요." 제가 웃으며 덧붙였습니다. "십 년이나 제 저서를 염두에 두셨을 리는 없고 다시 생각나신 모양이군요. 아니면 최근에 그 내용이 생각날 만한 일이 있으셨나 봅니다."

호기심 어린 질문에 제닝스 신부님은 얼굴을 붉히며 마치 어쩔 줄 모르는 소녀처럼 갑자기 당황한 기색이더군요. 시선을 떨구고 어색하게 두 손을 마주잡은 그는 잠깐이지만 죄지은 사람처럼 이상해 보였습니다.

저는 모르는 척 계속 말을 이었습니다. 그게 신부님을 곤란함에서 벗어나게 해줄 수 있는 최선의 방법이었으니까요.

“저도 예전에 관심을 가졌던 주제가 가끔 다시 생각날 때가 있습니다. 책을 읽다 보면 또 다른 책이 떠올라 한 이십 년 전에 읽었던 책을 찾느라 부질없는 수고를 하기도 하고요. 그런데 신부님이 원서를 아직 찾고 계시면 제가 기꺼이 한 권 드릴 수 있습니다. 아직 두세 권이 남아 있는 것 같으니 한 권 받아주신다면 저도 정말 영광이겠습니다.”

"정말 친절하시군요.” 제닝스 신부님은 다시 평정심을 되찾은 듯 보였습니다. “거의 포기할 뻔했는데, 어떻게 감사를 드려야 할지 모르겠습니다.”

"그런 말씀 마세요. 정말 변변찮은 책이라 오히려 드리기 창피할 지경입니다. 더 말씀하시면 제가 몸 둘 바를 몰라 그 하찮은 책을 벽난로에 던져버릴지도 모릅니다.”

제닝스 신부님은 웃음을 터트리고 제가 런던의 어디 머물고 있는지 물어보더군요. 그리고 그 밖의 다양한 이야기들을 좀 더 나누다 신부님은 자리를 떠났습니다.

추론

“신부님은 정말 좋으신 분 같습니다.”

제닝스 신부님이 자리를 떠나자마자 저는 메리 부인에게 말했습니다. “책도 많이 보시고, 견문도 넓으시고, 생각도 깊으신 데다 건강을 잃었던 경험까지 있다니 대화하기에는 정말 최고의 친구네요.”

“그렇죠, 정말 좋으신 분이죠.” 메리 부인이 말했습니다. “학교 문제나 여기 도울브리지의 여러 일들에 대해서도 귀중한 조언을 해주시죠. 상상도 안 갈 정도로 수고하시고 도움을 주시려 노력하신답니다. 원래 아주 선하고 현명하신 분이시죠.”

“신부님이 주위 사람들을 그렇게 잘 보살피신다니 정말 대단하시군요. 친절하고 온화하신 분이라는 건 저도 확실히 알겠더군요. 그런데 부인께서 말씀해주신 내용 외에 제가 신부님에 대해 몇 가지 알아낸 게 있답니다.” 제가 말했습니다.

“어머 정말요?”

“네, 우선 미혼이시죠.”

“네, 맞아요. 그리고요?”

“글을 쓰시는데…아니, 예전에 쓰셨군요. 아마 이삼 년 동안 쓰시다가 미완성으로 남아 있는 조금 추상적인 주제에 관한 책이 있겠군요. 신학일 수도 있고요.”

“맞아요, 박사님 말씀대로 책을 쓰고 계셨죠. 무슨 책이었는지 잘 모르겠지만, 제가 좋아하는 주제가 아니었던 건 확실해요. 박사님 말씀이 맞을 거예요. 그리고 쓰시는 걸 그만두셨어요.”

“그리고 오늘 밤 여기서는 커피만 조금 드셨지만, 신부님은 차를 좋아하시거나 최소한 예전에 좋아하셨을 것 같습니다. 지나칠 정도로 말입니다.”

“맞아요. 정말 그랬어요.”

“신부님은 녹차를 아주 많이 드시지요, 그렇지 않습니까?” 제가 물었습니다.

“어머, 정말 신기하네요! 목사님과 녹차 문제로 거의 다

툴 뻔한 적도 있었죠."

"하지만 지금은 완전히 끊으셨고요." 제가 말했습니다.

"네, 그래요."

"그리고, 하나 더 묻겠습니다. 신부님의 어머니나 아버지를 아시나요?"

"네, 두 분 다요. 아저씨가 돌아가신 지는 십 년밖에 안 됐어요. 신부님의 부모님 댁도 도울브리지 근처예요. 우리는 두 분과도 다 잘 알고 지내는 사이였어요." 메리 부인이 대답했습니다.

"그렇다면, 신부님의 어머님이나 아버님 두 분 중에서, 아버님이라 생각되지만, 유령을 보셨군요." 제가 말했죠.

"헤셀리우스 박사님, 정말 점쟁이시군요."

"점쟁이든 아니든, 제 말이 맞지 않습니까?" 기쁜 목소리로 제가 되물었습니다.

"정말 그랬어요. 신부님 아버님이셨죠. 말수가 적고 엉뚱한 분이셨는데, 저희 아버지가 지겨워하실 정도로 자기 꿈 이야기를 많이 하셨어요. 나중에 저희 아버지한테 유령을 만나고 대화까지 한 이야기도 하셨는데, 정말 이상한 이야기였죠. 제가 아저씨를 너무 무서워했기 때문에 그 이야기가 특별히 기억에 남아 있어요. 제가 어렸을 때, 그러니까 아저씨가 돌아가시기 훨씬 전의 이야기죠. 땅거미가 질 무렵 제가 응접실에 혼자 있을 때 아저씨가 가끔 들리셨는데, 워낙 말수도 없고 음울하셨던 분이라서 저는 아저씨 주위에 유령들이 떠다니는 상상을 하곤 했어요."

저는 웃으며 고개를 끄덕였습니다.

"자, 이제 제가 점쟁이라는 걸 증명했으니 슬슬 갈 시간이 된 것 같군요." 제가 말했습니다.

"그런데 진짜 어떻게 아셨어요?"

"당연히 집시들처럼 별자리를 보고 알았죠."

그렇게 대화를 마무리하고, 우리는 즐겁게 작별 인사를 나누었습니다.

다음 날 아침, 저는 제닝스 신부님이 원하시던, 제 변변찮은 책과 짧은 편지를 그에게 보냈습니다. 그런데 저녁에 돌아와 보니 제가 자리를 비운 사이 신부님이 제 거처에 편지를 남겨놓고 갔더군요. 제가 부재중이라 언제 다시 와야 저를 만날 수 있는지를 묻고 갔다고 했습니다.

신부님이 저를 만나게 되면, 자신의 상태를 솔직히 밝히고 제게 소위 말하는 '전문적인' 도움을 청할까요? 그랬으면 좋겠습니다. 저는 이미 신부님의 상태에 대해 짐작되는 부분이 있으니까요. 작별 인사 전에 들은 메리 부인의 대답으로도 확인했지만, 신부님의 입으로 직접 말하는 걸 듣고 싶었습니다. 하지만 제가 어떻게 해야 무례하지 않게 신부님의 자백을 얻어낼 수 있을까요? 그런 방법은 없을 것 같습니다만, 상대방도 그 방법을 고민하는 것 같습니다.

친애하는 반 루 교수님, 어찌 됐든 신부님이 저를 쉽게 접근할 수 있는 사람으로 생각하셨으면 좋겠습니다. 내일 신부님을 방문할 생각입니다. 신부님이 저에게 갖춘 예의를 생각하면 그게 맞는 일이겠지요. 방문의 소득이 크든 작든 교수님께 꼭 알려드리겠습니다.

천국의 비밀

저는 블랭크가에 다녀왔습니다.

문을 두드리니 하인이 나와서 제닝스 신부님이 그의 교구가 있는 컨리스에서 온, 한 사제와 말씀 중이라고 했습니다. 다음을 기약하고 돌아가려는데 하인이 양해를 구하며 제가 헤셀리우스 박사인지 묻더군요. 보통 그런 일을 하는 사람치고는 제 얼굴을 빤히 보며 살피는 것 같았습니다. 그렇다고 하니 하인이 말했습니다. "그럼 박사님, 괜찮으시면 제가 신부님께 말씀드리고 오겠습니다. 신부님이 박사님을 꼭 만나고 싶어 하시는 것 같아서요."

하인은 곧 다시 돌아와 제닝스 신부님이 서재에서 만나길 원하신다고 전해주었습니다. 서재는 사실상 뒤쪽에 있는 응접실이었는데, 아주 잠깐만 기다리면 된다고 하더군요.

신부님의 서재는 말 그대로 책으로 가득 차 거의 도서관 같이 보였습니다. 위아래로 길고 폭이 좁은 창문 두 개에 짙고 어두운 색의 커튼이 드리워져 방 전체가 고상한 느낌이었지요. 생각보다 훨씬 큰 공간인데 바닥에서 천장까지 모든 벽에 책이 가득 꽂혀 있었습니다. 바닥에 깔린 카펫은 터키 양탄자였어요. 밟아보니 두세 겹은 족히 될 정도로 푹신해 발소리조차 나지 않더군요. 돌출된 책장 사이로 창문이 쏙 들어간 것처럼 보였습니다.

서재는 매우 아늑하고 고급스러웠지만 침묵이 더해진 짙은 어두움에 거의 짓눌리는 기분이었습니다. 하지만 그건 제 상상 때문이었을 수도 있겠군요. 제닝스 신부님에 대해 별생각을 다 하다 보니 그랬을 수도 있습니다. 어쨌든 저는 기이하고 불길한 예감 속에 적막이 흐르는 그 집 서재에 서 있었습니다. 벽에 붙어 있는 폭이 좁은 거울 두 개를 제외하면 사방이 책이었습니다. 그리고 서재의 어둠 속에서 장엄하게 늘어선 책들도 그런 암울한 분위기에 한몫했습니다.

제닝스 신부님이 오기를 기다리며 저는 책장에 가득한 책을 구경하고 있었습니다. 그런데 선반 바로 아래에, 뒤집혀져 바닥에 떨어진 책들이 있었습니다. 그건 바로 스웨덴 신학자 에마누엘 스베덴보리의 《천국의 비밀*Arcana Coeléstia*》 라틴어 원문 전집이었습니다. 신학 도서답게 고급스럽게 제본되어 있었는데 진짜 양피지에 금박 글씨, 카민(곤충에서 뽑아낸 붉은 석류빛 색소-역주)으로 도색된 옆면 등, 그야말로 호화 장정본이었습니다. 몇 군데에 책갈피가 꽂혀 있더군요. 저는 낱권을 하나씩 주워 탁자에 올려놓고 책갈피가 꽂힌 부분을 펼쳐보았습니다. 그리고 책 구석에 연필로 기록된 엄숙한 라틴어 문장 몇 개를 읽어봤죠. 그 중 몇 개를 영어로 번역하여 여기 옮깁니다.

"사람의 영혼의 눈인 내면의 눈이 열리면 육신의 눈으로는 도저히 볼 수 없었던 다른 세계의 것들이 보이기 시작한다."

"내면의 눈이 열리자 내 눈에는 다른 세상이 펼쳐졌고 그것은 이 세계의 사물보다 더 선명했다. 이것으로 미루어보아 육신의 눈앞에 구현된 것들은 내면의 눈에서 비롯된 것임을 알 수 있고, 그 내면에서 구현되는 것은 더 깊은 내면에서부터, 그리고 더욱더 깊은 내면에서 비롯된다."

"모든 사람에게 최소한 둘 이상의 악령이 존재한다."

"악령은 유창하게 말을 늘어놓지만 가혹하고 신경을 훼손한다. 또는 말이 유창하지 않아도 당신의 생각을 반대하고 부정하는 말들을 귓가에 슬금슬금 기어오르듯 늘어놓을 것이다."

"사람과 연관된 악령들은 물론 지옥에서 왔지만 사람과 함께 있을 때는 지옥에서 벗어난 상태이다. 그때 악령은 천국과 지옥의 중간인 영적 세계라고 불리는 장소에 머물게 된다. 악령이 영적 세계에 머물며 사람과 함께 있을 때는 지옥 불의 고통을 잊고 사람의 생각과 애정을 공유하며 사람이 즐기는 모든 것들을 함께 즐길 수 있다. 그러나 다시 지옥으로 돌아가게 되면 예전의 고통스러운 상태로 돌아간다."

"악령이 인간 옆에 머물 수 있고 인간에게서 떨어질 수도 있는 영이라는 것을 스스로 자각하게 된다면 무슨 수를 써서라도 그 육신을 잠식하여 파괴하려 할 것이다. 악령은 인간을 끔찍하게 증오하기 때문이다."

"악령들이 내가 육신을 가진 사람이라는 것을 알고 있으므로, 그들은 내 육신뿐 아니라 영혼까지 파괴하려 끊임없이 애쓰고 있었다. 나는 늘 주님의 가호 아래 안전하지만, 지옥에 있는 것들은 그저 어떤 사람이든 그 영혼을 파괴하는 것을 최고의 낙으로 삼는다. 그러니 굳은 신앙심 없이 영과 함께 존재한다는 것이 얼마나 위험한가."

"악령이 인간과 함께 존재한다는 사실을 결코 그들이 자각하게 해선 안 된다. 그들이 그 비밀을 알게 되면 그를 파괴하기 위해 바로 말을 걸기 시작할 것이다."

"지옥의 것들은 사람을 해하고 사람의 영원한 멸망을 앞당기는 것을 낙으로 삼는다."

페이지의 하단에는 제닝스 신부님이 가늘고 정교한 연필과 깔끔한 필체로 길게 주석을 달아놓았더군요. 본문에 대한 그의 견해라 짐작하고 몇 단어를 읽었지만, 곧 멈출 수밖에 없었습니다. 주석은 의외로 이렇게 시작하고 있었기 때문이죠. '주여, 나를 불쌍히 여기소서**Deus misereatur mei**.' 사적인 내용임이 분명해 저는 눈길을 돌리고 책을 덮었습니다. 그리고 그 책들을 전부 제가 처음 발견했던 곳에 다시 놓아두었습니다. 유독 관심 가는 책 한 권만 빼고 말입니다. 그리고 혼자 사색을 즐기는 사람들의 습관이 원체 그렇듯 곧 책에 빠져들었습니다. 외부 세계의 모든 것들과 단절되고 제가 어디에 있는지조차 잊어버리고 말았죠.

저는 스베덴보리가 '대리자' 와 '상응성'에 대해 설명하는 페이지를 읽어 내려가다 악령에 대한 문단을 발견했습니다. 지옥의 동료들이 아닌 자들에게는 악령이 악마적 욕망과 삶을 드러내는 불길하고 끔찍한 짐승의 모습으로 보인다고 합니다. 그런 여러 짐승의 모습을 길게 설명하는 글이었습니다.

네 개의 눈

제가 연필 끝으로 글을 짚어가며 읽고 있을 때 문득 기척이 느껴져 고개를 들었습니다.

제 바로 앞에는 아까 말한 거울이 있었는데, 그 거울 속에서 제닝스 신부님의 키 큰 그림자가 제 어깨 위로 몸을 숙이고 제가 정신없이 읽고 있던 페이지를 함께 보고 있는 것이 아니겠습니까. 그 얼굴이 너무 험악하고 어두워서 제가 알던 사람이 맞나 싶었습니다.

저는 몸을 돌려 자리에서 일어났습니다. 제닝스 신부님도 그대로 서 있었죠. 그러다 조금 어색하게 웃으면서 말을 걸더군요.

"들어와서 인사를 드렸는데, 어찌나 독서에 열중하셨는지 듣지 못하시더군요. 결국 호기심을 참지 못하고 어깨너머로 훔쳐보는 결례를 범했습니다. 처음 읽으시는 내용은 아닐 겁니다. 오래전에 스베덴보리를 연구하신 적이 있으시죠?"

"세상에, 그럼요! 스베덴보리의 저서에서 많은 영향을 받았죠. 형이상학적 의학에 관한 제 변변찮은 책에서도 그 흔적이 많이 보이죠. 감사하게도 신부님이 기억해주신 그 책 말이죠."

신부님은 짐짓 쾌활한 태도를 취하고 있었지만 약간 상기된 그의 얼굴에서 흔들리는 속마음이 드러나더군요.

"인용하신 부분을 알아볼 만큼은 아닙니다. 스베덴보리에 대해선 정말 아는 게 별로 없어서요. 이 전집을 구한 지 몇 주 되지 않았죠. 그리고 조금 읽어보니, 혼자 사는 사람이 읽기에는 좀 무서울 것 같긴 합니다. 제가 그랬다고는 말 못 하겠네요." 신부님이 웃으며 말을 이었습니다. "그리고 전해주신 책은 정말 감사했습니다. 제가 남긴 편지 받으셨지요?"

전 모든 적절한 표현을 사용해 겸손하게 화답했습니다.

"박사님의 저서처럼 제 생각과 모두 일치한 책을 읽은 건 처음이었습니다." 신부님이 말을 이었죠. "읽자마자 알았죠. 거기에 언뜻 보이는 내용보다 훨씬 더 깊은 의미가 있다는 것을요. 혹시 할리 박사를 아십니까?" 신부님이 다소 갑작스럽게 물어보더군요.

영국에서 가장 유명한 의사 중 한 사람인 할리 박사와는 편지를 주고받은 적도 있고 서로 아는 사이였습니다. 영국을 방문했을 때 그로부터 융숭한 대접과 상당한 도움을 받은 적도 있었죠.

“그 자는 제가 살면서 만났던 사람 중에 가장 바보 같은 자였죠.” 제닝스 신부님이 그러더군요.

신부님이 다른 누구에 대해 그토록 부정적으로 말하는 것도 처음이었고, 또 그 사람이 워낙 유명한 사람이기도 해서 저는 적잖이 놀랐습니다.

“아니, 그렇습니까? 어떤 점이 그렇죠?” 제가 물었습니다.

“그 사람이 의사라는 점 말입니다.”

저는 그저 웃었습니다.

“설명하자면,” 신부님이 말했습니다. “할리 박사는 반쯤 눈이 멀었어요. 그가 보는 한쪽은 그저 암흑이고 나머지는 밝고 선명한 기이한 세상이죠. 제일 심각한 문제는 할리 박사가 ‘일부러’ 그러는 것 같다는 겁니다. 도무지 상대할 수가 없어요. 그자는 정말…제가 할리 박사의 진료를 몇 번 받아봤지만, 정신 나간 사람보다 더 나을 게 없습니다. 이미 죽어버린 지성인이죠. 어떤 일이 있었는지 곧 모두 말씀드릴 기회가 있을 겁니다.” 신부님은 조금 동요한 목소리로 말했습니다. “영국에서 몇 개월 더 머무신다고요? 혹시 그동안 제가 다른 곳에 갈 일이 있으면 미리 연락을 드려도 괜찮겠습니까?"

"그래 주신다면 저야 기쁘겠습니다." 저는 신부님을 안심시켰습니다.

"정말 감사합니다. 할리 박사한테는 정말 실망했었죠."

"조금 물질주의에 물들었다고 볼 수 있죠." 제가 말했습니다.

"완전히 물질주의자죠." 신부님이 제 말을 정정하더군요. "좀 아는 사람에겐 그런 종류의 의사는 정말 걱정됩니다. 제가 이런 마음의 병이 있다는 것은 박사님이 아시는 제 친구들은 물론 그 누구에게도 비밀로 해주십시오. 제가 할리 박사나 다른 의사를 만났다는 사실은 메리 부인도 모르고, 아무도 모릅니다. 그러니 제발 언급하지 말아주세요. 그리고 혹시 제가 발작이 일어나면 박사님께 편지로 연락드리고 싶습니다. 혹은 다시 런던에 오게 되었을 때 상담할 기회가 있으면 그것도 좋고요."

신부님에게 무슨 일이 있는지 추측하느라, 저도 모르는 새 제가 심각한 눈빛으로 신부님의 얼굴을 뚫어지게 보고 있었나 봅니다. 신부님이 잠시 두 눈을 떨구고 말하더군요.

"그냥 제가 지금 모두 이야기했으면 하시는군요. 아니면 저에게 무슨 일이 있었는지 추측해보고 계시는 것 같네요. 하지만 포기하시는 게 좋을 겁니다. 박사님의 남은 평생을 계속 고민하셔도, 제게 무슨 일이 있었는지 상상도 못 하실 테니까요."

신부님은 웃으며 고개를 저었습니다. 그런데 그 쓸쓸한 겨울 햇살 같은 미소에 갑자기 검은 구름이 모여들더군요. 고통을 참는 사람처럼 신부님은 이를 악물고 숨을 들이쉬었습니다.

"저 같은 사람을 상담하는 일을 꺼리시는 건 유감스럽지만 당연히 이해합니다. 하지만 언제, 어떻게 대화가 가능하신지 알려주시면 따르겠습니다. 그리고 박사님과 있었던 대화는 절대 발설하지 않겠으니 전혀 걱정하지 않으셔도 됩니다."

신부님은 그 후에는 비교적 유쾌한 태도로 몇 가지 다른 주제에 관해 이야기했고, 얼마 지나지 않아 저는 자리를 떠났습니다.

리치몬드 저택

우리는 유쾌하게 작별했지만, 신부님도 저도 썩 유쾌하지 못했습니다. 사람의 얼굴, 그 강력한 영혼의 장기 기관이 나타내는 어떤 표정들이 있습니다. 전 그런 표정들을 자주 봤고 의사답게 담담한 편이지만 그래도 많이 신경이 쓰였습니다. 그 표정의 음울함이 제 머릿속을 온통 차지하는 바람에 전 그날 저녁 계획을 바꾸고 오페라를 보러 갔습니다. 생각의 전환이 필요하다고 느껴져서요.

한 이틀 사흘 동안 아무 연락도 없다가 신부님이 쓴 편지가 도착했습니다. 편지는 유쾌하고, 희망에 가득 차 있었죠. 신부님은 최근 며칠간 훨씬 좋아져서(사실 정말 건강하게 지냈다고 합니다.) 작은 실험 하나를 해보려 한다고 했습니다. 한 달 정도 자신의 교구에 내려가서 그 영향이 있나 없나 볼 계획이라더군요. 신부님은 편지에 자신의 회복에 관해 열렬한 종교적 감사를 덧붙였습니다. 이제 회복했다고 말하고 싶어 하는 것 같았지요.

하루 이틀 후에 메리 부인을 만나자 그녀도 신부님의 편지와 똑같은 소식을 전해주더군요. 신부님은 지금 워릭셔에 있고, 컨리스에서 사제의 의무를 재개했다고 했습니다. 메리 부인이 덧붙이길, "제닝스 신부님은 이제 정말 완전히 건강을 되찾은 것같이 보여요. 다른 문제가 있는 것이 아니라 그저 신경을 많이 쓰고 불안해서 그랬던 거예요. 우리도 다 불안할 때가 있잖아요. 하지만 그런 약점은 약간만 노력하면 모두 극복할 수 있고, 제닝스 신부님도 그렇게 해보기로 마음먹은 거예요. 이제 신부님이 건강 문제로 일 년간 런던에 돌아오지 않는다고 해도 전 놀라지 않을 것 같아요."

메리 부인의 이런 자신감에도 불구하고 전 고작 이틀 후에 신부님의 편지를 받았습니다. 보내신 주소를 보니 피카딜리 집이더군요.

> 박사님, 저는 실망스럽게도 다시 돌아왔습니다. 제가 박사님을 뵐 기운이 생기면 그때 방문해주십사 연락드리겠습니다. 지금은 너무 상심하여 사실 하고 싶은 말도 다 할 수 없는 상황입니다. 친구들에겐 제 이야기를 말아주세요. 지금은 아무도 만날 수 없습니다. 하느님이 도우시길! 곧 연락드리겠습니다. 저는 슈롭셔에 지인들

이 있어 그곳에 가 있으려 합니다. 하느님의 축복이 함께하시길! 나중에 돌아오면 이 편지를 쓰고 있는 지금보다 더 행복한 모습으로 뵐 수 있기를 바랍니다.

이 편지를 받고 약 일주일 후에 메리 부인의 자택에서 부인을 만났습니다. 런던 시즌(영국의 상류층들이 의회나 연회를 위해 겨울부터 여름까지 런던에 머무는 시기-역주)이 완전히 끝나서, 아직 런던에 머무는 사람은 자기뿐이라고 하더군요. 막 브라이트은으로 가려던 참이었다고 합니다. 제닝스 신부님의 조카, 마사가 슈롭셔에서 소식을 전해줬다고 하더군요. 조카의 편지에 딱히 자세한 내용은 없었습니다. 제닝스 신부님이 우울하고 불안해한다는 말 빼고요. 건강한 사람들이야 쉽게 그렇게 말하지만 그 말에서 신부님의 고통이 고스란히 느껴지더군요.

제닝스 신부님에게서 한동안 소식이 끊겼다가, 거의 5주가 지난 뒤에 편지를 받았습니다. 신부님이 이렇게 썼더군요.

저는 시골에 머물고 있습니다. 공기가 바뀌고, 풍경이

바뀌고, 얼굴들이 바뀌고, 모든 게 달라졌습니다. '저 자신'만 빼고 말입니다. 저는, 이 지구상에서 생명이 할 수 있는 가장 굳은 결심을 했습니다. 제 상황을 모두 박사님께 말씀드리기로요. 만약 상황이 괜찮으시다면 오늘이나 내일, 아니면 그다음 날이라도 여기, 저를 방문해 주셨으면 좋겠습니다. 부디 빨리 오셨으면 합니다. 저는 지금 절실하게 도움이 필요합니다. 저는 지금 리치몬드에 있는 조용한 주택에서 머물고 있습니다. 저녁 식사나 점심을 같이하셔도 되고, 차 한 잔하셔도 좋습니다. 절 찾아오시는 건 어렵지 않으실 겁니다. 이 편지를 전해드릴 블랭크가의 하인이, 언제든 박사님 원하시는 시간에 마차를 문 앞에 대기해 놓을 겁니다. 언제든 기다리고 있겠습니다. 제가 혼자 있으면 안 된다고 말씀하시겠죠. 저는 정말 할 수 있는 모든 수를 다 써봤습니다. 오셔서 한번 봐주십시오."

저는 그날 저녁에 가기로 하고 바로 하인을 불러 출발했습니다.

오래된 벽돌집으로 향하는, 느릅나무들이 두 줄로 늘어

선 짧은 길을 지나는 동안 저는 신부님이 호텔이나 민박집에 머무는 게 더 좋지 않을까 하는 생각이 들었습니다. 무성한 느릅나무 잎사귀들이 짙게 드리워져 어두컴컴한 그림자가 거의 집을 뒤덮고 있더군요. 이보다 더 을씨년스럽고 적막할 수 없는 집에 머물기로 한 건 신부님의 얄궂은 선택이었던 거죠. 알고 보니 이 집은 신부님의 소유였습니다. 신부님은 시내에서 하루 이틀 지내다가, 어떤 이유로 더 머물 수가 없어 이곳에 온 모양입니다. 여기는 자신의 집이고 가구도 갖춰져 있으니 숙소 때문에 고민하고 일정을 미루는 수고를 덜 수 있었겠지요.

이미 해가 넘어가고 서쪽 하늘에 반사된 붉은 빛이 눈앞의 광경을 비추고 있었습니다. 복도는 매우 어두웠죠. 하지만 뒤쪽 응접실은 서쪽으로 난 창으로 해거름의 어스름한 빛이 들어오더군요.

저는 자리에 앉아 창밖의 우거진 나무들을 바라보았습니다. 웅장하고 구슬픈 황혼의 빛이 매 순간 더 옅어지고 있었죠. 응접실의 구석구석은 이미 어두워져 모든 것이 희미해 보였습니다. 이미 불길한 예감에 어느 정도 마음의 준비를 하고 있었지만 어둠이 오자 저도 모르게 더욱 마음을 다잡게 되더군요. 혼자서 신부님을 기다리고 있는데 곧 그가 도착했습니다. 앞쪽 방과 연결된 문이 열리고, 붉고 어스름한 빛 아래 흐릿하게 키가 큰 제닝스 신부님이 조용한 걸음으로 슬며시 들어오는 모습이 보였습니다.

우리는 악수를 하고, 서로의 얼굴을 볼 수 있을 만큼의 석양의 붉은 빛이 남아 있던 창가에 의자를 두고 앉았습니다. 제 옆에 자리를 잡은 신부님은 제 팔에 자신의 손을 올리고, 서론도 없이 바로 그의 이야기를 시작했습니다.

검은 원숭이

우리는 등 뒤에서부터 밀려오는 방의 어둠에 둘러싸여 있었습니다. 서쪽으로 희미한 빛이 들어오고, 창밖으로는 리치몬드의 울창하고 화려한 숲이 석양에 고독해 보였죠. 고통스러워 보이는 신부님의 굳어진 얼굴 위로(여전히 온화하고 친절해 보이는 얼굴이었으나 어딘가 달라 보였죠.) 흐리고 기이한 붉은 빛 한 조각이 내려앉아 한순간 반짝이다가 갑자기 흔적도 없이 어둠 속으로 사라졌습니다. 사방에는 지독한 적막이 흐르고 있었죠. 멀리 밖에서 들려오는 마차 소리나 개 짖는 소리도 없었고, 병약한 독신자의 집 안에는 암울한 정적만이 머물고 있었습니다.

비정상적으로 상기되고 고통스러워 보이는 그 얼굴은 마치 샬켄(호드프리드 샬켄Godfried Schalken(1643-1706)은 네덜란드의 화가로 촛불을 배경으로 과장된 명암의 대비 효과를 사용한 어두운 그림으로 잘 알려져 있다-역주)의 초상화처럼 어둠을 배경으로 두드러져 보였습니다. 앞으로 제가 무슨 이야기를 듣게 될지 감조차 잡을 수 없었지만, 그 얼굴을 보니 대충 분위기는 파악할 수 있었지요.

"10월 15일, 지금으로부터 삼 년 11주하고도 이틀 전에 시작된 일입니다. 하루하루가 고통스러워 날짜를 아주 정확히 기억할 수밖에 없습니다. 혹시 제가 하는 이야기의 맥락이 맞지 않다면 꼭 알려주세요." 신부님이 말을 이었습니다. "약 사 년 전, 저는 많은 사색과 독서를 필요로 하는 연구를 시작했습니다. 고대인들의 종교적 형이상학에 대한 연구였죠."

"압니다." 제가 말했습니다. "상징적인 숭배와는 확연히 다르게, 학술적이고 철학적인 면이 두드러진 이교주의의 실재 종교 말씀이지요? 방대하고 아주 흥미로운 분야입니다."

"그렇습니다. 하지만 정신 건강에 좋지 않은 분야지요. 기독교인의 정신 말입니다. 이교는 모두 본질적으로 하나로 연결되고 사악한 동정심을 이용해 술수를 부리지요. 그들의 방식이나 목적도 모두 사람들을 비열하게 속여 파멸로 이끌기 위한 것입니다. 주여 용서하소서!

저는 그 주제에 대해 열심히 글을 썼습니다. 밤늦게까지 쓰곤 했죠. 걸을 때도, 어떤 장소에 있어도 온통 그 생각뿐이었습니다. 전 완전히 거기에 빠져 있었습니다. 실재적 관념들이 얼마나 멋진지 박사님도 아실 겁니다. 주제 자체가 얼마나 신선하고 흥미로운지. 저는 신중하지 못했습니다." 신부님은 크게 한숨을 쉬었습니다.

"누구든 본격적으로 연구를 하고 글을 쓰려면, 제 친구 하나가 말했듯이 어떤 물질에 의존할 수밖에 없다고 생각합니다. 차, 커피, 담배 같은 물질 말입니다. 이런 작업을 지속하려면 매시간 머릿속에 물질적인 원료가 공급되어야 했고, 그렇지 않으면 너무 추상적인 생각에 빠져버리는 것 같았습니다. 그런 식으로 실재 감각 기관을 자극하지 않으면 몸에서 생각이 달아나 버릴 것 같기도 하고요. 어쨌거나 저는 몸에서 필요를 느꼈고 그에 따른 공급을 해야 했습니다.

차는 저의 동반자였죠. 처음에는 너무 강하지 않고 일반적인 방식으로 만든 보통의 홍차였습니다. 그런데 많이 마시다 보니 점점 더 독하게 우려내서 마시게 되었죠. 독하게 마신다고 해서 불편한 증상은 없었습니다. 그리고 녹차를 조금씩 마시기 시작했고, 효과가 더 좋다는 걸 알게 되었습니다. 머리가 맑아지고 생각이 더 잘 되더군요. 곧 더 자주 녹차를 마시게 되었지만 그저 즐기는 정도였지, 그 이상으로 독하게 마시진 않았습니다.

저는 바로 이곳에서 논문을 많이 썼습니다. 이 방은 정말 조용했죠. 연구가 진행됨에 따라 아주 늦은 시간까지 차, 녹차를 홀짝이는 게 습관이 되었습니다. 전 탁자에 놓인 등불 위에 작은 주전자를 걸어놓고 열한 시부터 두세 시, 제가 자기 전까지 차를 두세 번 정도 끓였습니다. 저는 시내를 매일 나가곤 했습니다. 제가 수도승은 아니지만 도서관에서 한두 시간씩 제 연구에 대한 영감을 좇으며 시간을 보냈어요. 그래도 저 스스로 보기엔 제 상태가 나빠 보이진 않았죠. 평소처럼 친구들을 만나고 사교 모임을 즐겼고 전반적으로 봐도, 제 삶은 예전보다 훨씬 좋아진 것 같았습니다.

그때 특이하고 오래된 책을 소장하고 있던 한 남자를 알게 되었습니다. 독일에서 중세 라틴어로 출판된 책이었고, 저는 그 책을 볼 수 있는 기회가 생겨 그저 기쁠 따름이었죠. 이 고마운 사람의 책은 런던의 가장 오래된 구역에 있었는데 정말 외진 곳이었습니다. 제가 생각했던 시간보다 한 시간이나 더 지체된 데다가 나와보니 전세 마차도 보이지 않더군요. 이 집을 경유하는 노선의 합승 마차를 타야겠다고 생각했습니다. 박사님이 오시는 길에 포플러나무 네 그루가 대문 양옆으로 심어진 오래된 집을 보셨을지도 모르겠습니다. 합승 마차가 그 집 앞에서 정차했을 땐 지금보다 야심한 시각이었습니다. 그곳에서 저를 제외한 마지막 승객이 내렸죠. 마차는 꽤 빠르게 달렸습니다. 황혼이 깔리고 있었고 전 마차 문 옆에 있는 제 좌석에 기대앉아 편안히 생각에 잠겨 있었습니다.

마차 안은 아주 어두웠습니다. 제 맞은편 구석에서, 마차의 마부석 쪽에서 어떤 두 개의 동그랗고 붉게 빛나는 물체가 보였죠. 그 두 불빛은 약 5센티미터 정도 떨어져 있었고, 요트를 타는 사람들이 겉옷에 달고 다니는 작은 놋

쇠 단추만 했습니다. 멍하게 앉아 있다 보면 주위 사소한 물건에 관심이 생기지 않습니까. 그래서 저도 그 작은 것에 주목하기 시작했죠.

저 심홍색 불빛이 어디서 오는 걸까? 유리구슬, 단추, 장난감 장식 같은 것에 빛이 반사된 걸까? 그동안 합승 마차는 덜컹거리며 평탄하게 굴러가고 있었습니다. 아직 거의 1킬로미터 넘게 더 남아 있었습니다. 제가 수수께끼의 답을 찾지 못하고 있는 동안 불빛이 더 이상하게 움직이기 시작했습니다. 두 불빛이 갑자기 휙 움직이더군요. 같은 간격을 유지한 채 거의 바닥까지 떨어졌다가 갑자기 제 의자 높이로 튀어 올랐습니다. 그리고 더 이상 보이지 않았어요.

저는 너무 궁금해졌습니다. 그런데 제가 더 생각해볼 새도 없이 다시 바닥 부근에서 희미한 빛이 보였습니다. 그리고 다시 사라졌다가 처음과는 반대편 구석 자리에 나타났습니다.

전 불빛에서 눈을 떼지 않고 조용히 좌석 모서리를 따라 다가갔습니다. 좌석 끝에서도 그 작고 붉은 원 모양이 보였습니다.

합승 마차 안에는 불빛이 거의 없었습니다. 정말 깜깜했죠. 저는 그 작은 동그라미가 무엇인지 확인하기 위해 앞으로 몸을 기울였습니다. 그랬더니 그것들이 조금 위치를 바꾸더군요. 그제야 그 동그라미의 검은 윤곽선 같은 것이 보였습니다. 곧 어느 정도 모습을 갖춘 윤곽이 제 눈에 들어왔고, 그건 바로 저를 조롱하듯 자기 얼굴을 들이밀고 있던 작고 검은 원숭이였습니다. 작은 동그라미는 두 눈이었고, 저를 향해 이를 드러내고 웃는 모습이 그때서야 희미하게 보였습니다.

그 동물이 갑자기 뛰어오를지도 모른다는 생각에 전 뒤로 물러섰습니다. 승객 중 한 명이 이 흉한 애완동물을 잊고 내렸다고 생각했죠. 성질이 어떤지 확인하고 싶었는데, 제 손가락을 쓰기엔 불안해 우산 끝으로 살짝 건드려 봤습니다. 원숭이는 꿈쩍도 안 하더군요. 우산으로 찔러도, 우산으로 '관통해'보아도 말입니다. 관통했다는 건, 앞뒤로 우산을 휘저었더니 어떤 막힘도 없이 그대로 통과했다는 말입니다.

제가 느꼈던 충격을 도저히 설명드릴 방법이 없습니다. 그때는 그것이 환영이라고 생각했고, 그런 확신이 들자 저 자신에 대한 불안과 공포가 밀려와 한동안 그 짐승의 눈에서 제 시선을 뗄 수 없었어요. 제가 보고 있는 동안 그것은 뒤로 조금 물러나더니 구석 쪽으로 들어가더군요. 저는 너무 혼란스러워 문밖으로 고개를 내밀고 바깥 공기를 깊게 들이마셨습니다. 밖으로 스쳐가는 가로등과 나무들을 바라보며, 이렇게라도 스스로에게 현실을 확신시켜줄 수 있어 너무 다행이라 생각했습니다.

저는 마차를 멈춰달라고 말하고 바로 내렸습니다. 차비를 지불하고 내리는 절 마부가 이상하게 보더군요. 제 모습과 행동이 이상하게 보였을 겁니다. 저도 그렇게 기분이 이상했던 적이 없었으니까요.

여정, 첫 번째 단계

합승 마차가 떠나고, 저는 홀로 도로에 서 있었죠. 혹시 원숭이가 절 따라왔나 싶어 주위를 조심스럽게 둘러보았습니다. 그게 더 눈에 보이지 않자 형언할 수 없는 안도감이 들었습니다. 그게 얼마나 큰 충격이었는지, 그리고 이제 그걸 확실히 떨쳐냈다는 생각에 어찌나 감사하던지 말로 쉽게 설명할 수가 없군요.

제가 마차에서 내린 곳은 이 집과 얼마 떨어지지 않은 곳이었어요. 이삼백 보 정도만 걸으면 되었죠. 도보를 따라 벽돌담이 있는데 그 안쪽으로 주목인지 아니면 어떤 다른 종류인지 빽빽한 상록수 덤불이 있고 다른 근사한 나무들도 늘어서 있습니다. 박사님도 오시는 길에 보셨을지도 모르겠군요.

벽돌담은 제 어깨 높이였는데, 제가 문득 눈을 들어보니 그 담 위에 원숭이가 네 발로 웅크리고 걷기도 하고 기기도 하면서 제 쪽으로 다가오고 있는 겁니다. 그걸 본 저는 혐오감과 공포심에 휩싸여 바로 멈춰 섰습니다. 제가 멈추니 그것도 멈추더군요. 그 짐승은 긴 팔로 무릎을 감싸고 앉아 절 보고 있었습니다. 조명이 없어서 어렴풋한 윤곽 외에 자세한 모습은 보이지 않았습니다. 그렇다고 원숭이의 기이한 눈빛이 뚜렷하게 도드라질 만큼 깜깜하지도 않았습니다. 그래도 전 그 흐릿한 붉은 빛을 분명히 볼 수 있었습니다. 이를 드러내거나 격양되어 보이진 않았지만, 지치고 뚱한 표정으로 절 계속 관찰하고 있었죠.

전 도로 한가운데로 물러섰습니다. 무의식적으로 뒷걸

음친 거죠. 전 거기 서서 계속 그 짐승을 보고 있었어요. 그놈은 움직이지 않았습니다.

뭔가를, 뭐든지 해봐야겠다는 본능적인 결의로 전 몸을 돌려 시내 쪽으로 성큼성큼 걸어갔습니다. 곁눈질로 계속 그 짐승의 움직임을 살피면서 말입니다. 그놈은 정확히 제 속도에 맞춰 벽을 따라 잽싸게 기어오더군요.

담이 끝나고 도로가 꺾이는 부분에서 그 짐승은 담에서 내려와 한두 번 휙 뛰더니 제 발치 가까이 왔어요. 제가 빠르게 걸으면 그것도 빠르게 쫓아왔죠. 그놈은 제 왼쪽에 있었는데, 발걸음을 옮기면 그놈이 발에 채일 것 같은 기분이 들 정도로 제 다리에 가까이 붙어 있었습니다.

도로는 인적 하나 없이 조용했고, 계속 더 어두워지고 있었어요. 혼란스럽고 당황한 저는 멈춰 서서 제가 가던 반대 방향으로 몸을 돌렸습니다. 이 집으로 오는 방향이었죠. 제가 가만히 멈춰 서 있자 원숭이는 사오 미터, 그 정도쯤 거리를 두고 물러섰습니다. 저를 보며 가만히 있더군요.

제가 얼마나 혼란스러웠는지 말로 다 설명 못 할 것 같습니다. 박사님 같은 의사들은 이런 현상을 '특수한 환각'

이라고 명명하지요. 다른 사람들처럼 저도 물론 그런 현상에 대해 읽어본 적이 있습니다. 제 상황을 감안해서 제가 처한 불행이 어떤 건지 받아들여야 했어요. 이런 증세는 일시적일 수도 있지만, 난치성일 수도 있다고 읽었습니다. 처음엔 무해했던 환각이 점점 끔찍하고 견딜 수 없을 만큼 악화되어 결국 희생자들을 나락으로 떨어뜨리는 사례들도 읽었죠.

절 따라오는 짐승 외에 아무도 없던 황량한 그 거리 위에서, 저는 가만히 서서 생각했습니다. '저건 단순히 질병일 뿐이다. 천연두나 신경통처럼 명백하고 잘 알려진 육체적 증상일 뿐이다'라고 되뇌며 스스로를 다독거리려 애썼습니다. '모든 의사들이 이에 동의하고, 철학자들이 설명했지. 바보처럼 굴면 안 돼. 내가 그동안 너무 잠을 안 자고 아마 먹는 것도 부실했던 거야. 하느님이 보우하사 나는 괜찮아질 거야. 이건 단지 신경성 소화 불량의 증상일 뿐이야.' 제가 이 생각을 모두 믿었을까요? 아니요, 단 한 마디도 믿을 수 없었습니다. 악마에게 사로잡혀 포로가 된 다른 비참한 존재들처럼요. 제 지식에서 비롯된 신념과는 다르게, 전 그저 헛된 용기로 자신을 괴롭히고 있었을 뿐이었습니다.

저는 집 쪽으로 걸었습니다. 불과 몇 백 미터면 도착하는 거리였어요. 어쩔 수 없어서 받아들이긴 했지만 저한테 갑자기 들이닥친 실재적인 불행과 그 고통스러운 충격을 도저히 감당할 수 없었습니다.

전 집에서 밤을 보내기로 결정했습니다. 그 짐승이 저에게 가까이 다가오더군요. 지친 말이나 개가 집으로 향해 발걸음을 옮길 때처럼 그놈도 집에 얼른 가려는 조바심을 내는 것 같았습니다.

시내 쪽으로 가기는 두려웠습니다. 길에서 혹시 누가 이런 모습의 절 알아볼까봐 겁이 났던 거죠. 저도 제 행동에서 드러나는 동요를 억누를 수 없었으니까요. 다른 떠들썩한 곳에 가서 기분 전환을 한다거나 몸을 지치게 하기 위해 집에서 먼 곳까지 걷는 것도 내키지 않았습니다. 그런 행동으로 제 일상에 그 어떤 격한 변화를 주는 것도 싫었죠. 대문 앞에 다다르자 그 짐승은 제가 계단을 오를 때까지 기다리더니, 문이 열리자 저와 함께 안으로 들어왔습니다.

그날 밤은 차를 마시지 않았습니다. 시가를 피우고 브랜디와 물을 조금 마셨죠. 제 생각은 그랬습니다. 한동안 연구와는 거리를 두고 제 몸의 물질적 환경에 맞춰 움직이고 감각에 충실하자고 생각했어요. 새로운 일상의 리듬에 저 자신을 끼워 넣어보려 했죠.

전 바로 이 장소에 앉아 있었습니다. 그러자 원숭이가 작은 탁자에 올라가 지금 박사님이 앉아 계신 '그곳'에 서 있더군요. 멍하고 나른해 보였습니다. 그 짐승이 움직이면 어찌나 불안한지 전 그놈에게 눈을 뗄 수가 없었어요. 눈은 반쯤 감겨 있었으나 눈빛은 번뜩였죠. 그놈도 계속 저를 보고 있었습니다. 어떤 상황이든지, 몇 시가 되었든지, 항상 깨어 절 보고 있었어요. 늘 변함없이 말입니다.

그날 밤 이야기는 더 자세히 하지 않겠습니다. 그보다는 그때부터 처음 일 년간 있었던 현상들을 설명해드리죠. 본질적으로 크게 다르진 않습니다. 대낮에 그 원숭이가 어떤 모습인지 알려드리겠습니다. 곧 말씀드리겠지만 이놈은 어둠 속에서 특징이 있습니다. 그놈은 새까맣고 작은 원숭이입니다. 그놈의 유일한 특징은 악의입니다. 가늠할 수도 없을 정도로 뿌리 깊은 악의요. 처음 일 년 동안은 음울하고 병들어 보였습니다. 하지만 그 뚱한 무기력 속에는 늘 강렬한 악의와 경계심이 깔려 있었죠. 그동안은 그저 절 보는 것 이외에는 문제를 거의 일으키지 않을 것처럼 행동했습니다. 다만 두 눈이 절 한시도 떠나지 않았죠. 그놈이 이곳에 온 이후로 전 잠 잘 때를 빼고는 밝든지 어둡든지, 밤이든 낮이든 늘 그놈을 시야에서 놓친 적이 없습니다. 간혹 뚜렷한 이유 없이 한 번, 몇 주씩 사라진 적은 빼고요.

완전한 어둠 속에서도, 그놈 모습은 마치 대낮에 보듯 선명합니다. 두 눈뿐만이 아니에요. 잉걸불같이 붉게 빛나면서 그놈의 모든 움직임을 감싸는 후광에 그놈이 '전부 다' 보입니다. 그 빛은 그놈의 모든 움직임을 따라다니니까요.

한동안 절 떠날 때는 항상 한밤중에 어둠 속에서 늘 같은 방식으로 사라집니다. 처음엔 불안해하다가, 그다음엔 분노하고, 저를 향해 달려와 이를 드러내며 떨다가, 앞발을 움켜쥡니다. 그러면 꺼져 있는 벽난로에서 불길이 치솟는 환영이 나타납니다. 전 불을 조금이라도 피우는 방에서는 잠을 이룰 수 없어 절대 불을 피우지 않는데도 말입니다. 그놈은 점점 벽난로로 가까워지며 분노로 몸을 떠는 것 같이 보입니다. 그러다가 분노가 최고조에 달한 것처럼 보일 때, 벽난로 안쪽으로 몸을 던져 굴뚝 위로 올라가 더 이상 제 눈에 보이지 않습니다.

처음으로 짐승이 그렇게 사라졌을 때, 전 해방되었다고 생각했습니다. 새로운 사람으로 태어난 것 같았죠. 하루가 지나고 다시 밤이 되어도 그놈은 돌아오지 않았고, 축복받은 한 주가 지나고 또 한 주, 새로운 한 주가 지났어요. 헤셀리우스 박사님, 전 하느님께 감사 기도를 하느라 늘 무릎을 꿇고 있었습니다. 자유의 한 달이 지나갔죠. 그러다 갑자기, 그놈이 다시 돌아왔습니다.

두 번째 단계

"그놈은 저와 함께였고, 처음엔 뚱한 표정 속에 잠복해 있던 악의가 이젠 적극적으로 표출되었습니다. 그 밖에 다른 것은 모두 완전히 예전과 같았죠. 하지만 그놈의 행동이나 모습으로 봐서 새로운 변화는 확연했고, 이내 다른 면에서도 드러났습니다.

박사님도 이해하시겠지만, 한동안 달라진 점은 좀 더 활발해진 원숭이의 행동과 위협적인 분위기뿐이었습니다.

늘 잔인한 계획을 꾸미고 있는 것처럼요. 그 눈은 예전처럼 저에게서 떨어질 줄 몰랐죠."

"그게 지금 여기에 있습니까?" 제가 물었습니다.

"아니요, 사라진 지 정확히 두 주하고도 하루가 되었습니다. 열닷새 되었네요. 그놈은 가끔 두 달, 한 번은 세 달이나 사라졌던 적도 있습니다. 한 번 사라지면 최소 두 주 동안은 돌아오지 않습니다. 그보다 하루 이틀 적을 수는 있겠네요. 마지막으로 본 지 열닷새 되었으니 지금 당장이라도 다시 돌아올지 모릅니다."

"그게 다시 돌아올 때, 혹시 다른 특이한 현상이 있습니까?" 제가 물었습니다.

"아니, 그런 건 전혀 없습니다. 그저 다시 제 옆에 있을 뿐입니다. 제가 책에서 눈을 들거나 고개를 돌리면, 늘 그렇듯 절 보고 있는 그놈이 보이죠. 그리고 전처럼 정해진 시간 동안 제 곁에 머무는 거죠. 박사님, 전 지금껏 누구에게도 이 이야기를 이 정도로 자세히, 많이 말한 적이 없습니다."

신부님은 불안해서 곧 죽을 사람 같아 보였습니다. 손수건으로 연신 이마를 훔치고 있었죠. 전 신부님이 힘드시다면 기꺼이 내일 아침 다시 오겠다고 제안했지만 신부님은 이렇게 말하더군요.

"아닙니다. 박사님만 괜찮으시다면 지금 모두 말씀드리고 싶습니다. 기왕 여기까지 했으니, 한 번 더 힘을 내어 계속하겠습니다. 할리 박사와 상담할 때는 이렇게까지 많이 할 이야기가 없었습니다. 하지만 박사님은 철학적 의사이니, 영적인 부분에도 적절히 관심을 가져주시지 않겠습니까? 만약 이 짐승이 진짜라면…."

신부님이 잠시 말을 멈추고, 호기심이 고조된 눈으로 절 바라보더군요.

"그것에 대해서 곧 논의해보죠. 아주 자세히 말입니다. 제가 생각하는 모든 것을 신부님께 말씀드리겠습니다." 잠시 여유를 두고 제가 대답했습니다.

"네 좋습니다. 만약 그것이 진짜라면, 제 생각에는 그놈이 조금씩 절 지배하며 지옥 안쪽으로 끌어당기는 것 같았습니다. 제가 시각에 대해 말했었죠. 하지만 사람의 대화에 수반되는 감각이 어찌 시각뿐이겠습니까! 전능하신 주여, 굽어 살피소서! 제 이야기를 들어보세요.

그놈의 행동 강도가 더 심해졌습니다. 그놈의 악의가

어떤 면에서 공격적으로 변했죠. 약 이 년 전에 저와 주교님 사이 있었던 몇몇 문제들이 해결되어서 전 워릭셔에 있는 제 교구로 돌아왔습니다. 그곳에서 제가 사제로 직무를 수행할 수 있는 곳을 찾으려 했죠. 하지만 무슨 일이 일어날지 전혀 몰랐던 거죠. 이런 비슷한 일이 생길지도 모른다는 걱정은 했습니다. 제가 이런 얘기를 하는 이유는 바로…."

신부님은 더 많이 주저하며 힘겹게 말을 이었습니다. 더 자주 한숨을 쉬고, 쓰러질 것 같아 보이기도 했습니다. 지금은 흥분한 상태는 아닌 것 같았습니다. 마치 살 가망 없는 환자가 자신을 포기한 것 같았지요.

"제가 여기를 떠나 도울브리지로 갔을 때도 그 짐승은 저와 함께 있었습니다. 그놈은 제 조용한 여행의 동반자였고, 사제관에서도 함께 남아 있었죠. 제가 사제의 직무를 수행하기 시작했을 때, 또 다른 변화가 있었습니다. 원숭이가 절 좌절시키려는 끔찍한 결심을 한 것 같았죠. 그놈은 교회 제단에서, 독서대에서, 강단에서 제 곁에 머물렀습니다. 그리고 마침내 그놈은 선을 넘어 제가 성도들에게 성경을 읽어줄 때, 펼쳐진 책으로 뛰어 올라와 쪼그리고 앉더군요. 그 때문에 페이지를 더 이상 볼 수가 없었습니다. 그런 일이 여러 번 있었죠.

전 도울브리지를 잠시 떠났습니다. 그리고 할리 박사의 진료를 받기 시작했죠. 저는 그의 지시를 모두 따랐습니다. 박사도 제 사례를 자세히 살폈고요. 제가 그의 흥미를 끌었던 것 같았고, 또 그의 처방이 성공한 것처럼 보였습니다. 거의 석 달 동안이나 전 완벽하게 해방되었으니까요. 그래서 이젠 안전하다고 생각했고, 할리 박사의 확신 가득한 진단을 믿고 전 다시 도울브리지로 돌아왔습니다.

우편 마차를 타고 출발했습니다. 기분이 좋았죠. 행복하고 감사한 마음이었습니다. 끔찍한 환영에서 벗어나 제가 그렇게 바라던 직무의 현장으로 돌아갈 수 있다니 생각만 해도 기뻤죠. 정말 아름다운 주일 저녁이었습니다. 모든 것이 평화롭고 희망차 있었고, 전 행복했습니다. 컨리스에 있는 제 성당의 첨탑이 처음 눈에 들어오자 그걸 보기 위해 마차의 창 너머로 고개를 내밀었던 기억이 납니다. 마을 경계에 흐르는 작은 개울이 도로 밑 배수로와 구교 밑을 지나, 오래된 비문이 새겨진 돌로 된 표석이 놓인 곳에서 다시 합쳐지는 바로 그곳이었죠. 그곳을 지난 후 전 다시 고개를 돌려 자리에 앉았는데, 마차의 한구석에 원숭이가 있었습니다.

전 잠시 정신이 나가 있다가 이내 절망과 공포에 휩싸였습니다. 마부에게 세워달라고 한 뒤 마차에서 내려 길가에 조용히 앉아 신의 자비를 구하는 기도를 드렸습니다. 절망적인 체념이 뒤따랐죠. 제가 사제관에 다시 들어갈 때 제 악랄한 동반자도 함께였습니다. 같은 괴롭힘이 이어졌습니다. 결국 전 짧은 투쟁 끝에 굴복하고, 그곳을 떠났습니다.

“제가 말씀드렸죠. 그 짐승이 어떤 방식에서는 더 공격적이 되었다고요. 좀 더 자세히 설명하자면, 제가 기도를 하거나 묵상을 하는 것만으로도 그놈은 심하게 분노하며 더 날뛰었습니다. 결국 끔찍한 방해로 이어졌고요. 실체도 없고 말도 못 하는 유령이 어떻게 그런 영향을 미칠 수 있는지 궁금하실 겁니다. 하지만 제가 말없이 기도를 할 때마다 그랬습니다. 그 짐승은 항상 제 앞에 있었고, 점점 더 가까이 왔어요.

그놈은 탁자나 의자 뒤, 굴뚝에서도 튀어나왔고, 천천히 좌우로 몸을 흔들며 절 항상 보고 있었습니다. 그놈의 움직임에는 사람의 생각을 분산시키는 형언하기 힘든 힘이 있었습니다. 생각이 없애지고 결국 완전히 멍해질 때까지 그 반복적인 행동에 빠져들어 가죠. 제가 마음먹고 떨쳐버리지 않으면 몸이 마비가 될 것만 같았습니다. 그리고 그 놈이 쓰는 다른 방법들도 있었죠."

신부님은 깊은 한숨을 내쉬었습니다. "예를 들자면, 제가 눈을 감고 기도를 하는 동안 그놈은 점점 더 가까이 오고, 전 그게 보입니다. 물리적으로 설명되지 않겠지만 제가 눈을 감아도 실제로 그것이 보입니다. 그러면 제 마음이 그대로 무너지며 압도당합니다. 어쩔 수 없이 기도를 멈추고 자리에서 일어나죠. 박사님, 누구든 이런 걸 경험하게 되면 절망에 익숙해질 수밖에 없습니다."

세 번째 단계

"헤셀리우스 박사님, 박사님은 제가 하는 말 한마디도 허투루 듣지 않으시는군요. 그러니 이젠 제 이야기를 특별히 주의 깊게 들어달라는 말씀은 드리지 않겠습니다. 사람들이 시각과 유령 환영에 관해 이야기할 때, 마치 시력 기관만이 악령에게 공격받을 수 있는 유일한 타격점인 것처럼 말합니다. 하지만 전 경험상 더 잘 알고 있죠. 제 끔찍한 경험으로는, 첫 이 년간은 시신경의 한계를 넘어서지 않았습니다. 그러나 입술 안에 부드럽게 놓인 음식이 그다음에 이빨 아래로 밀려가듯, 작은 손가락 끝이 맞물린 톱니 사이에 붙잡히면 손과 팔, 급기야 온몸이 그 속으로 빨려들게 됩니다. 자신의 가장 미세한 신경 섬유의 끝이 일단 붙잡히게 되면 그 비참한 인간은 지옥의 거대한 기계장치에 의해 점점 그 안으로 빨려 들어가게 됩니다. 저처럼 될 때까지 말입니다. 지금 제 모습이 그렇습니다. 박사님께 말씀드리는 지금도, 절 구해달라고 간청하는 동안에도, 제 기도는 이루어지지 않을 것이고 제 애원은 냉혹하게 버려지겠죠."

신부님은 눈에 띄게 불안해했고 저는 그를 진정시키려 애썼습니다. 그리고 포기하지 말라고 다독였죠.

우리가 이야기를 하는 동안 밤은 더 깊었습니다. 창밖에는 옅은 달빛이 넓게 펼쳐진 풍경 위로 드리워져 있었습니다. 제가 말했습니다.

"촛불을 켜는 게 좋을 것 같습니다. 지금의 조명은 신부님도 보시다시피 좀 어둡죠. 최대한 밝게 하는 게 지금 신부님 상태에서는 더 좋을 것 같습니다. 제가 진단을 내리는 동안 말입니다. 그것 말고는 다 괜찮습니다."

"어떤 불빛도 저에겐 똑같습니다." 신부님이 대답하더군요. "읽거나 쓸 때를 제외하면, 전 밤이 영원히 계속된다고 해도 상관없습니다. 약 일 년 전에 무슨 일이 있었는지 말씀드리죠. 그 짐승이 저에게 말을 걸기 시작했습니다."

"말을 걸었다고요! 그게 무슨 뜻인지…사람처럼 말을 했다는 겁니까?"

"네, 단어와 연속적인 문장을 사용한 말을, 완벽하게 일관성이 있고 유창하게 구사하더군요. 하지만 특이한 점이 있었습니다. 그건 인간이 가진 목소리의 어조와는 달랐어요. 귀를 통해 들리는 게 아니라…마치 머릿속에서 들려오는 노래 같았죠.

그놈이 저에게 말을 걸 수 있다니! 그 능력만은 제가 도저히 버틸 수가 없습니다. 제가 기도를 못 하게 막고, 끔찍한 신성 모독으로 절 괴롭힙니다. 더 이상 견딜 자신이 없습니다. 견딜 수가 없어요. 아, 박사님! 인간의 기술과 생각, 기도가 저에겐 아무 소용이 없습니다!"

"친애하는 신부님, 저와 약속 하나 합시다. 불필요하게 혼란스러운 생각으로 스스로를 절대 괴롭히지 않기로요. 오로지 '사실'에 대한 이야기로 스스로를 안전하게 보호해야 합니다. 그리고 무엇보다, 신부님의 말처럼 그 짐승이 신부님을 잠식해가고 있다 해도 신부님은 현실의 독립적인 삶과 의지가 있는 사람이란 걸 기억해야 합니다. 하늘의 뜻이 아니라면 신부님을 해칠 힘은 없다는 것도요. 그 놈이 신부님의 감각에 접근할 수 있고 없고는, 대체로 신부님의 육체적 상태에 달린 일입니다. 하느님이 보우하사, 부디 그 사실을 되새기시고 위안으로 삼으셨으면 합니다. 사람인 이상 우리 모두가 비슷한 환경 속에 있습니다. 다만 신부님의 경우 육체의 장막이자 보호벽인 '외벽'이 조금 수리가 필요한 상태라서, 영적 세계의 시각과 청각이 여과 없이 전달되는 거죠. 신부님, 우리는 새로운 방법을 찾을 겁니다. 그러니 힘내세요. 이 사례에 대해 오늘 밤 내내 신중히 연구해보겠습니다."

"박사님은 정말 좋으신 분입니다. 해 볼 만하다고 여기시고 절 포기하지 않으시는군요. 하지만 박사님은 모릅니다. 그놈의 영향이 계속 커지고 있어요. 저에게 폭군같이 명령을 하고, 전 점점 더 감당할 수가 없습니다. 주여 절 구원하소서!”

“명령을 한다니? 말로 명령한다는 뜻이지요?”

“네, 그렇습니다. 항상 다른 이나 저 스스로를 해하는 범죄를 저지르라고 닦달합니다. 박사님, 보시다시피 이건 정말 다급한 상황입니다. 제가 몇 주 전 슈롭셔에 있었을 때 (이때 제닝스 신부님은 말이 빨라지고 몸을 떨고 있었습니다. 한 손으로 제 팔을 잡고, 제 얼굴을 보고 있었습니다.) 하루는 친구들 여럿과 함께 산책을 갔습니다. 저의 괴물도 당시 함께 있었죠. 전 무리에서 뒤처졌어요. 디(영국의 체스터를 가로질러 아일랜드해로 흐르는 강-역주) 강변은 박사님도 아시겠지만 정말 아름답습니다. 우리는 마침 탄광 근처를 지나고 있었습니다. 숲의 가장 자리에는 수직으로 떨어지는 갱도가 있었는데 사람들이 45미터 정도의 깊이라고 하더군요. 제 조카는 저와 함께 뒤처져 걷고 있었습니다. 물론 그 아이는 제가 겪는 고통에 대해서 전혀 몰랐죠. 하지만 제가 그동안 내내 아프고 우울했다는 걸 알고 있었고, 그래서 제가 혼자 있지 않도록 제 곁을 지키고 있었습니다. 저희가 함께 천천히 다니고 있을 때 절 따라온 그놈이 저에게 몸을 던지라고 재촉하더군요. 지금 말하지만…오!

박사님, 상상해보세요.

절 그 끔찍한 죽음에서 구한 단 한 가지 이유는 제 가여운 조카가 제가 몸을 던지는 걸 목격하면 얼마나 큰 충격을 받을까 하는, 두려운 마음이었습니다. 전 조카에게 친구들과 함께 가라고 했습니다. 전 더는 못 걷겠다고 했죠. 하지만 아이는 핑계를 대며 제가 재촉할수록 더 굳게 제 옆에 있겠다고 우겼습니다. 조카는 저를 의심하며 두려워하는 것처럼 보였어요. 아마 이상한 제 모습이나 행동이 그 아이를 불안하게 했을 겁니다. 하지만 조카는 자리를 떠나지 않았고, 말 그대로 죽음에서 절 구해줬습니다. 살아 있는 사람이 그토록 비굴하게 사탄의 노예가 될 수 있다는 걸, 박사님은 상상도 못 하실 겁니다." 신부님은 처참한 신음을 내뱉으며 몸을 떨었습니다.

잠시 정적이 흐르고, 제가 말했습니다. "그런데도 불구하고 신부님은 '결국' 이겨내신 겁니다. 그건 하느님이 하신 일입니다. 신부님은 다른 누구도 아닌 하느님의 손과 권능 안에 계신 거죠. 그러니 미래에 대한 희망을 버리지 마세요."

마지막 편지

전 신부님에게 촛불을 켜 놓게 했습니다. 작별을 고하기 전에 그의 방을 밝히고 사람 사는 집답게 분위기가 밝게 바뀌는 것을 확인하고 떠났죠.

전 신부님께, 그의 병세는 엄밀히 따져보면 육체적 원인이 있다고 말했습니다. 비록 '미약한' 육체적 원인이지만 말이죠. 신부님이 설명한 구원의 이야기를 들어보니, 그 속에 하느님의 보호하심과 사랑의 증거도 분명하다고 그에게 전했습니다. 그리고 신부님이 자신의 이상한 증세를 마치 영적 형벌로 생각하시는 것 같다는 제 의견도 조심스럽게 피력했습니다. 그리고 그건 정말 잘못된 생각이라고 말씀드렸죠. 그뿐 아니라, 슈롭셔 나들이 때 자살의 명령에서 신부님이 신비하게 구출된 사실만 봐도 그게 얼마나 잘못된 생각인지 알 수 있다고 말씀드렸습니다. 첫째, 신부님의 조카는 그녀를 보내려는 신부님의 의지에도 불구하고 곁을 지켰고, 두 번째로 신부님이 그녀의 면전에서 그 끔찍한 제안을 실행하려니 마음에 견딜 수 없는 거부감이 들었다는 게 제 근거였죠.

제가 이런 의견을 말하는 동안 제닝스 신부님은 흐느끼고 있었습니다. 마음의 위로가 된 것 같더군요. 신부님은, 언제라도 원숭이가 다시 보이게 되면 저에게 바로 연락하겠다고 약속했습니다. 저도 모든 걸 제쳐두고 신부님의 사례를 꼼꼼히 연구해서 해답을 찾아보겠다고 재차 안심시켰죠. 내일 그 해답을 주겠노라 약속하고 저는 자리를 떠났습니다.

마차에 올라타기 전에 신부님의 하인에게도 언질을 해두었습니다. 신부님의 건강이 심각한 상태이니 자주 방을 들여다보는 게 좋겠다고요.

저는 제 나름대로 방해받지 않고 작업할 준비를 했습니다. 이동용 책상과 가방을 챙겨 마차를 타고 시내에서 3킬로미터 떨어진 '뿔피리(악마의 뿔을 암시하기도 한다-역주)'라는 숙소로 옮겼습니다. 아주 조용하고 벽이 두꺼운 집이었죠. 그곳에서 저는 어떤 방해나 간섭 없이 편안한 거실에서 제닝스 신부님의 사례에 필요한 만큼 밤과 아침 시간을 할애하기로 했습니다.

〔여기에는 사례에 대한 헤셀리우스 박사의 의견과 그가 처방한 생활 습관, 식이 요법 및 의약품에 관련된 자세한 메모가 첨부되어

있다. 흥미로운 부분이지만 어떤 이들은 신비주의적이라고 할 수도 있겠다. 전반적으로 그 내용이 이 글의 독자의 흥미에 맞지 않을 것 같아 수록하지 않았다. 여기까지는 그가 작업을 위해 임시로 빌린 숙소에서, 이후 부분은 시내의 숙소로 돌아온 뒤 쓰였다.]

제가 시내에서 임시 숙소로 떠난 건 어젯밤 아홉 시 반이었고, 오늘 오후 한 시 정각까지 시내에 있던 숙소는 비어 있었습니다. 그런데 시내의 숙소로 돌아와서 보니 제 탁자 위에 제닝스 신부님의 편지가 놓여 있더군요. 물어보니 우편으로 온 것이 아니라 신부님의 하인이 직접 가져왔다고 했습니다. 제가 오늘까지 돌아오지 않을 거란 말에, 게다가 아무도 제가 있는 주소를 모른다는 말에 하인이 아주 불안해 보였답니다. 신부님이 꼭 답을 받아오라고 했다더군요. 제가 열어본 편지에는 이렇게 적혀 있었습니다.

> 친애하는 헤셀리우스 박사님, 그게 여기 있습니다.
>
> 박사님이 가신 지 한 시간도 안 되어서 그게 다시 돌아왔어요. 무슨 일이 있었는지 다 알고 있습니다. 박사님도 알고, 모든 걸 다 알고 있어요. 발악하면서 끔찍한 욕

을 해댑니다. 그걸 알려드리려 편지를 쓰지만, 제가 쓰는 내용도 모두 알고 있어요. 연락을 드리기로 약속했으니 연락을 드립니다. 하지만 너무 혼란스럽고 정신이 없습니다. 짐승이 절 계속 괴롭히고 있고, 전 너무 무섭습니다.

진심을 담아,
당신의 영원한 벗
로버트 린더 제닝스.

"이 편지가 언제 왔습니까?" 제가 물었습니다.

"어젯밤 열한 시쯤이었어요. 그 사람이 또 왔었고, 오늘만 세 번 다녀갔어요. 마지막으로 다녀간 지 한 시간 지났네요."

저는 그 대답을 듣고, 신부님의 처방에 대해 적은 메모를 주머니에 넣고 몇 분 안에 바로 신부님을 보러 리치몬드로 향했습니다.

교수님도 아시다시피 전 제닝스 신부님의 사례에 결코 절망하지 않았습니다. 비록 잘못된 방식이지만, 그는 제가 형이상학적 의학에 정리해놓은 원칙을 스스로 찾아서 적용했죠. 그 원칙은 이런 종류의 모든 사례에 관한 겁니다. 저는 이를 최대한 적용해보려 했습니다. 이번 사례에 대해 깊은 관심이 있었고, 실제로 '악령'이 있는 상태에서 신부님을 살펴보고 관찰할 기회를 몹시 기대하고 있었죠.

전 그 어두운 집으로 달려갔고 계단을 뛰어 올라가 문을 두드렸습니다. 잠시 후 검은 비단옷을 입은 키 큰 여자가 문을 열어주었습니다. 마치 울고 있었던 것처럼 얼굴이 안 좋았습니다. 예를 갖춰 인사하는 그녀에게 제가 물었지만 대답은 없었습니다. 대신, 그녀는 얼굴을 돌려 계단을 내려오는 두 남자에게 손짓을 하더군요. 그렇게 조용히 저를 그들에게 맡기고, 그녀는 서둘러 옆문으로 들어가 문을 닫았습니다.

저는 복도에 제일 가까이 있던 남자에게 바로 말을 걸었는데, 그제야 가까이서 피로 뒤덮인 두 손을 보고 깜짝 놀랐습니다. 전 뒤로 조금 물러섰고, 남자는 "저기 하인이 옵니다."라고 툭 내뱉고는 지하로 내려갔습니다.

절 보고 당혹감에 몸이 굳어버린 하인은 층계에 멈춰 서 있었습니다. 그는 손을 손수건에 문지르고 있었는데 손수건이 피로 흥건했습니다.

"존스, 무슨 일이지? 무슨 일이 일어난 거야?" 끔찍한 예감에 사로잡힌 채 제가 물었습니다.

하인은 저에게 응접실로 따라와 달라고 했습니다. 전 바로 그 곁으로 갔고, 그는 창백하고 일그러진 표정에 눈에 초점이 나가 있었습니다. 그리고 제가 이미 어느 정도 예상하던 끔찍한 소식을 전해주었습니다. 그의 주인이 스스로 목숨을 끊었답니다.

저는 존스와 함께 위층으로 올라갔습니다. 그곳에서 본 광경을 굳이 설명하지 않겠습니다. 제닝스 신부님은 면도날로 목을 그었습니다. 끔찍한 자상이었습니다. 두 남자가 신부님의 몸을 침대에 누이고 팔다리를 가지런히 모았습니다. 바닥의 거대한 피 웅덩이로 봐서는 침대와 창문 사이쯤에서 그 일이 일어난 것처럼 보였습니다. 신부님의 침대 주변과 화장대 아래는 카펫이 깔려 있었지만 나머지 바닥에는 없었습니다. 신부님은 침실에 카펫을 두는 걸 좋아하지 않았다고 하더군요. 원래부터 음침한 방이 이제는 섬뜩한 느낌이었습니다. 집 전체에 어둠을 드리우던 큰 느릅나무 그림자가 그 끔찍한 바닥 위로 천천히 내려앉고 있었습니다.

저는 하인에게 손짓해 같이 아래층으로 내려왔습니다. 그리고 복도를 돌아 낡은 목재가 둘러진 방으로 들어갔습니다. 전 거기 서서, 하인이 저에게 하려던 얘기를 남김없이 모두 들었습니다. 이제 별로 중요한 이야기는 아니었죠.

"어제 떠나시면서 저에게 하신 말씀과 분위기로, 신부님의 병이 심각하다고 생각하신다는 걸 알았습니다. 발작이나 다른 사고가 일어날까 걱정하시는 것 같았죠. 그래서 박사님 말씀대로 주의를 기울여 신부님 시중을 들었습니다. 신부님은 새벽 세 시가 넘도록 깨어 있었어요. 글을 쓰시거나 독서를 하시지도 않고 계속 혼잣말을 하고 계셨지만, 그건 처음 있는 일도 아니었죠. 그때쯤 슬리퍼와 가운으로 갈아입는 걸 도와드리고 방에서 나왔어요. 반 시간쯤 지나 다시 조용히 들어가 보니 탁자에 촛불을 켜 놓고 옷을 벗은 채 침대에 누워 계셨죠. 제가 방에 들어갔을 때 신부님은 팔꿈치를 베고 침대의 벽 쪽을 보며 누워 계셨어요. 필요하신 게 있냐고 여쭙자, '없다'고 하셨죠.

박사님이 그런 말씀을 하셨기 때문인지, 아니면 신부님이 뭔가 달라 보였기 때문인지는 모르겠습니다. 하지만 어젯밤 불길한 기분이 들었어요. 이상하게 신부님이 불안하더라고요.

다시 삼십 분이 지났을 때, 아니 그보다 더 지났을 수도 있겠네요. 저는 다시 올라갔습니다. 아까처럼 말소리는 듣지 못했죠. 조금 문을 열었어요. 초는 두 개 다 꺼져 있었는데, 그건 평소와 달랐습니다. 전 들고 있던 침실용 촛불로 조용히 둘러보았습니다. 신부님이 다시 옷을 입고 화장대 옆에 있는 의자에 앉아 계시더라고요. 신부님이 몸을 돌려 절 보셨어요. 그렇게 다시 일어나서 옷을 입고, 촛불을 끄고 어둠 속에 앉아 계신 게 이상하다고 생각했습니다. 하지만 그저 제가 해드릴 건 없는지 다시 여쭤보기만 했어요. '없어.' 신부님이 대답하셨죠. 좀 날카롭게 말하시는 것 같다고 생각했어요. 다시 촛불을 켜 드릴지 여쭸더니, '하고 싶은 대로 해, 존스.'라고 하셨죠. 그래서 전 촛불을 켜고 방에서 좀 더 서성였어요. 신부님이 말했어요. '사실대로 말해, 존스. 왜 다시 온 거지? 누가 욕하는 소리 못 들었어?' '아니요, 신부님.' 도대체 무슨 뜻일까 생각하며 제가 대답했어요.

'아니지.' 신부님이 재차 말했어요. '당연히 그럴 리 없지.' 제가 다시 물었죠. '신부님, 더 주무시는 게 좋지 않을까요? 이제 다섯 시밖에 안 됐어요.' '그래야지. 잘 자, 존스.' 신부님은 그 후엔 이 말씀뿐이셨죠. 그래서 전 자리를 떠났지만, 한 시간도 채 안 되어 다시 왔어요. 문은 닫혀 있었고 신부님이 제 목소리를 듣고 무슨 일이냐고 물으시는데, 그 소리가 침대에서 들렸죠. 그리고 저에게 더 이상 방해하지 말라고 하셨어요. 전 누워 잠깐 잠이 들었죠. 그리고 제가 다시 올라갔을 때가 여섯 시에서 일곱 시 사이였을 거예요. 문은 계속 닫혀 있었고, 신부님은 대답이 없었어요. 신부님을 귀찮게 하고 싶지 않았고 주무신다고 생각해서 아홉 시가 될 때까지 다시 가지 않았습니다.

제가 필요하시면 보통 벨을 누르시기 때문에, 제가 특별히 신부님을 깨우러 가는 시간은 정해져 있지 않았어요. 문을 아주 가볍게 두드려봤지만, 대답이 없어서 한동안 다시 가지 않았고, 신부님이 푹 주무시나보다 생각했죠. 열한 시가 되서야 전 신부님의 신변에 대해 정말 불안해지기 시작했습니다. 적어도 제가 기억하는 한, 신부님은 결코 열 시 반까지 주무시는 일이 없었으니까요. 그런데 신부님을 불러도 아무 대답이 없었어요. 노크를 해도 대답이 없었어요. 문이 열리지 않아, 마구간에 있던 토마스를 불러

같이 문을 억지로 열었어요. 그리고 박사님도 보셨던 그 끔찍한 상태로 신부님을 발견했죠."

존스는 더 할 말이 없었습니다. 가여운 제닝스 신부님은 정말 온화하고 친절한 사람이었죠. 모든 사람이 신부님을 좋아했습니다. 하인도 큰 충격을 받은 것 같았습니다.

허탈하고 혼란한 마음으로 전 그 끔찍한 집과 어두운 느릅나무 그림자 아래에서 빠져나왔고, 두 번 다시 그곳을 볼 일이 없길 바랍니다. 지금 편지를 쓰면서도 소름 끼치게 반복되는 꿈에서 반쯤 깬 기분이군요. 제 기억은 그 장면들을 의심하고 공포로 거부하지만 그래도 실제로 일어난 일인 걸 저도 알고 있습니다. 이건 신경계와 영계의 상호작용을 자극하고 신체 감각과 정신 감각을 분리하는 조직을 마비시키는 독에 관한 사례였습니다. 그런 독은 이상한 악몽을 보여주고 사람과 영이 만나지 말아야 할 때 만나게 합니다.

에필로그

친애하는 반 루 교수님, 교수님도 제가 지금 설명한 것과 비슷한 증세로 고생하신 걸 압니다. 두 번이나 그 증세가 재발했다고 하소연하셨죠.

신의 가호 아래! 누가 당신을 치료했습니까? 당신의 겸손한 종, 마틴 헤셀리우스입니다. 삼백 년 전 프랑스에 살았던, 어떤 훌륭한 외과 의사의 좀 더 강렬한 경건함을 빌려 이 자리에서 말하겠습니다. "내가 치료했고, 하느님이 치유했다(프랑스의 유명한 외과 의사 앙브루아즈 파레Ambroise Paré (1510-1590)가 남긴 말-역주)."

벗이여, 당신은 우울증에 걸린 것이 아닙니다. 제가 사실을 말씀드리죠.

제 저서에서 볼 수 있듯 전 객관적으로 '승화', '조숙', '내부'라고 이름 붙인, 이런 종류의 사례 57개를 발견하고 치료했습니다.

제가 방금 설명한 종류들과 자주 혼동되지만 진짜 환영이라고 부를 수 있는 다른 종류의 증세도 있습니다. 전자의 경우는 코감기나 사소한 소화 불량만큼이나 간단하게 치료할 수 있다고 봅니다.

이 첫 번째 범주에 속하는 사례들이 바로 우리의 사고가 얼마나 예민한지 시험하는 것들입니다. 제가 마주한 사례들만 해도 더도 덜도 아닌 무려 57개였습니다. 그리고 그

중 몇 개나 치료에 실패했을까요? 단 하나도 실패하지 않았습니다.

의사에 대한 약간의 인내와 합리적 신뢰가 있다면 죽음의 증세 중 하나는 더 쉽고 확실하게 호전될 수 있습니다. 그런 간단한 조건만 있으면 완벽한 치료가 가능하죠.

제닝스 신부님은 치료를 시작도 하지 않았다는 걸 기억해주셨으면 좋겠네요. 전 18개월 안에 그를 완벽하게 치료할 수 있었습니다. 어쩌면 이 년 정도 걸렸을 수도 있겠네요. 어떤 사례는 아주 빨리 낫기도 하고, 어떤 것들은 극단적으로 오래 걸리기도 합니다. 사례에 대해 심사숙고하고 근면하게 임하는 명철한 의사라면 치료에 효과를 보는 게 당연합니다.

'뇌의 주요 기능'에 대한 제 논문을 아시지요. 전 거기서 수많은 사실을 근거로 동맥과 정맥의 혈액이 그 구조상 뇌신경을 통해 순환하고 있을 가능성이 높다는 걸 증명했습니다. 그러므로 그 구조에서는 뇌가 심장이라고 봅니다. 따라서 신경 유동체는 한 종류의 신경에서 나와 다른 상태로 변경되어 다른 종류의 신경으로 되돌아갑니다. 그 유동체의 본질은 영적이지만 제가 지난번에 언급한 것처럼 빛이나 전기만큼 물질적인 것입니다.

녹차 같은 물질의 습관적인 음용도 그중 하나지만, 다양한 종류의 물질 오남용은 그 유동체의 기능에 영향을 줄 뿐 아니라 더 잦은 빈도로 그 균형을 파괴합니다. 이 유동체는 우리가 영과 공통적인 부분이기 때문에 내부의 감각과 연결된 뇌나 신경 덩어리에서 그 흐름에 이상이 생기면 표면이 과도하게 노출되고 망령이 그 틈을 노리는 거죠. 서로 간의 상호작용이 대부분 그런 식으로 일어납니다. 뇌의 순환과 심장의 순환은 밀접하게 연결되어 있으니까요.

외부 영상의 중심, 혹은 도구라고도 할 수 있는 건 눈입니다. 내부 영상의 중심은 눈썹 주위와 위쪽에 있는 신경 조직과 뇌이고요. 제가 얼음을 넣어 차갑게 만든 향수만 발랐을 뿐인데 교수님의 환영 증상이 사라진 걸 기억하십니까? 하지만 그 정도로 빠른 효과를 볼 수 있는 사례는 별로 없습니다. 차가운 자극은 신경 유동체를 밀어내는 데 강력한 효과가 있습니다. 오랫동안 계속 사용하면 우리가 무감각이라고 부르는 영구적인 감각의 손실을 초래하고, 더 오래 사용하면 근육 마비까지 일어나게 됩니다.

다시 한번 말하지만, 제닝스 신부님의 의도치 않게 떠져버린 그 내면의 눈을 흐리게 만들어 마지막에는 완전히 닫아버려야 했다는 제 생각에는 한 치의 의심도 없습니다. 진전섬망**Delirium tremens**(신체 질환이나 약물 등으로 인해 뇌에서 전반적인 기능장애가 나타나는 증상-역주)에서도 같은 감각 증세가 일어나는데, 대뇌 심장의 과민 반응과 그에 수반되는 과도한 신경 울혈이 신체 상태의 결정적인 변화에 의해 멈추면 그 감각도 다시 완전히 닫히게 됩니다. 간단한 과정을 통해 몸에 꾸준한 작용을 가하면 그런 결과가 생기고, 반드시 생길 수밖에 없고 전 아직까지 실패한 적이 없습니다.

가여운 제닝스 신부님은 스스로 목숨을 끊었습니다. 그러나 그 비극은 완전히 다른 질병의 결과였습니다. 이미 가지고 있던 병에 다른 병이 투영된 것이죠. 신부님의 사례는 독특한 종류의 합병증이었고, 그를 정말 무너지게 만든 것은 그의 유전적인 자살 충동이었습니다. 제가 치료를 시작도 하지 못했으니 불쌍한 제닝스 신부님은 제 환자라고 볼 수도 없군요. 그가 절 완전히 믿지 못해 이야기를 다 하지 못한 게 분명합니다. 환자가 병과 자신을 동일 선상에 놓지만 않는다면 병은 분명히 낫게 되어 있으니 말입니다.

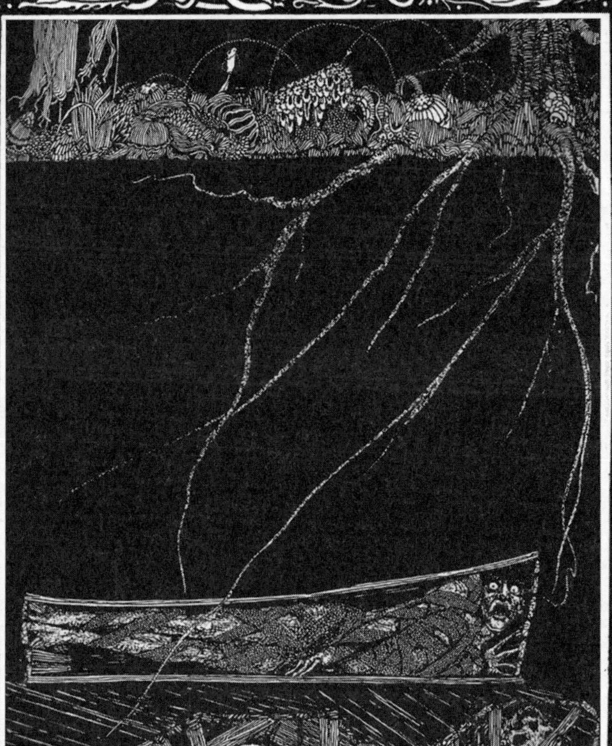

CHAPTER III

MR. JUSTICE HARBOTTLE

하보틀 판사

헤셀리우스 박사님이 이 사례에 관해 남긴 메모라곤 '하먼의 보고서'라는 단어와 '내적 감각과 그 개방의 조건'에 대한 자신의 뛰어난 논문 한 부분을 간단히 표시한 게 전부였다. 논문에 표시된 부분은 제1권 중 섹션 317, 노트 'Za'이며, 이렇게 시작하는 부분이다;

하보틀 판사의 놀라운 사례에 대한 두 가지 자료를 손에 넣었는데, 하나는 턴브리지 웰스에 사는 트리머 부인이 내게 보내준 것이고(1805년 6월), 다른 하나는 훨씬 나중에 안토니 하먼 경이 보내준 것이다. 그중 전자를 더 선호하는 이유는 첫째, 기록이 매우 상세하고 구체적일 뿐 아니라 더 이론적이고 객관적으로 작성되었고 둘째, 이 사례에 관해 제일 잘 아는 헤드스톤 박사의 편지가 포함되어 있기 때문이다.

하보틀 판사의 경우는 내적 감각의 개방이 어떻게 일어나는지 가장 잘 보여주는 사례 중 하나였다. 이 기이한 증상의 법칙이라고도 할 수 있는 일반적인 현상이 발견되는데, 설명하자면 영계가 온전한 물질의 영역을 침범해 주위로 전염되는 현상이었다. 한 환자에게 영계가 작용하자 곧바로 그 기운이 주위로 퍼졌고 크든 적든 실제로 다른 사람에게도 영향을 미치기 시작했다.

아이의 내적 시야가 개방됨에 따라 아이의 어머니인 파인웩 부인의 내적 시야도 개방되고, 같은 시기 부엌에서 일하던 하녀는 내적 시야와 청각이 모두 개방되었다. 사후 출현이 어떤 법칙에 의해 일어나는지에 관해 논문 제2권, 섹션 17-49에서 설명한 바 있다. 섹션 37이 보여주듯 어떤 특정한 기간 동안 그 연관성은 동시에 나타나기도 하고 겹치기도 하는데, 하보틀 판사의 경우처럼 재차 겹치는 일도 있다. 개방된 시야는 길게는 며칠, 짧게는 1초가 조금 넘게 지속된다. 이 원리는 정신질환, 간질, 신체강직 등의 특정한 사례에서 뚜렷하게 나타나고 조증이나 기벽, 강박증에서도 찾아볼 수 있지만 자료의 한계로 다루지 않았다.

나는 박사님의 책상에서 메모 하나를 찾았는데, 트리머 부인이 작성한 '하보틀 판사 사건 보고서'를 F. 하인 박사에게 빌려주었다는 내용이었다. 따라서 나는 박식하고 유능하신 하인 박사님께 서신을 보냈고, 곧 답장이 도착했다. 헤셀리우스 박사가 오래전에 '귀중한 원고'라고 적어놓은 그 문서의 소재가 불분명하지만 찾는 대로 안전하게 반환하겠다는 내용이었다. 더 이상 그의 책임을 묻지 않기로 했다. 분실의 책임을 완전히 면죄할 정도로 애석하고 걱정스러운 마음이 가득한 답장이었다. 그러므로 이 사례에 관해 남아 있는 자료는 하먼 씨의 기록이 유일하다.

고 헤셀리우스 박사님은, 내가 인용한 논문의 다른 부분에서 이렇게 말했다. "이 사례의 (비의학적) 사실에 관해서 하먼 씨의 보고서는 트리머 부인이 쓴 이야기와 정확히 일치한다." 어차피 대중적인 독자들은 사례에 대한 엄밀한 과학적 분석에는 별 관심이 없으니, 두 가지 문서가 모두 있었더라도 난 하먼 씨의 보고서를 선택했을 것이다. 그 내용 전체를 다음과 같이 옮긴다.

판사의 집

삼십 년 전, 나는 내가 가진 일부 재산에 부과되는 연금을 한 노인에게 분기별로 지불하고 있었고, 그 노인은 새로운 분기가 시작하는 날에 맞춰 수금하러 이곳에 들렀다. 무미건조하고, 우울하고, 조용하고, 초라하고, 지극히 평범한 노인이었다. 유령 이야기를 늘어놓기에 더없이 적절한 사람이었다.

그런 그가 망설이다 내게 들려준 이야기가 하나 있다. 노인은 보통 납기일에서 일주일 정도 여유를 두고 들리는 편이었다. 그런데 그가 이번에는 그보다 이틀 일찍 들렀다며(나는 미처 몰랐지만), 그 이유를 설명하다가 나온 이야기이다. 노인은 갑자기 자신의 거처를 옮겨야 해서 납기일 전에 집세를 내야 할 처지라고 말했다.

노인은 웨스트민스터의 한 뒷골목에 있는 크고 오래된 집에서 지내고 있었다. 아주 따뜻하고 외벽이 둘러져 있고 두터운 창틀과 작은 유리로 된 창문이 있는 집이었다. 창문에 붙어 있는 딱지로 봐서는 매매나 임대로 나온 듯했지만 아무도 관심을 갖지 않는 집이었다.

그 집의 관리인은 낡은 검은색 실크 옷을 두른, 마르고 과묵한 나이 지긋한 부인이었다. 당신이 그 집의 어두운 방과 통로에서 스쳐 지나간 모든 것들을 알아내려는 듯 경계하며 완고한 눈으로 당신의 얼굴을 뚫어지게 바라보는 그 부인은 '온갖 일을 다 하는 하녀' 한 명만 데리고 집을 관리하고 있었다.

가여운 이 노인은 믿을 수 없을 정도로 싼 집세에 혹해 그 집에 살기로 했다. 그가 유일한 세입자였고 거의 일 년 동안은 별 문제없이 그곳에서 지냈다고 했다. 방 두 개를 썼는데, 하나는 거실이었고 하나는 옷장이 딸린 침실이었다. 노인은 옷장에 책과 서류를 넣고 자물쇠를 걸어두었다.

어느 날 그는 잠자리에 들기 위해 침실로 들어갔고, 안에서 바깥문을 걸어 잠갔다. 그러나 잠이 오지 않아 촛불을 당겨 한동안 책을 읽었다. 책을 옆에 내려놓자, 그때 계단 꼭대기에 있는 오래된 시계가 한 시를 알리는 종을 쳤다. 그리고 잠시 후 노인은 분명히 잠갔다고 생각한 옷장 문이 스르르 열리는 광경을 보고 머리끝이 쭈뼛 섰다. 음험하고 시커먼 남자가 옷장 밖으로 살금살금 걸어 나오는 것이 아닌가. 오십 대 언저리로 보이는 그 남자는 호가스

(윌리엄 호가스**William Hogarth**, 18세기 영국 로코코 시대의 화가-역주)의 그림에서나 볼 수 있는 구닥다리 상복을 걸치고 있었다. 그 뒤를 따라 또 다른 남자가 걸어 나왔는데, 이번에는 건장한 몸에 시체처럼 굳은 얼굴, 호색과 사악함이 혼재된 끔찍하게 권위주의적인 노인이었다.

그는 수많은 꽃무늬 자수와 주름 장식이 달린 실크 가운을 걸쳤고 손가락에는 금반지를 끼고 있었다. 법관들이 가발을 쓰던 시절에 신사들이 잠자리에 들 때 쓰던 벨벳 모자도 눈에 띄었다. 금반지를 끼고 주름 장식이 늘어진 손을 자세히 보니 밧줄 한 꾸러미가 들려 있었다. 두 남자 유령은 방의 한쪽 구석에 있는 옷장 문에서 나와, 창문 옆 왼쪽에 있는 침대 발치를 지나, 대각선으로 방을 가로질러 복도로 향하는 문밖으로 걸어 나갔다. 그 문은 침대 머리 가까이 오른쪽에 있었다.

노인은 유령들이 그를 그토록 가까이 스칠 때의 기분을 구구절절 설명하려 들지 않았다. 그저 세상 누가 천금을 준다 한들 잠은 고사하고 대낮에도 그 방에 혼자 들어갈 마음이 없다고 말했을 뿐이다. 아침에 일어나 보니, 옷장의 자물쇠도 복도로 통하는 문의 걸쇠도 그가 잠자리에 들기 전처럼 그대로 잠겨 있었다고 했다.

노인에게 물었더니, 두 유령 모두 노인의 존재를 의식하지 못하는 것처럼 보였다고 했다. 유령은 바닥을 미끄러지는 게 아니라 살아 있는 사람처럼 걸었고, 발소리는 나지 않았지만 바닥에서 진동이 느껴졌다고 했다. 유령을 목격한 광경을 설명하는 그 모습이 겁에 질려 있어 나는 더 묻지 않았다.

그러나 노인의 설명을 듣다 보니 기이한 우연일 수도 있겠지만 머리를 스치는 점이 있어서, 나는 바로 그 자리에서 당시 영국의 외딴 지역에 살고 있던 친구에게 편지를 쓰기로 했다. 그 친구가 뭔가 알고 있을 거로 생각했다. 친구가 그 오래된 집에 관해 여러 번 말한 적이 있는데 그때 스쳐가듯 말한 그 기묘한 이야기를 이제 더 자세히 해달라는 편지를 보냈다.

곧 내 궁금증을 만족스럽게 해결해준 답장이 도착했고, 편지의 전문을 아래와 같이 옮긴다.

자네의 편지를 보니, 고등 민사재판소에서 근무한 하보틀 판사의 말년에 일어난 몇 가지 일들이 생각나는군. 셰익스피어의 《겨울 이야기》가 떠오르기도 하고… 형이상학적 논란이 있었던 그 기이한 사건 말이네. 그 일에 대해서는 지금 살아 있는 사람 중엔 그 누구보다 내가 제일 잘 알고 있을 테니 알려주겠네.

내가 마지막으로 그 오래된 저택을 본 건 삼십 년도 더 전에 런던을 방문했을 때야. 많은 시간이 흐르는 동안 웨스트민스터의 그 구역도 재개발로 많이 나아졌다고 들었네. 그 집이 철거된 게 확실하면 정확한 주소도 알려줄 수 있지만, 그게 아니라면 내 이야기가 그 건물의 임대료에는 전혀 도움 될 것 같지 않으니 문제의 소지가 없도록 주소는 말하지 않겠네.

그 집이 얼마나 오래됐는지는 모르겠네. 제임스 1세 때 터키에서 온 상인 로저 하보틀이 지었다는 소문이 있었지. 그 부분에 관해 나는 문외한이지만, 황량하게 버려진 그 집에 들어가 본 사람으로서 대략 어떤 모습이었는지 설명해주겠네.

암적색 벽돌로 지어진 건물이었고, 문과 창문은 오랜 세월에 누렇게 변색된 돌로 장식되어 있었네. 같은 도로 위 다른 집들보다 이 집은 1미터 안쪽으로 쑥 들어간 곳에 있었지. 화려하고 추상적인 무늬로 장식된 철제 난간이 있는 넓은 계단을 오르면 저택의 입구가 나오는데 나뭇잎 덩굴 무늬가 장식된 램프 아래 거대한 '램프 소등기'가 붙어 있었어. 옛날에는 시종들이 현관 계단 앞 마차에서 내린 귀한 손님들을 모시고 들어간 후에 요정들의 고깔모자처럼 생긴 그 소등기 안에 횃불을 꽂아 넣어 불을 끄곤 했지. 현관은 천장까지 패널로 장식되어 있었고 안쪽에 큰 벽난로가 있었네. 양쪽으로 두서너 개의 고풍스러운 방들이 이어져 있고 말이야. 방 안에는 여러 작은 격자로 나누어진 큰 창문이 있었고, 현관 안쪽의 아치를 지나면 넓고 육중한 나선형 층계가 있었고, 뒤쪽으로 따로 올라가는 층계도 있었지. 큰 저택이지만 요즘 집들에 비하면 빛이 많이 들어오는 편은 아니었네. 내가 그 집에 갔을 때만 해도 오랫동안 비어 있던 상태였고 유령의 집이라는 것 외에도 흉흉한 소문이 돌고 있었어. 천장이나 처마 장식 모서리 곳곳에 거미줄이 있었고 먼지가 모든 표면에 두껍게 쌓여 있었네. 오십 년 동안 쌓인 먼지와 빗물에 지저분해진 창문으로 가뜩이나 어두컴컴한 집이 더 어두웠지.

내가 어릴 적 아버지와 함께 그 집을 처음 방문했을 때가 1808년이었네. 한 열두 살쯤 되었던가, 난 그 나이답게 상상력이 풍부했지. 경외심으로 주위를 둘러보는데, 우리 집 벽난로 앞에 둘러앉아서 듣던 그 이야기의 현장에 내가 서 있다는 사실이 정말 무섭고도 짜릿했던 기억이 나는군.

우리 아버지는 하보틀 판사가 1748년에 죽기 전까지 법복에 가발을 쓰고 판사석에 앉아 있는 모습을 소싯적에 최소 열댓 번은 봤다고 하셨네. 몹시 기분 나쁘고 무시무시했던 모습이라, 아버지의 머릿속과 온 신경에 강한 인상으로 남아 있다고 하셨지.

그때 하보틀 판사는 예순일곱 정도 된 노인이었을 거야. 뽕나무색의 넓적한 얼굴에 큰 매부리코, 날카로운 눈에 음침하고 잔인해 보이는 입을 가진 데다 주름진 이마에 드러나는 예리한 명석함 때문에 그 당시 어렸던 아버지에게도 가장 무시무시한 얼굴로 보였다고 하네. 하보틀 판사는 냉소적인 조롱을 법정에서 무기처럼 휘두르는 사람이었는데, 거기엔 그의 크고 거친 목소리도 한몫했지.

영국에서 가장 사악한 자라고 불린 이 늙은 신사는 법정에서도 경멸과 비난을 숨기는 일이 없었어. 변호사, 법정 공무원, 심지어 배심원까지 거스르며 자기 방식을 관철

하기 위해 그 어떤 속임수, 폭력, 교란도 서슴지 않았다고 하네. 그렇다고 그가 판사의 의무에 헌신하기에는 또 너무 교활했다네. 양심에 조금의 거리낌도 없는 위험하고 부도덕한 판사였지. 그의 일상생활을 돌봐주던 하인들도 하보틀 판사만큼이나 정의에는 관심이 없었다고 하네.

휴 피터스

1746년 개정 기간의 어느 날 밤, 이 늙은 판사는 자신의 법정에서 내려와 상원 대기실에 앉아 있었네. 그와 그의 추종자들이 관심을 갖고 있던 안건의 표결을 기다리고 있었던 걸세.

하보틀 판사는 일을 마친 후 마차를 타고 집으로 돌아가려다가 그날 밤이 유독 포근하고 바람이 좋아 마차를 그냥 보내고 횃불을 든 시종 두 명과 걸어가기로 했어. 집은 가까웠지만 골목 두세 개를 거쳐야 하는 길이었기 때문에 통풍 때문에 빨리 걸을 수 없었던 하보틀 판사에게는 시간이 꽤 걸리는 거리였지.

큰 집들이 늘어선 좁은 골목 하나를 지날 때였네. 완전히 적막이 흐르던 길을 천천히 걷던 하보틀 판사 앞으로 한눈에 봐도 특이해 보이는 노신사 한 명이 걷고 있는 게 아닌가.

커다란 단추와 망토가 달린 진녹색 코트를 걸친 노인이었는데, 챙이 넓고 야트막한 모자 밑으로 풍성한 하얀 가발이 살짝 보였지. 몸을 잔뜩 숙인 채, 구부정한 무릎을 목발처럼 지팡이에 의지하고 힘겹게 비틀비틀 걸어가는 그 모습이 무척이나 위태로워 보였네.

건장한 판사가 스쳐 지나갈 때, 노신사가 그를 향해 손을 소심하게 뻗으며 떨리는 목소리로 말했지. "저기, 실례합니다."

하보틀 판사는 잘 차려입고 예의를 갖춘 노신사를 보고 발걸음을 멈췄어. 그리고 거칠고 위압적인 목소리로 물었지. "네, 무슨 일이시죠?"

"하보틀 판사님 댁이 어딘지 혹시 아십니까? 판사님께 급히 알려드려야 할 중요한 일이 있어서요."

"다른 사람이 전해드려도 되는 일입니까?" 판사가 되물었네.

"그건 절대 안 됩니다. 판사님만 아셔야 하는 정보입니다." 노신사는 떨리는 목소리로 진지하게 대답했지.

"그렇다면, 선생님. 여기서 몇 걸음만 같이 가시면 제 집이 나올 테니, 거기서 독대를 청하시죠. 제가 바로 하보틀 판사니까요."

초대를 받은 흰 가발의 노신사는 매우 흔쾌히 응했네. 몇 분 지나지 않아 노신사는 판사의 집 응접실에 서서 그 예리하고 위험한 고위 공무원과 독대하게 되었지.

노신사는 너무 지쳐서 말도 못 할 정도였기 때문에 자리에 앉았네. 발작적으로 기침을 하고 헐떡이며 숨을 고르고, 그가 그렇게 이삼 분을 보내는 동안 판사는 팔걸이의자에 자신의 외투를 내려놓고 쓰고 있던 삼각모도 그 위에 던져놓았지.

흰 가발을 쓴 연약한 보행자는 다시 빠르게 목소리를 되찾았네. 그리고 한동안 판사와 단둘이서 이야기를 나누었어.

판사의 집 거실에서는 손님들이 기다리고 있었는데, 그곳에서 남자의 웃음소리와 하프시코드에 맞춰 노래하는 여자 목소리가 뒤섞여 들려왔네. 하보틀 판사는 그날 밤 수상쩍은 파티를 계획하고 있었거든. 경건한 사람의 머리를 쭈뼛 서게 할 그런 환락의 잔치였지.

굽은 어깨까지 치렁치렁 내려오는 가발을 쓴 노신사가 들려준 이야기가 굉장히 흥미로웠던 모양이야. 판사는 십 분 넘게 이야기하느라 방에서 나오질 않았네. 평소라면 사람들에 둘러싸여 폭군처럼 즐겼을 환락의 향연도 마다하고 말이지.

대화가 끝나고, 노신사에게 나가는 길을 알려주고 돌아온 하인은 판사의 자주색 얼굴과 여드름 전부가 누렇게 질려버린 걸 봤다네. 노신사를 배웅하는 그의 행동에도 어딘가 불안해 보이는 구석이 있었어. 하인은 노신사의 이야기가 아주 심각해서 판사가 겁에 질려 있다는 걸 알아챘지.

하보틀 판사의 불경스러운 손님들과 펀치(술과 설탕, 각종 과일과 향료를 섞어 만든 음료-역주)가 가득 담긴 도자기 그릇이 그를 계속 기다리고 있었을 거야. 옛날 런던의 성스러운 주교가 판사의 할아버지에게 세례를 줄 때 사용했던 바로 그 유서 깊은 도자기 그릇 테두리에는 이제 국자와 레몬 껍질이 둘러져 있었지. 하지만 하보틀 판사는 바로 층계를 뛰어 올라가 추잡한 유흥에 뛰어드는 대신에, 키르케(호메로스의 〈오디세이〉에 나오는 사람을 홀리는 마녀. 마법의 술을 사용해 사람을 짐승으로 변하게 했다-역주)의 마법의 동굴로 이어지는 거대한 계단을 오르는 대신에, 자신의 큰 코가 찌그러질 정도로 창문 유리에 얼굴을 바싹 붙이고 밖을 내다보고 있었네. 연약한 노신사가 철제 난간에 뻣뻣하게 매달린 채 계단을 힘겹게 하나씩 내디디며 길을 나서는 그 모습을 말이야.

대문이 미처 다 닫히기도 전에, 하보틀 판사가 현관에서 고함치며 급히 하인을 불렀어. 요즘의 퇴역 대령들이 그러는 것처럼 자극적인 욕설을 내뱉으며 발도 한두 번 쿵쿵 구르고 꽉 쥔 주먹을 허공에 휘두르기도 했지. 판사는 하인에게 흰 가발을 쓴 노신사를 따라가 집까지 호위하라고 명령했네. 그리고 그가 어디에 머물고 있는지, 누구인지, 그에 대해서 모든 걸 알아내기 전까지는 얼씬도 하지 말라고 했지.

“네 이놈, 일을 똑바로 처리하지 않으면 오늘 밤 당장 그 제복을 벗겨 쫓아내 버리겠다!”

충직한 하인이 곧바로 팔에 무거운 지팡이를 끼고 문을 박차고 나갔지. 그는 한달음에 계단을 뛰어 내려가 길을 위아래로 둘러보았다네. 길 위에서 노신사를 발견하는 일은 어렵지 않았을 거야. 하인이 겪은 모험은 지금 말고 좀 있다가 얘기해주지.

패널로 장식된 고풍스러운 그 방에서 노신사가 하보틀 판사에게 들려준 건 아주 이상한 이야기였어. 물론 그가 사기꾼이었을 수도 있고, 노망이 들었을지도 모르겠네. 하지만 그 모든 이야기가 사실일 수도 있었지.

진녹색 코트를 걸친 노신사는 판사를 독대하게 되자 흥분한 모습으로 말을 꺼냈네.

“판사님이 아직 모르실 수도 있겠지만, 슈루즈베리 감옥에 백이십 파운드짜리 어음을 위조한 혐의로 갇힌 죄수가 있습니다. 그 동네에서 식료품 가게를 하던 사람인데 이름이 루이스 파인웩이죠.”

“그렇습니까?” 판사는 되물었지만 이미 잘 알고 있는 사실이었지.

“네, 판사님.”

“그럼 내가 그 사건 재판을 하게 될 예정이니, 판결에 영향을 끼칠 만한 발언은 꺼내지 않는 게 좋을 거요. 만약에 쓸데없이 입을 놀린다면, 당신도 망할 감옥에 들어가게 될 테니까!” 판사가 위압적인 눈길과 목소리로 말했네.

“그런 일은 없을 겁니다, 판사님. 저는 아는 것도 없고 관심도 없는 일입니다. 하지만 판사님이 아셔야 할 사실이 하나 있습니다."

"그 사실이 뭡니까?" 판사가 캐물었네. "지금 시간이 없으니 빨리 요점만 말해줬으면 하는데."

"판사님, 전 비밀재판소가 만들어지고 있다는 걸 알게 되었습니다. 재판관들의 품행을 조사한다더군요. 그 첫 번째 대상이 판사님이라고 합니다. 끔찍한 음모지요."

"그 배후가 누구요?" 하보틀 판사가 물었네.

"아직 이름은 전혀 모릅니다. 하지만 판사님, 정말 일어나고 있는 일입니다."

"추밀원(영국 국왕의 측근 귀족들로 이루어진 정치 자문기구-역주)에 데려갈 테니 그곳에서 고발하시오."

"저도 정말 그러고 싶지만, 하루 이틀 정도 시간이 필요합니다."

"왜 그렇소?"

"판사님께 말씀드렸듯이 아직 배후자들의 명단을 하나도 모릅니다. 하지만 이삼일 시간을 주시면, 그 배후에서 진두지휘하는 자들의 이름과 몇 가지 증거 서류를 준비할 수 있습니다."

"아까는 하루 이틀이라고 말하지 않았소."

"대충 그 정도 시간이 걸립니다, 판사님."

"자코바이트(추방된 제임스 2세를 지지하며 18세기 초 영국에서 격렬한 반란을 일으킨 반혁명 세력-역주)에서 꾸미는 일이요?"

"대략 그런 것 같습니다."

"아니, 그럼 정치적인 문제 아닌가. 정치범을 재판한 적도 없는 나를 그쪽에서 왜 걸고넘어지는 거지?"

"제가 알아낸 바로는, 몇몇 특정한 판사에게 개인적인 원한을 가진 사람들도 있었습니다."

"그 비밀 모임의 공식 명칭은 뭐요?"

"고등항소법원이라고 합니다."

"당신은 누구지? 이름이 뭐요?"

"판사님, 전 휴 피터스라고 합니다."

"휘그(17~18세기 가톨릭을 견제하고 제임스 2세의 즉위를 반대한 영국의 정당-역주) 쪽 이름인가?"

"네, 판사님."

"피터스 씨, 지금 어디에 머물고 있소?"

"템즈가입니다. '세 명의 왕'이라는 간판 바로 맞은편에 있습니다."

"세 명의 왕? 하나로는 부족한 모양이지, 피터스 씨? 자, 대답해보시오. 당신이 당신 말대로 그저 성실한 휘그 당원이라면 어째서 자코바이트의 음모 따위에 관심을 가지는 거요?"

"판사님, 제 가까운 지인이 모종의 유혹에 빠져 그 음모에 가담했습니다. 하지만 그는 예상치 못한 극악무도한 계획에 겁이 질려 황실의 정보원이 되기로 했죠."

"현명한 선택이군. 배후에 누가 있다고 했소? 가담한 사람은 누구고? 그가 아는 사람이었소?"

"그가 아는 사람은 두 명뿐이라고 합니다, 판사님. 하지만 며칠 안에 그 모임에 첫 참석을 하게 될 거고, 그 명단과 자세한 정보를 손에 넣을 수 있습니다. 무엇보다 제 지인은 의심을 사기 전에 그들의 목표와 모임 장소, 시간 모두를 알아내고 싶어 합니다. 그가 정보를 모두 알아내고 나면 어디에 고발하는 것이 좋겠습니까?"

"곧장 왕실 법무상에게 가라고 이르시오. 하지만 이게 내가 특별히 신경 써야 할 일이라고 하지 않았소? 죄수 루이스 파인웰도 배후 인물 중 하나요?"

"판사님, 그건 잘 모르겠습니다만 그자의 재판을 맡지

않으시는 게 좋을 것 같습니다. 판사님의 명을 단축하는 일이 될까봐 걱정스럽습니다."

"피터스 씨, 당신 이야기를 들어보니 이건 분명 피와 반역의 냄새가 나는 일이오. 왕실 법무상에 고발하면 알아서 처리할 거요. 언제 다시 오겠소?"

"판사님이 제게 시간을 주시면, 내일 법원이 개정하기 전이나 폐정한 후에 다시 오겠습니다. 와서 또 어떤 일이 있었는지 알려드리지요."

"그럼 내일 아침 아홉 시까지 다시 오시오. 피터스 씨. 이 일로 날 속일 생각은 하지 않는 게 좋을 거요. 당신을 감옥에 처넣는 건 일도 아니니까!"

"걱정하지 마십시오. 판사님을 도울 생각이 아니었다면, 제 마음에 거리낄 게 있었다면, 여기까지 와서 판사님께 독대를 청하지도 않았습니다."

"그렇게 믿고 싶소, 피터스 씨. 그 말을 믿겠소."

그렇게 그들은 헤어졌다네.

'저자는 얼굴에 분칠을 했거나 몸이 몹시 아픈 모양이군.' 판사는 생각했지.

노신사는 몸을 숙여 인사를 하고 방을 나갔네. 그때 조명이 그 얼굴을 좀 더 밝게 비췄는데, 판사는 그 모습이 부자연스러울 정도로 창백해 보인다고 생각했다네.

"망할 놈!" 하보틀 판사가 층계를 오르며 욕지거리를 내뱉었지. "저녁 만찬을 앞두고 입맛이 반은 달아났군." 하지만 그건 판사 자신의 생각이었을 뿐, 그날 저녁 연회에서 하보틀 판사가 주흥을 즐기는 걸 봤다면 누구도 그렇게 생각하지 않았을걸.

루이스 파인웩

한편, 피터스 씨를 쫓아가라고 명령을 받은 하인은 빠른 속도로 연약한 노신사를 따라잡았네. 자신을 뒤따르는 걸음 소리에 노신사는 잠시 발걸음을 멈추었지만, 하인의 제복을 본 후에는 의심이나 경계를 풀고 감사히 그의 호의를 받아들였지. 자신의 떨리는 팔을 하인의 도움을 받아 기대며 말이야. 그리 멀리 가지 않았을 때, 갑자기 노신사가 걸음을 멈추고 말했다네.

"오 이런, 결국 떨어뜨렸네! 떨어지는 소리를 들으셨죠? 안타깝게도 제가 눈이 아주 어둡습니다. 허리도 이젠 더

숙일 수가 없고요. 제가 장갑에 항상 넣어두던 1기니(옛날 영국에서 쓰던 금화-역주)를 하나 떨어뜨리고 말았어요. 저 대신 좀 찾아주시겠습니까? 찾으면 반을 드리죠."

거리는 조용하고 황량했지. 하인은 노신사가 알려준 위치에서 어두워 보이지 않는 금화를 찾으려 몸을 숙였지. 그때였어. 하인이 미처 가랑이까지 허리를 굽히기도 전에, 피터스 씨가 위에서 하인의 뒤통수를 둔기로 세게 내려치고 또 내려쳤다네. 아주 기운도 없고 숨도 잘 못 쉬던 그 노인이 말이야. 노신사는 피를 흘리며 의식을 잃은 하인을 그대로 도랑에 내버려두고 잽싸게 달아나 길 오른쪽으로 사라졌다는군.

한 시간 후, 경비원이 제복 입은 하인을 발견해 집으로 데리고 왔을 때 하인은 여전히 의식을 잃은 상태에 피로 뒤덮여 있었지. 하보틀 판사는 하인이 술에 취했던 게 분명하고, 자신을 배신하고 뇌물을 받은 혐의로 고발해버리겠다면서 그에게 악담을 퍼부었어. 올드 베일리(런던 중심부에 있는 영국의 중앙 형사재판소의 별명-역주)에서 교수대까지 가는 사형수 마차에 탄 네 놈 모습을 상상해보라며, 교수형 집행인의 채찍질의 쓴맛을 보게 될 거라고 협박했지.

하인에게 윽박지르던 와중에도 하보틀 판사는 내심 기분이 좋았던 모양이야. 정황상 그 노신사는 누가 판사를 겁주기 위해 고용한 '가짜 정보원'이거나 노상강도임이 분명하니, 그 속임수는 실패한 셈 아닌가.

가짜 휴 피터스가 말한 비밀스런 '고등항소법원'처럼 제재를 하는 기관은, 고결한 하보틀 판사처럼 '교수형을 즐기는 판사'에게 불편한 곳이지. 당시 영국의 형법은 다소 위선적이고 잔인하고 사악한 사법 제도였어. 그 사법 제도의 신랄하고 잔인한 집행관인 하보틀 판사는 나름 루이스 파인웩을 법정에 세우려는 개인적인 이유가 있었고, 뻔뻔한 속임수로 그를 옭아맬 계획이었네. 하보틀 판사는 반드시 파인웩을 법정에 세워 자신이 판결을 내려야 했고, 세상 사람들 누구도 그를 막을 수 없었네.

물론, 대외적으로 하보틀 판사는 루이스 파인웩에 대해 아무것도 모르는 것처럼 보였어. 하보틀 판사는 죄수에 대해 아무런 두려움이나 편견, 혹은 애정 없이 그저 자신의 법칙대로 재판하는 모양새가 되는 거지.

하지만 그때 상복을 입은 야윈 남자, 슈루즈베리에서 하보틀 판사가 거처했던 집 주인이었던 그 남자를 판사가 정말 기억하지 못했을까? 아내 학대 사건으로 갑작스레 화제가 되었던 그 남자는 말수가 적고 행동거지가 조용했지. 마호가니처럼 거무스름하고 야윈 얼굴에 아주 살짝 삐뚤어진 길고 날카로운 코, 가느다란 검은 눈썹 아래 차분한 짙은 갈색 눈동자, 늘 희미하고 기분 나쁜 미소를 띠고 있는 얇은 입술을 가진 남자. 식료품점을 운영하던 그 남자를 과연 생각 못 했을까?

그 악당은 하보틀 판사와 담판 지어야 할 일이 있지 않았던가? 최근에 문제가 있지 않았나? 그리고 그자의 이름이 바로 루이스 파인웹, 잠시 슈루즈베리의 식료품점을 하다가 지금은 거기 감옥의 죄수이지 않은가?

이 편지를 읽은 자네는 어떻게 생각할지 모르겠지만, 하보틀 판사는 결코 지난날의 후회로 괴로워하지 않는 훌륭한 기독교인이었을지도 모르겠네. 그가 후회 따윈 하지 않는다는 건 의심할 여지없는 사실이니까. 어쨌든 간에 하보틀 판사는 약 오륙 년 전에 이 식료품점 주인에게 위조 혐의를 뒤집어씌우는 중대한 죄를 저지른 적이 있었지. 그러나 지금 이 유식한 판사는 그 일에 대한 후회보다는 그로 인해 앞으로 생길 문제나 추문에 대한 걱정이 앞서고 있었네.

하보틀 판사는 법관으로서 세상을 아주 잘 알고 있었지. 어떤 사람이 자신이 일터에서 피고석으로 오게 될 일이 있다면 그건 적어도 백에 아흔아홉은 그 사람이 유죄라는 걸 말이야.

약해빠진 다른 동료들은 도시를 안전하게 수호하고 범죄자를 전율케 할 만한 판사의 자격이 없었네. 연륜 있는 하보틀 판사야말로 악당들을 공포에 떨게 하고 악랄한 피의 소나기로 세상을 씻겨 무고한 자를 구하는 사람이었지. 그는 고대 격언의 한 부분을 인용하는 걸 좋아했다네. '어리석은 동정심이 도시를 망친다.'

파인웩을 교수형에 처하려는 그의 결정은 결코 잘못되지 않았네. 피고석을 내려다보는 데 익숙한 하보틀 판사의 눈은 음모를 꾸미는 자의 얼굴에 선명하게 드러나는 '악당'이라는 글자를 절대 놓치지 않았지. 그 누구도 아닌 하보틀 판사야말로 루이스 파인웩을 법정에 세우고 판결을 내려야 하는 사람이었어.

다음 날 아침, 한 요염하고 아름다운 여자가 서재를 살짝 들여다보더니 하보틀 판사가 혼자 있는 걸 확인하고 안으로 들어오는 게 아닌가. 푸른 리본으로 화려하게 꾸며진 모자에 꽃 자수와 레이스로 장식된 드레스를 입고 반지를 낀 이 여인은 가정부라고 보기엔 너무 잘 차려입은 편이었지만, 어쨌거나 하보틀 판사 댁의 가정부였지.

"그이에게서 또 편지가 왔어요. 오늘 아침 우편으로 도착했네요. 그이를 위해 뭐라도 해주실 수 없나요?" 여인이 하보틀 판사의 목에 팔을 두르고, 가느다란 손가락으로 그의 보라색 귓불을 만지작거리며 달콤한 목소리로 말했어.

"한번 해보지." 읽고 있던 신문에서 눈을 떼지도 않은 채 하보틀 판사가 대답했어.

"제 부탁을 들어주실 줄 알았어요."

판사는 통풍결절로 퉁퉁 부은 손을 심장 가까이에 대고 놀리듯 몸을 숙여 인사를 했지.

"그럼 뭘 해주실 거죠?" 가정부가 물었어.

"그자를 교수대에 매달아주지." 판사가 낄낄거리며 말했지.

"진심이 아니죠? 당신이 그럴 리 없어요." 여인이 벽에 걸린 거울로 자신의 모습을 살피며 말했네.

"아니 뭐야 당신, 누가 보면 결국 다시 남편을 사랑하게 된 줄 알겠어!" 하보틀 판사가 말했어.

"어머나, 누가 보면 질투하는 줄 알겠어요." 부인이 웃으며 대답했네. "하지만 그런 건 아니에요. 전 항상 그 사람이 싫었죠. 전 그에게 마음이 떠난 지 오래됐어요."

"젠장, 그자도 당신에 대한 마음을 접었을 거야! 그자가 당신의 재산, 숟가락, 귀걸이를 가져갔을 때 당신의 가치는 고작 그 정도였던 거지. 게다가 당신을 집에서 쫓아낸 후, 당신이 다시 편하게 사는 모습을 보고 금화며 은화며 또 귀걸이를 가져갔고, 육 년 후에 또 와서 마치 뿌린 씨를 수확하듯 당신의 패물을 걷어갔잖아. 당신이 남편이 잘되길 바랄 리 없어. 그렇게 말하면 거짓말이겠지."

여인은 요염하고 사악하게 웃으며 앞에 있는 강직한 재판관의 입가를 가볍게 만졌지.

"그이가 변호사 비용이 필요하니 돈을 보내 달래요." 여인의 눈은 벽에 걸린 그림들을 훑다가 다시 거울 속 자신의 모습으로 향했네. 남편의 위기에 대해 걱정하는 모습은 전혀 아니었어.

"그 악당이 뻔뻔한 줄도 모르고!" 늙은 판사는 법정에서 격분했을 때처럼 의자에 몸을 던지듯 털썩 앉으며 고함

쳤다네. 그 입가에는 잔인해 보이는 주름이 생기고 눈알은 튀어나올 듯 희번덕거렸지.

"만약 내 집에서 멋대로 그 자에게 답장을 쓸 거라면, 다음 편지는 다른 사람 집에서 썼으면 좋겠어. 이런 일로 신경 쓰게 하지 마, 이 요망한 것아, 알겠어? 자, 이런 일로 삐죽거리지 마. 징징댄다고 될 일이 아니야. 그 악당의 몸과 영혼은 동전 한 푼어치의 가치도 없어. 당신은 여기 소동을 일으키러 온 게 아닐 텐데 정말 폭풍 제비처럼 말썽을 몰고 다니는군. 얼른 저리 가. 거추장스러운 것, 저리 가!" 판사가 발을 구르며 거듭 소리쳤어. 그때 현관에서 문을 두드리는 소리에 그녀는 서둘러 방을 나갈 수밖에 없었네.

존경하는 휴 피터스가 다시는 모습을 보이지 않았다는 건 두말할 필요 없겠지. 하보틀 판사도 다시 그 이름을 언급하지 않았네. 그러나 이상하게도 하보틀 판사는 그 얕은 속임수를 조롱하며 한참을 웃었음에도 어두운 응접실에서 만났던 흰 가발 쓴 방문자와의 대화가 종종 머릿속에 떠오르곤 했어.

판사의 예리한 눈으로 매일 극장에서 사용하는 화장이나 변장기술을 고려해봤을 때, 자신의 건장한 하인을 물리치고 사라진 가짜 노신사의 생김새를 다시 돌이켜보니 루이스 파인웩의 모습과 동일했던 모양이야.

하보틀 판사는 그의 서기를 시켜 왕실 검사에게 연락하게 했어. 슈루즈베리 감옥에 있는 루이스 파인웩이라는 죄수와 놀라울 정도로 닮은 자가 시내에 나타났으니, 혹시 감옥에 있는 자가 파인웩을 사칭하고 있는지 아니면 모종의 방법으로 감옥을 탈출한 건 아닌지 확인해달라는 내용이었지.

그러나 죄수는 안전하게 감옥에 갇혀 있었고, 그의 신원에 대해서도 의심할 여지가 없었다고 하네.

재판의 중단

시간이 흘러 하보틀 판사는 순회 법정을 위해 떠났고, 판사들이 슈루즈베리에 모였네. 그 시대에 소식은 천천히 퍼졌고, 신문은 수레나 승합 마차를 타고 소식을 실어 날랐지. 하보틀 판사는 이젠 말이 아니라 왕실 마차를 타고 순회 법정을 돌았기 때문에 하인들 대부분이 따라갔지. 하보틀 판사의 집에 머물던 파인웩 부인은 텅 빈 집에서 거의 혼자 집을 보고 있었다네.

다투고, 서로를 다치게 하고(파인웩 부인의 상처는 거의 그녀 스스로 낸 것이었지만), 날 선 잔소리로 가득했던 결혼 생활에도 불구하고(몇 년이나 그들의 결혼 생활에는 사랑이나 애정, 인내 같은 건 존재하지 않았지.) 남편이 죽음의 문턱에 서 있는 걸 생각하니 파인웩 부인은 갑자기 회한 비슷한 감정에 휩싸였어. 지금이 슈루즈베리에서 그의 운명이 결정되는 순간임을 그녀도 알고 있었지. 자신이 남편을 사랑하지 않는다는 걸 알고 있었지만, 이 주 전만 하더라도 이 긴장된 시간이 그녀를 이토록 크게 흔들어놓을 줄은 몰랐다네.

파인웩 부인은 재판이 열리는 날을 알고 있었기에 머릿속에서 그 생각을 떨쳐버릴 수가 없었어. 저녁이 다가올수록 정신이 혼미해지는 것 같았지.

이삼 일이 지나고 그녀는 지금쯤 재판이 끝났겠구나 싶었어. 그러나 런던과 슈루즈베리 사이를 흐르는 강에 홍수가 나서 소식이 더디게 오고 있었지. 파인웩 부인은 홍수가 영원히 계속되길 바랐다네. 마음의 홍수가 잠잠해지기 전까지 도저히 받아드릴 수 없는 소식이었으니까. 그녀는 소식을 기다리는 게 끔찍했지. 그 일이 결국 끝났다는 소식을 듣게 되는 것도 끔찍했고, 언젠가는 홍수가 잠잠해질 테고 소식은 결국 도착하고 말 것이라는 사실도 끔찍했어.

파인웩 부인은 하보틀 판사의 선의에 대해서는 막연한 믿음이 있었지만, 기회와 인연을 제공하는 물질에 대해서는 더 굳건한 믿음을 가지고 있었지. 그녀는 남편이 원하는 대로 돈을 보내려 노력했네. 남편은 필요한 법적 조언과 적극적이고 숙련된 도움을 받았을 거로 생각했어.

마침내 소식을 실은 마차가 도착했고, 밀려 있던 편지며 서류들이 모두 한꺼번에 쏟아졌다네. 슈루즈베리에 있는 친구에게서 온 편지, 하보틀 판사 앞으로 온 판결문들, 그리고 제일 중요한, 무심하고 짤막하게 조간신문에 인쇄된 슈루즈베리 순회재판소 정보였지. 소설의 맨 마지막부터 펼쳐보는 성급한 독자처럼, 파인웩 부인은 어지러운 눈으로 사형수 목록부터 살피기 시작했네.

두 명의 집행이 유예되고 일곱 명의 교수형이 집행되었는데, 주요 목록에 있는 한 줄이 눈에 들어왔어. '루이스 파인웩-위조.' 부인이 그게 무슨 뜻인지 이해하기까지 대여섯 번은 읽어야 했지. 그 문단을 여기 그대로 옮기겠네;

사형 선고 7

13일 금요일에 바로 다음과 같이 집행한다. 세부 사항은 다음과 같다;

토마스 프라이머, 가명은 덕—노상강도.

플로라 가이—11실링 6펜스만큼의 물품 절도.

아서 파운든—절도.

마틸다 머메리—폭동.

루이스 파인웩—어음 위조.

파인웩 부인의 눈이 마지막 줄에 닿았을 때, 그 부분을 읽고 또 읽던 그녀는 몸이 차갑게 식고 구역질이 나는 걸 느꼈네.

이 풍만한 가정부는 결혼하기 전의 이름이었던 카웰을 다시 사용하고 있어서 하보틀 판사의 집에서는 카웰 부인이라고 알려져 있었지. 집주인 외에 아무도 그녀의 과거를 몰랐다네. 그녀는 교묘하게 날조된 이야기로 자신을 소개했고, 그녀와 법복 걸친 악당이 꾸민 일이라고 의심하는 사람은 아무도 없었어.

플로라 카웰은 층계를 뛰어 올라가 일곱 살도 채 되지

않은 그녀의 어린 딸을 낚아챘네. 복도에서 어머니와 마주친 소녀는 영문도 모른 채 어머니의 팔에 끌려 침실로 들어갔지. 딸을 앞에 두고 앉은 플로라는 자신이 뭘 하려는지도 몰랐고 아무 말도 나오지 않았어. 그저 딸을 앞에 두고, 어리둥절한 딸의 얼굴을 보다가 두려움에 휩싸여 울음을 터뜨리고 말았지.

플로라는 하보틀 판사가 그녀의 남편을 구해줄 수도 있다고 생각했던 거야. 물론 그럴 수도 있었겠지. 한동안 그녀는 판사를 향한 분노에 가득 찬 채, 어린 딸을 끌어안고 입을 맞추었어. 영문을 모르는 딸은 그저 크고 둥근 눈으로 어머니를 바라볼 뿐이었네.

어린 소녀는 아버지가 오래전에 죽었다는 이야기를 항상 듣고 자랐기 때문에 아버지를 막 잃었지만 그걸 전혀 알지 못했지.

카웰 부인은 거칠고, 무식하고, 허영심 많고, 난폭하고, 이성적이지도 감성적이지도 않은 아주 특이한 여인이었지만 지금 그 눈에서 흐르는 실망의 눈물엔 자책감이 섞여 있었다네. 그녀는 자신의 딸인 눈앞의 어린아이도 두려웠어.

그러나 카웰 부인은 하찮은 감정보다는 고기와 푸딩이

더 중요한 사람이었어. 그녀는 펀치를 마시며 자신을 달랬고 회한의 감정으로 스스로를 오래 괴롭히지 않았네. 그녀는 천박하고 물질적인 사람이었기 때문에, 돌이킬 수 없는 일에 대한 애도에 시간을 낭비하지 않았지.

하보틀 판사는 곧 런던으로 돌아왔네. 이 야만적인 미식가는 통풍을 빼고는 하루 이상 앓은 적이 없었어. 그는 냉소와 조롱으로 젊은 미망인의 미약한 원망을 떨쳐버렸고, 이내 루이스 파인웩은 카웰 부인의 안중에도 없게 되었어. 무엇보다 하보틀 판사는, 점점 커지는 분노로 폭군처럼 변했을지도 모르는 그 성가신 자를 깔끔하게 제거해버린 것에 대해 내심 기뻐했지.

이제 내가 이야기할 내용은 하보틀 판사가 다시 런던에 와서 겪은 일이라네. 순회 법정을 마치고 돌아온 직후 그를 기다리고 있던 건 올드 베일리의 형사 재판이었어. 판사가 돌아와서 처음 맡은 사건은 위조범 재판이었는데, 여느 때처럼 피고에게 고래고래 소리를 지르며 격한 도발과 냉소적인 조롱을 퍼붓다가 갑자기 얼어버린 듯 입을 다물고 움직이지 않는 게 아닌가. 법정에 정적이 흐르는 가운데, 달변가 판사는 배심원석이 아닌 방청석의 한 사람을 멍하니 보고 있었어.

별로 중요하지도 않은 방청객들이 양쪽에 서서 재판에 귀를 기울이고 있는데 그 속에서 눈에 띌 만큼 키가 큰 사람이 있었어. 지저분한 검은 옷을 입고, 어둡고 야윈 얼굴을 한 평범한 모습이었다네. 판사의 눈길을 끌기 직전, 그는 법정 관리에게 편지를 하나 건네고 있었던 것 같았어.

놀랍게도 하보틀 판사가 발견한 건 루이스 파인웩의 얼굴이었네. 얇은 입술에 희미하게 띤 미소며, 치켜든 푸른 턱이 그가 아닐 수 없었지. 그 남자는 자신의 모습에 관심이 쏠리는 것을 의식하지 못한 듯 손가락으로 느슨해진 스카프를 다시 만지고 있었는데, 그가 천천히 고개를 돌렸을 때 하보틀 판사는 그 목둘레에 부풀어 오른 푸른 선을 똑똑히 볼 수 있었어. 목에 밧줄이 감겼던 흔적이었네.

그 남자는 다른 사람들 몇 명과 함께 법정이 더 잘 보이는 발판 위에 올라섰다가, 이내 다시 내려가는 바람에 하보틀 판사는 더 이상 그 남자를 찾을 수 없었지.

판사는 남자가 사라진 쪽으로 손을 열심히 휘둘렀어. 그리고 법정 경위에게 몸을 돌려 뭔가 말을 하려 했지만 차마 목소리가 나오지 않았지. 그는 목을 가다듬고, 당황한 경위에게 재판을 방해한 남자를 체포하라고 지시했네.

“그자가 방금 저기로 내려갔다. 십 분 안에 그자를 내 앞에 데려오지 않으면, 당장 해고시키고 벌금을 물리겠다!” 법정을 둘러보며 관리자를 찾느라 두 눈을 희번덕거리며 하보틀 판사가 소리쳤어.

검사, 변호사, 구경꾼들은 하보틀 판사가 쭈글쭈글하고 옹이가 박힌 손을 움켜쥐고 흔드는 쪽을 바라보았다네. 서로 노트를 비교해보았지만, 그중에서 재판을 방해하는 사람을 목격하거나 기록한 사람은 아무도 없었지. 그들은 서로 판사가 실성한 것 같다고 수군거렸어.

법정을 뒤졌지만 아무 소득이 없었고, 하보틀 판사는 그날 평소보다 훨씬 온순하게 재판을 마무리했다고 하네. 배심원들이 돌아가자 그는 복잡한 마음으로 법정을 내려다보고 있었지. 그는 이제 죄수를 교수대에 매달고 싶은 생각이 싹 사라진 것처럼 보였네.

케일럽 서처

하보틀 판사는 편지 하나를 받았네. 발신자가 누군지 알았더라면 아마 바로 그 자리에서 읽어봤을 걸세. 그러나 봉투에는 이렇게만 적혀 있었지. '왕실 민사재판소의 재판관, 존경하는 일라이자 하보틀 판사님께'

하보틀 판사가 집에 도착할 때까지 그 편지는 잊힌 채 주머니 안에서 잠들어 있었다네.

두꺼운 실크 가운으로 갈아입고 서재에 앉아 코트의 커다란 주머니에서 다른 물건들과 함께 편지를 꺼내고 나서야 비로소 그 편지는 자기 차례를 맞았지. 사무원이 쓴 듯한 빽빽한 글씨에 겉봉에는 당시 법률 문서를 작성할 때 사용하던 각진 공식적인 필체로 쓰여 있었어. 편지는 지금 종이 크기만 한 양피지로 싸여 있었는데, 다음과 같은 내용이었네;

하보틀 판사님께,

귀하의 재판을 앞두고 스스로 준비하실 수 있도록, 고등항소법원의 명령으로 귀하는 슈루즈베리의 시민 루이즈 파인웩을 살해한 혐의로 기소되었으며 정식으로 공소장이 발송되었음을 알려드립니다. 검찰 측은 증언의 고의적 왜곡과 배심원단에 가해진 부당한 압력, 위법인 것을 알면서도 강행된 판사의 불법 증거 제출에 의해 시민 루이스 파인웩이 어음 위조의 부당한 혐의로 ○월 ○일 억울하게 사형당해 목숨을 잃었음에 귀하를 고등항소법원에 기소하는 바입니다.

상기 기소 관련 재판 기일은 내달 10일로, 고등항소법원의 영예로운 투폴드 수석 재판관께서 입정하실 예정입니다. 또한 귀하의 재판이 상기 날짜의 첫 번째 공판이 될 것이며, 고등법원의 법정은 밤낮으로 개정하며 절대 폐정하지 않는다는 사실을 귀하의 충격 및 착오를 미연에 방지하기 위해 미리 알려드립니다.

상기 법원의 명령에 따라 기소 내용을 제외한 사건 기록의 사본을 동봉합니다. 단, 기소 내용과 효력은 본 고지에 의해 귀하께 제공됨을 알려드립니다. 나아가, 공판에 입정한 배심원단이 귀하에게 유죄를 선고하게 될 경우, 수석 재판관이 선고할 사형의 집행일은 재판일로부터 한 달 뒤인 ○월 10일로 정해졌음을 알려드립니다.

그리고 이 편지는 이렇게 서명되어 있었지. '삶과 죽음의 왕국 법무 총재, 케일럽 서처(케일럽은 성경에서 강한 적 앞에서도 겁먹지 않는, 용맹하고 신실한 첩자로 묘사된 인물이다-역주) 배상.'

하보틀 판사는 양피지를 대충 훑었네.

"맙소사, 나 같은 사람이 이런 유치한 장난에 속아 넘어갈 거라고 생각한 건가?"

판사는 얼굴을 일그러뜨리며 비웃었지만, 그의 안색은 창백했네. 어쨌든 그를 상대로 진행되는 음모가 있었다는 말이니까. 판사는 기이한 일이라고 생각했지. 그가 마차 안에 있을 때 암살하려는 걸까? 그를 겁주려는 걸까?

하보틀 판사는 동물적 용기가 필요 이상으로 충만한 사람이었다네. 노상강도 따위는 두렵지 않았고, 변호사로 일할 때도 거친 욕과 함께 필요 이상으로 법정에서 많은 결투를 치렀지. 그 누구도 하보틀 판사의 전투력을 의심하지 않았어. 하지만 파인웩의 특수한 경우를 생각해보면, 그는 유리로 만든 집에 사는 거나 다름없었네. 그의 집에는 예쁘고 짙은 눈에, 과한 옷차림의 가정부, 플로라 카웰 부인이 있지 않나? 슈루즈베리를 아는 사람이라면 파인웩 부인을 알아보는 건 시간 문제였네. 하보틀 판사는 그 사건에 크게 힘을 쓰고 소란을 피우지 않았던가? 피고를 강하게 몰아붙이지 않았던가? 그 행동에 대해 당시 법정에 있던 사람들이 어떻게 생각할지 스스로도 잘 알고 있지 않은가? 결국 하보틀 판사를 무너뜨릴 최악의 추문으로 번지게 될지도 모르는 일 아닌가.

그를 위협하는 문제였지만 그 외에 더 알 수 있는 게 없었지. 그 후 하루 이틀 동안 하보틀 판사는 우울해했고, 주위 사람들에게 더 짜증스럽게 굴었어.

그는 편지를 감춰두었네. 일주일쯤 지난 어느 날, 하보틀 판사가 서재에서 가정부에게 물었지.

"혹시 당신 남편이 형제가 있진 않았어?"

카웰 부인은 갑작스럽게 고인의 이야기를 들추어낸 것에 대해 소리를 지르며 비난했고, 보란 듯이 눈물을 터뜨렸다네. 평소라면 하보틀 판사가 유쾌하게 "수도꼭지 터진 것 같다."며 놀렸겠지만, 그는 그럴 기분이 아니었지. 판사가 굳은 표정으로 말했어.

"아줌마, 제발! 피곤하게 굴지 마. 징징거리는 건 나중에 하고 묻는 말에나 대답해."

카웰 부인은 지시에 따랐지. 파인웩은 남아 있는 형제

가 없었어. 예전에 한 명 있었는데 자메이카에서 죽은 모양이야.

"죽은 줄 어떻게 알지?" 판사가 물었다네.

"그야 그 사람이 그렇게 말했으니까요."

"죽은 사람이 어떻게 말을 해."

"남편이 그렇게 말했다고요."

"그게 다야?" 판사가 비웃었어.

판사는 이 일에 대해 곰곰이 생각해보았지. 시간이 지날수록 그는 기분이 더 언짢아지고 즐거운 일도 없어졌어. 이 문제는 그의 뇌리에 생각보다 깊게 박혀 아무도 모르게 그를 늘 괴롭히고 있었지. 하지만 누구에게도 털어놓을 수 없는 문제였네.

이제 9일이 되었고 하보틀 판사는 차라리 후련하다고 생각했어. '아무 일도 일어나지 않을 거야. 아직은 생각만 해도 끔찍하지만 내일이 되면 모든 것이 별거 아니라는 게 드러날 테니까.'라면서.

[여기 언급된 편지에 대해 말하자면, 판사의 생전이나 그 사후에도 이를 본 사람은 아무도 없다. 하보틀 판사는 헤드스톤 박사에게 편지에 대해 말했지만, 그저 판사의 필체로 쓰인 사본만 발견되었을

뿐이다. 원본은 어디에도 없었다. 그렇다면 그 문서는 판사의 환영이나 뇌질환 증상이 만든 사본이었을까? 나는 그렇게 생각한다.]

체포

그날 밤 하보틀 판사는 연극을 보러 드루리 레인(왕립 극장이 있는 런던의 거리-역주)으로 갔네. 쾌락을 위해서라면 때때로 밤늦도록 이곳저곳 돌아다니는 것을 마다하지 않는 노인이었지. 그는 연극이 끝난 후 링컨스 인(영국의 유서 깊은 법학원의 이름-역주)의 동료 두 명과 함께 마차를 타고 집으로 가서 저녁 식사를 하기로 했네.

동료들은 같은 좌석에서 연극을 관람하지는 않았지만, 입구 근처에서 기다리고 있는 판사의 마차를 같이 타고 갈 예정이었어. 마차 창문 안쪽으로 조바심 내고 있는 판사의 모습이 보였지. 그는 기다리는 걸 싫어했던 모양이야.

하보틀 판사는 크게 하품을 했네. 하인에게 테이비스 변호사와 벨러 변호사가 오는지 보라고 말해두고, 그는 한 번 더 하품을 했지. 판사는 삼각 모자를 무릎 위에 놓고, 눈을 감고 좌석에 기대앉아 망토를 여미며 예쁘장한 애빙

턴 부인을 떠올려 보았어. 선원처럼 바로 곯아떨어질 수도 있을 것 같아 잠시 눈을 붙일까 고민했다네. 건방진 변호사들이 감히 판사를 기다리게 할 권리는 없다고 생각하면서 말이야.

그제야 그들의 목소리가 들려왔지. 방종한 변호사 두 명이 여느 때처럼 서로 농담하며 웃고 티격태격하면서 마차로 오고 있었어. 한 사람이 타자 마차가 흔들리며 덜컥거렸고, 한 사람이 더 들어오자 또 한 번 덜컥거렸지. 문이 맞물려 닫히는 소리가 나고, 마차는 이제 도로를 덜컹거리며 달리고 있었다네. 그때쯤 하보틀 판사는 골이 났지. 몸을 일으켜 앉아 눈을 뜰 생각이 사라졌어. 변호사들이 그가 자고 있다고 생각하게 내버려둘 셈이었다네. 유쾌한 유머라기보다는 그들이 자신을 악의로 비웃는 것 같았지. 하보틀 판사는 대문 앞에 도착하는 대로 그들에게 빌어먹을 꿀밤을 한두 대 먹일 생각이었어. 그때까지는 잠시 잠든 척하기로 했네.

시계가 열두 번 울리는 소리가 들려왔다네. 말 많고 쾌활한 악당 같은 벨러와 테이비스가 갑자기 묘석처럼 조용해졌지.

하보틀 판사는 갑자기 누군가 의자 구석에 있던 자신을 우악스럽게 잡아 의자 가운데로 끌어당기는 걸 느꼈고, 다음 순간 눈을 떠보니 그는 두 사람 사이에 앉아 있었어. 목구멍까지 차오르는 욕지거리를 내뱉기 전에, 판사의 눈에 들어온 건 변호사들이 아니라 기마 순찰대같이 차려입고 권총을 손에 든, 악랄해 보이는 낯선 남자 둘이었네.

놀란 판사가 신호 줄을 당겼고, 그대로 마차가 멈췄다네. 그는 주위를 둘러보았지만 인가라곤 전혀 보이지 않았어. 그저 창밖엔 휘영청한 달빛 아래 사방으로 펼쳐진 검은 황무지뿐이었네. 곳곳의 무리 진 썩은 나무들이 허공을 향해 앙상한 가지를 뻗고 있었지. 마치 두 팔과 앙상한 손가락을 뻗어 여기 도착한 판사를 향해 무시무시한 환호를 지르는 듯 보였어.

창문 앞으로 하인이 다가왔네. 하보틀 판사는 그 길쭉한 얼굴과 쑥 들어간 눈을 이미 본 적이 있었던 거야. 십오 년 전 그를 섬기던 하인 딩글리 처프였지. 어느 날 갑자기 폭발한 판사의 질투심에, 숟가락을 훔쳤다는 누명을 쓰고 한순간에 내쳐진 하인이었네. 그리고 그는 쇠창살 안에서 감옥열(감옥같이 비위생적인 환경에서 자주 발생하는 발진티푸스를 말한다-

역주)로 목숨을 잃었지.

경악한 판사가 뒤로 물러섰어. 마차 안의 무장한 승객이 말없이 손짓하자, 마차는 다시 미지의 황무지를 달려갔네.

늙은 판사는 비록 몸이 퉁퉁 붓고 통풍에 시달리고 있었지만 너무나 두려운 나머지 반항을 시도해볼까 고민했네. 그러나 몸이 탄탄했던 그의 젊은 시절은 오래전에 끝났지. 황무지는 그야말로 황량해서 아무런 도움도 구할 수가 없었네. 하보틀 판사의 눈앞에 펼쳐진 장면이 환영이라고 해도, 지금 그의 목숨은 자신을 납치한 자들이 조종하는 이상한 하인들의 손아귀에 달려 있었어. 현재로서는 저들이 시키는 대로 하는 수밖에 없었지.

갑자기 마차가 거의 멈출 듯 속도를 낮췄지. 그제야 그 안에 앉아 있던 포로는 바깥에 있는 흉흉한 구조물을 발견했다네.

그건 길옆에 세워진 거대한 교수대였어. 교수대 위에는 굵은 나무 기둥들이 삼각 모양으로 뻗어 있었는데 그 꼭대기마다 대략 열 구의 시체가 매달려 있는 게 아닌가? 시체 중 몇 개는 납포가 흘러내려 해골만 대롱거리고 있었지. 높은 사다리가 구조물의 꼭대기까지 연결되어 있었고 그

밑의 토단에는 뼈들이 쌓여 있었어.

교수대 위로 죽음의 삼각형을 이루는 짙은 색의 기둥 중 하나는 도로를 향해 뻗어 있었네. 다른 기둥들처럼 그 밑에는 운이 없었던 시체들이 쇠사슬에 매달린 채 대롱거렸고, 그 위에는 입에 파이프를 문 교수형 집행인이 드러누워 있었다네. 유명한 판화 '나태한 도제'(영국 화가 윌리엄 호가스의 연작 판화 '근면과 나태'의 한 장면을 말한다. 주인공이 교수대로 향하는 장면에서 집행인은 파이프를 입에 물고 교수대 위에 비스듬히 누워 있다-역주)의 한 장면을 그대로 옮겨놓은 듯했지만, 이 집행인이 드러누워 있는 교수대가 훨씬 높았고 팔꿈치 쪽에 뼈다귀 무덤이 쌓여 있다는 점이 달랐지. 집행인은 뼈 무덤에서 무심히 뼈다귀를 하나씩 집어 교수대에 매달린 해골을 향해 던지고 있었어. 날아오는 뼈다귀에 부딪혀 사형수의 갈비뼈 한두 개, 손, 그리고 다리 반쪽이 통째로 날아가는 게 보였지. 눈이 좋은 사람이라면 거무스름하고 야윈 그 자의 모습을 볼 수 있었을 거야. 집행인은 너무 높은 곳에서 계속 아래를 내려다봐서 코, 입술, 턱이 늘어지고 너덜거렸지. 아주 기괴한 괴물 같은 모습이었어.

마차를 본 집행인은 입에서 파이프를 빼고 자리에서 일

어나 그 높은 기둥 위에서 껑충껑충 뛰었지. 신이 났는지 공중에 새 밧줄을 휘두르며 뛰기 시작했어. 거칠고 찢어지는 고함 소리가 교수대 위를 맴도는 까마귀 소리처럼 멀리서 들려왔네. "하보틀 판사를 위한 밧줄이 준비됐다!"

마차는 다시 아까처럼 빠르게 달려갔어.

하보틀 판사는 그렇게 높은 교수대는 꿈에서도 상상해 본 적이 없었어. 자신이 미쳐가고 있다고 생각했지. 죽었던 하인이라니! 그는 귀를 흔들어보고 눈꺼풀을 당겨보았다네. 꿈이라고 한들 도무지 깨어날 수가 없으니 말이야.

괴한들을 협박해봐도 좋을 게 없었지. 괜히 허세를 부리다가 머리에 구멍이 뚫릴 수도 있었으니까. 하보틀 판사는 이 자들에게서 벗어나기 위해 뭐든 시키는 대로 할 생각이었어. 그런 다음에 온 세상을 뒤져서라도 이들을 소탕할 계획이었지.

마차는 갑자기 어떤 하얀 건물의 모서리를 돌아서, 아치형의 커다란 현관 밑으로 들어갔다네.

투폴드 수석 재판관

이제 하보틀 판사는 거친 돌벽에 침침한 등불이 켜진 복도에 있었네. 감옥의 통로같이 보였지. 그를 데려온 자들이 판사를 다른 사람에게 넘겼던 모양이야. 여기저기서 어깨에 장총을 메고 있는, 우락부락하고 장대한 병사들이 보였네. 그들은 똑바로 앞만 보고 있었고 으스스한 적의로 이를 갈며 신발 소리 외에 아무 소리도 내지 않았네. 복도의 끝과 코너에서 그들이 지나가는 걸 살짝 보았지만 실제로 그들과 마주치거나 옆을 스쳐가는 일은 없었네.

그리고 이제, 하보틀 판사는 좁은 출입구를 지나 커다란 법정 안으로 들어가 피고석에 서서 진홍색 법복을 입은 재판관과 마주했네. 이 테미스(그리스 신화에 나오는 법과 정의의 여신으로, 법원이라는 뜻-역주) 신전이 다른 세속적인 신전보다 더 고상할 건 없었지. 양초가 많이 켜져 있는데도 내부가 어두컴컴했어. 이전 재판이 막 종료되었는지, 마지막까지 남아 있던 배심원이 등을 보이며 배심원석 옆에 있는 문으로 빠져나가는 게 보였어. 열댓 명 남짓 남은 법정 변호사들이 열심히 펜을 놀리거나, 서류에 파묻혀 있거나, 펜의 깃털을 흔들어 또 다른 변호사들을 불러대고 있었네. 서기들이 이리저리 오가고, 법정 직원과 사무관들은 판사에게 서류를 전달하고 있고 말이야. 법정 경위가 지팡이로 군중 너머 왕실 검사에게 메모를 전달하는 모습도 보였어. 이곳이 진짜 밤낮없이 폐정되지 않는 고등항소법원이라면 사람들의 창백하고 지친 모습도 그 때문일지도 모르겠네. 핼쑥한 사람들의 표정에는 형언할 수 없는 우울함이 배어 있었지. 아무도 웃지 않았어. 모두 속으로 고통 받고 있는 것처럼 보였네.

"국왕 대 일라이자 하보틀!" 법정 관리자가 외쳤어.

"항소인 루이스 파인웩은 입정했습니까?" 투폴드 수석 재판관의 천둥 같은 목소리가 법정 내 목조 구조물을 뒤흔들며 온 복도에 울려 퍼졌어.

파인웩이 원고석에서 일어났지.

"죄수를 소환하시오!" 재판관이 포효하자 하보틀 판사는 피고석을 둘러싼 패널, 바닥과 난간이 그 엄청난 목소리에 공명하며 떨리는 걸 느낄 수 있었어.

재판이 시작되고 하보틀 죄수는 증거배제신청을 하며 이 가짜 법정에 대한 이의를 제기했다네. 이건 법률상 존재

할 수 없는 사기극이며, 만약 정말 헌법에 명시된 법원이라도 해도(하보틀 판사는 점점 정신이 아득해지는 걸 느꼈지.) 자신이 판사석에서 한 행동을 기소할 그 어떤 법적 관할권도 존재하지 않고 또 존재해서도 안 된다고 주장했네.

그러자 수석 재판관이 갑자기 웃었고, 법정의 모든 사람도 몸을 돌려 죄수를 보며 웃는 게 아닌가. 웃음소리는 점점 커져 귀가 먹을 것 같은 환호처럼 울렸지. 법정 안 모두가 치켜뜬 눈과 드러낸 이를 번뜩이며 하보틀 판사를 바라보며 희죽거리고 있었네. 그들 중 누구도 웃는 얼굴같이 보이지 않았어. 갑자기 터져 나온 웃음소리는 또 갑자기 가라앉아 장내가 다시 조용해졌네.

기소장이 낭독되었지. 하보틀 판사가 스스로 피고석에서서 진심으로 호소하는 모습이란! 판사는 자신이 무죄라고 호소했네. 그리고서 출석한 배심원들이 선서를 한 후 자리에 앉고, 재판이 계속 진행됐네. 하보틀 판사는 너무 혼란스러웠지. '이건 진짜일 리가 없어.' 그는 자신이 미쳤거나, 미쳐가는 중이라고 생각했네.

그랬던 하보틀 판사도 인정할 수밖에 없는 한 가지 사실이 있었어. 피고의 말 한 마디가 끝날 때마다 투폴드 수석 재판관이 조롱과 힐난을 퍼붓고 엄청난 욕설로 그를 위압했는데, 그보다 몸집이 최소 두 배 이상 크고 더 강렬한 낮빛에 더 표독스러운 얼굴과 눈빛을 하고 있던 투폴드 수석 재판관은 다른 누구도 아닌 하보틀 판사의 부풀려진 모습이었던 걸세.

피고의 항변, 인용, 진술, 그 어떤 것도 재판이 비극으로 치닫는 걸 막을 수 없었지.

수석 재판관은 자신의 힘이 배심원단에게 주는 영향력을 즐기고 과시했네. 배심원단에게 날카로운 눈빛을 던지기도 하고, 고개를 끄덕이기도 하는 등 재판관과 배심원단 사이에는 이미 이해관계가 성립되어 있었던 걸세. 법정에서 배심원단의 자리는 불빛이 어두워서, 배심원들이 그저 줄지어 앉아 고개를 끄덕이거나, 히죽거리거나, 피고를 비웃는 그림자들처럼 보였지. 그리고 어둠 속에서 열댓 명의 배심원들의 눈이 하얗고 차갑게 희번덕거리는 걸 보았네. 수석 재판관의 경멸이 담긴 짧은 발언이 끝날 때마다 위아래로 움직이는 그 하얀 빛들을, 어둠 속에서도 배심원들이 묵인의 뜻으로 고개를 끄덕이는 모습을 희미하게 볼 수 있었지.

변론과 신문이 끝나자, 거대한 수석 재판관은 숨을 가다듬으며 뒤로 기댔네. 그는 흡족한 표정으로 죄수를 바라보았지. 법정에 있는 모두가 몸을 돌려 증오가 가득한 눈으로 피고석에 선 남자를 가만히 보고 있었지. 조용한 가운데 열두 명의 선서를 마친 배심원들이 서로 쑥덕이는 게 뱀이 쉭쉭대는 소리처럼 들려왔네. "배심원단은 말씀하시오, 유죄입니까, 무죄입니까?" 평결을 묻는 사무관의 질문에 음울한 목소리가 답했지. "유죄입니다."

죄수의 눈앞에 펼쳐진 법정 안이 점점 어두워지더니 완전히 깜깜해졌다네. 어둠 속에서 피고를 향한 법정의 모든 좌석과 양옆 구석에 있던 사람들의 눈만 희번덕이며 하얗게 빛나고 있었어. 피고는 자신에게 사형선고는 부당한 이유를 충분히, 그리고 확실히 항변할 수 있다고 생각했다네. 그러나 재판장의 경멸 섞인 콧방귀가 그의 항변을 연기처럼 허공에 날려버렸지. 투폴드 재판관은 피고에게 사형을 선고하고 내달 10일에 집행하라 판결했네.

하보틀 판사가 이 끔찍한 희극의 충격에서 벗어나기도 전에, "죄수를 끌어내라."는 명령에 피고석에서 끌려 나왔어. 등불의 기름이 떨어졌는지 여기저기 새로 놓인 화로와

석탄불이 그가 지나는 복도 벽에 희미하고 붉은 그림자를 드리웠지. 거칠고 갈라진 돌로 된 벽들이 판사의 눈에 이제는 더 거대하게 보였다네.

판사가 끌려간 곳은 높은 아치형 천장의 대장간이었네. 황소 같은 머리에 둥근 어깨, 거인 같은 팔을 가진 두 남자가 웃통을 벗고 붉게 달궈진 쇠사슬 위로 천둥을 내리치듯 망치질을 하고 있었지.

그들이 붉게 타는 눈으로 죄수를 보더니, 잠시 망치를 내려놓고선 죄수를 호송하던 일행 중 가장 연장자에게 말했네. "일라이자 하보틀의 수갑을 푸시오." 그리고서 대장장이는 집게로 그 한쪽 끝을 잡아 용광로 안에 밀어 넣었어. 수갑 끝이 붉게 달아올랐다네.

"이쪽 끝은 잠겼소." 대장장이가 한 손으로 사슬의 다른 쪽 차가운 끝부분을 잡고, 다른 손으로는 하보틀 판사의 다리를 우악스럽게 잡아채어 그 발목에 고리를 잠그며 말했어.

"다른 쪽은 용접하도록 하지." 대장장이가 히죽거렸네.

다른 쪽 발에 들어갈 쇠고랑은 아직 붉게 달구어진 채 돌바닥 위에 놓여 있었어. 표면에서 불꽃이 번쩍였지.

다른 대장장이가 거대한 손으로 하보틀 판사의 다른 한 쪽 다리를 잡아채어, 돌바닥에 대고 옴짝달싹 못 하게 눌렀다네. 그러자 상관 대장장이가 능숙한 담금질과 망치질로 순식간에 붉게 달구어진 쇠고랑을 집어 그 발목에 채웠지. 달궈진 쇠막대가 발목을 팽팽하게 감자 피부와 힘줄이 부글부글 끓어오르고 탄내가 나기 시작했네. 하보틀 판사는 비명을 질렀네. 돌멩이의 등골을 서늘하게 만들고 벽에 걸린 쇠사슬조차 떨게 만드는 끔찍한 비명이었어.

갑자기 쇠사슬, 아치형 천장, 대장간이 모두 한순간에 사라졌는데, 그 고통만은 그대로였네. 하보틀 판사는 지옥의 대장장이들이 발목에 자행한 끔찍한 고문으로 계속 고통스러웠어.

때마침 데이비스와 벨러는 요즘 유행하는 결혼 방식에 대해 고상한 농담을 주고받던 중이었는데, 하보틀 판사의 끔찍한 비명에 화들짝 놀랐지. 공포와 고통에 휩싸인 판사는 자기 집 현관 앞 가로등과 등불을 보고서야 정신을 차렸다네.

"너무 아프단 말이야." 하보틀 판사가 이를 악물며 으르렁댔어. "발이 타오르는 것 같아. 내 발을 밟은 게 누구야?

통풍! 통풍 때문이군." 판사는 잠에서 완전히 깨어 말했네. "도대체 극장에서 집까지 몇 시간이나 걸린 거지? 제길, 오는 길에 무슨 일이 있었던 거야? 오늘 밤 잠은 다 잤군!"

오는 길에는 아무 일도 없었던 모양이야. 마차는 그저 여느 때와 같은 속도로 집으로 달려왔을 뿐이지. 그러나 판사는 짧지만 고통스러운 통풍 발작을 겪었고 고열에 시달렸네. 그 후 두 주 정도 지나자 통풍도 가라앉고 발작은 없어졌지만, 하보틀 판사는 그 꿈을(그는 꿈이라고 생각하기로 했네.) 머리에서 도저히 떨칠 수가 없었던 걸세.

침입자

사람들은 하보틀 판사가 정신이 나갔다고 수군거렸네. 판사의 주치의는 벅스턴(영국 더비셔에 있는 온천수로 유명한 휴양도시-역주)에서 몇 주 쉬다 오길 권했지.

하보틀 판사는 고풍스런 자신의 서재에 틀어박혀서 환상 속에서 그에게 선고된 사형 판결을 곱씹어 보았네. "오늘 날짜로부터 한 달 뒤 형을 집행한다." 그리고 의례적인 말이 뒤따르지. "피고의 숨이 끊어질 때까지 목을 매다는 교수형에 처한다." 등등.

"10일이라고? 내가 교수형을 당할 리가 없지. 원래 꿈이 그렇지. 말도 안 돼. 하지만 꼭 미래의 불길한 일을 암시하는 것 같아 자꾸 생각이 나는군. 빨리 그 날짜가 지나가길 기다리는 수밖에. 얼른 통풍이 낫고 예전의 모습으로 돌아갔으면 좋겠어. 이건 그저 정신 착란일 뿐이야. 아무것도 아니라고."

하지만 아무리 그렇게 생각하려고 해도 소용없었네. 그가 코웃음 치고 비웃으며 읽고 또 읽은 양피지 공소장과 편지, 그리고 꿈속에서 본 사람들과 광경은 생각지도 못한 곳에서 불쑥불쑥 튀어나와 그를 현실에서 어둠의 세계로 몰아넣곤 했네.

더 이상 하보틀 판사에게서 예전의 강철 같던 기운과 냉소적인 쾌활함을 볼 수 없었지. 그는 점점 말수가 줄고 우울해졌네. 법조계에서도 어쨌든 그 변화를 감지했고, 친구들은 그가 몸이 아프다고 생각했네. 판사의 주치의는 그가 심기증(건강에 대해 과민하게 걱정하여 자신이 아프다고 생각하는 증상-역주)에 시달리는 것 같다고 했지. 그리고 아직 몸에 통풍의 기운이 남아 있으니, 예부터 통풍결절과 지팡이 짚은 이들의 성지로 유명한 벅스턴에서 머무르길 권했네.

하보틀 판사는 의욕이 거의 없었어. 스스로가 두려웠던 걸세. 그는 서재로 차 한 잔 가져다 달라는 핑계로 가정부를 불러, 드루리 레인 극장에서 집에 오는 길에 꾼 기이한 꿈 이야기를 들려주었네. 절망하고 불안한 자는 전통적인 조언에 대한 신뢰를 잃고, 자포자기하는 심정으로 돌팔이 의사나 점술사, 또는 이야기꾼에게 의지하기 마련이니까. 그 꿈은 하보틀 판사가 어떤 사건에 휘말리거나 발작을 일으켜 10일에 죽는다는 뜻이었을까? 가정부는 전혀 그렇게 생각하지 않았네. 오히려 반대로 그날 어떤 운 좋은 일이 일어날 거라고 하는 게 아닌가.

하보틀 판사의 혈색이 돌아왔어. 며칠 만에 처음으로, 그는 잠깐이지만 예전의 모습으로 돌아온 듯했지. 그는 담요 안에 파묻혀 있지 않던 손으로 가정부의 뺨을 쓰다듬었네.

"우라질, 역시 그럴 리가 없지. 이 앙큼한 것! 그러고 보니 잊고 있었군. 얼굴이 누런 톰 알지? 내 조카 톰이 해러게이트(영국 노스요크셔에 있는 온천 도시-역주)에 앓아누워 있잖아. 오늘 낼 한다지만 도무지 갈 기미가 보이지 않는다는군. 물론 그 아이가 죽으면 내가 재산을 상속받게 되고 말이야. 또, 들어봐. 헤드스톤 박사에게 혹시 내가 심각한 통풍 발작으로 죽을 가능성이 있냐고 물었더니, 웃으면서 그럴 일은 없을 거라고 장담하더군."

그리고선 하보틀 판사는 집안의 하인들 대부분을 먼저 벅스턴으로 보냈네. 미리 가서 그를 위한 숙소와 다른 편의 시설들을 준비하도록 시켰지. 그는 하루 이틀 후에 뒤따라갈 예정이었어.

이제 9일이 되었고, 그다음 날이 지나면 하보틀 판사는 비로소 자신의 환영과 불길한 조짐을 그저 웃어넘길 수 있는 걸세.

그런데 9일 저녁, 헤드스톤 박사가 판사의 집 대문을 두드렸네. 3월의 저녁 해가 질 무렵, 지붕 위 굴뚝으로 동풍이 날카로운 휘파람을 불고 있을 때였지. 문이 열리자 박사는 어두운 계단을 뛰어 올라가 응접실로 달려갔네. 응접실의 벽난로에 장작불이 환하게 타오르고, 그 앞에 하보틀 판사가 앉아 있었지. 당시 여단장 가발이라고 불리던 땋은 가발을 쓰고 있던 판사는 붉고 긴 외투를 걸쳤는데, 그 붉은 빛과 난로의 불빛으로 어두운 응접실이 붉게 타오르는 것처럼 보였어.

판사는 두 발을 발판 위에 올리고 있었네. 장작불을 마주한 보랏빛 거대한 얼굴이, 타는 듯한 고통이 몸에 퍼졌다가 사그라들기를 반복함에 따라 같이 부어오르며 숨을 헐떡였지. 그에게 다시 통풍 발작이 찾아온 걸세. 하보틀 판사는 법정에서 은퇴해야겠다는 생각과 또 다른 쉰 가지 우울한 생각에 빠져 있었어.

그러나 아이스쿨라피우스(죽은 사람도 살린다는 로마 신화의 의학과 치료의 신-역주)의 후예였던 헤드스톤 박사는 그런 우는 소리에는 관심도 기울이지 않았네. 그가 판사에게 권했지. 이렇게 심각한 통풍의 고통 아래서는 그 어떤 판사도 현명한 판단을 내릴 수 없으니 그런 우울한 문제들은 이 주 후에나 생각해보라고 말이야.

그동안 판사는 건강을 우선시하고 매우 조심해야 했어. 통풍의 상태가 심각해 벅스턴의 온천물의 효험을 보기 전까진 발작의 위험을 최대한 낮춰야 했지.

의사는 하보틀 판사를 걱정하는 것처럼 행동했지만 사실은 그렇지 않았을지도 모르겠네. 의사는 이제 쉬고 싶다며, 판사도 자고 일어나면 괜찮아질 거라고 이야기했지.

의사의 보조인 저밍햄 씨가 그를 보살피며 물약 먹는 걸 도와주었네. 하보틀 판사는 그에게 자신이 잠들 때까지 침실에서 대기하라고 말했지.

그런데 그날 밤, 아주 기이한 광경을 목격한 세 사람이 있었네.

복잡한 시기에 딸아이와 놀아주는 게 귀찮았던 가정부는 아이에게 거실에 가서 놀라고, 그림이나 도자기를 구경하고 오라고 했지. 평소처럼 아무것도 건드리지 말라고 주위를 주면서 말이야. 석양의 마지막 한 조각도 저물고 저택을 뒤덮은 황혼의 어두움에 벽난로 위나 찬장의 도자기 인형 빛깔이 흐릿해지자, 아이는 어머니를 찾아 가정부의 방으로 돌아왔네.

아이는 어머니에게 도자기 인형과 그림, 드레스룸과 서재에 있던 판사님의 거대한 가발 두 개를 구경하고 왔다며, 어머니 앞에서 조잘조잘 자신이 겪은 특별한 모험 이야기를 들려주었지.

그 집 현관 안쪽에도 집주인이 종종 사용하는 가마가 놓여 있었네. 당시 큰 저택에서는 흔한 광경이었지. 가마는 가문의 문장이 새겨진 가죽에 금장 못이 박혀 있고 안쪽으로는 붉은 비단이 커튼처럼 드리워져 창문을 가리고 있었네. 이 오래된 탈것은 문이 잠겨 있고 창문도 가려져 있었지만, 꽁꽁 싸매져 있는 것은 아니어서 호기심 많은 아이가 그 안을 보겠다고 마음먹으면 못 볼 정도는 아니었던 모양이야.

그때 마침 뒤쪽 방 창문을 통해 마치 석양이 작별 인사를 하듯 비스듬한 빛줄기가 들어와 가마의 가림막을 붉고 투명하게 비추었어.

그러자 놀랍게도, 검은 옷을 입고 가마 안에 앉아 있는 한 야윈 남자의 그림자가 아이의 눈에 들어왔지. 그자의 날카로운 이목구비와 함께 말이야. 아이는 그 코가 조금 비뚤어진 것 같다고 생각했네. 똑바로 앞을 향해 보고 있는 갈색 눈, 허벅지에 놓인 손, 미동도 하지 않는 그 모습이 꼭 사우스워크 축제에서 본 밀랍 인형 같다고도 생각했지.

어른들의 우월한 권위에 복종하며 조용히 지내야 했던 이 집에서 질문 세례를 퍼붓다 혼난 적이 한두 번이 아니었기 때문에 아이는 무슨 일이 있든 그저 받아들이는 게 일상이었네. 그래서 어린 소녀는 낯빛이 마호가니 같은 한 남자가 가마 안에 앉아 있어도 그저 그럴 수도 있겠거니 생각했지.

하지만 어머니께 그 남자가 누구냐고 물었을 때, 그리고 그 남자의 생김새에 관해 설명했을 때 어머니의 얼굴이 파랗게 질리는 걸 보고서야 아이는 자신이 본 것이 정상적인 광경이 아니었다는 걸 깨달았네.

카웰 부인은 하인들이 쓰는 선반 위 고리에서 가마 열쇠를 집어들었어. 한 손으로는 아이의 손을 잡고, 다른 한 손에는 촛불을 들고 복도를 걸어갔지. 그녀는 가마에서 조금 떨어진 곳에 멈춰 서서 아이 손에 초를 쥐어주었네.

"다시 살짝 들여다보렴, 마조리. 뭐가 있는지 잘 살펴봐." 카웰 부인이 속삭였어. "커튼 너머로 빛을 비추듯 옆에 초를 가까이 대봐."

아이는 아까와는 달리 매우 진지한 얼굴로 안을 들여다보았고, 더 이상 그가 없다는 걸 확인하고 겁에 질렸지.

"다시 잘 확인해보렴." 아이의 어머니가 재촉했어.

아이는 분명히 없다고 말했네. 레이스와 앵두색 리본으로 장식한 모자를 쓰고 분칠하지 않은 갈색 머리를 늘어뜨린 카웰 부인의 얼굴이 창백해졌지. 그녀는 열쇠로 문을 열고 빈 가마를 확인했어.

"그거 보렴, 아가. 잘못 본 거잖니."

"저기요, 어머니! 저기 있어요! 구석으로 사라졌어요." 아이가 말했네.

"어디?" 카웰 부인이 뒤로 한걸음 물러섰어.

"저 방으로 들어갔어요."

"쯧, 아가! 저건 그림자일 뿐이야." 카웰 부인은 소름 돋는 느낌에 신경질이 나 소리를 질렀네.

"촛불을 옮겨주마." 그러나 카웰 부인은 아이가 가리킨 열린 문으로 차마 들어갈 수가 없었어. 아래층 사람들을 부를 요량으로 벽에 기대 있던 의자 다리 하나를 움켜쥐고 한쪽으로 바닥만 맹렬히 찧어댔어.

그 소리에 놀란 요리사와 부엌 하녀 두 명이 계단을 뛰어 올라왔지만, 뜻밖의 상황에 어찌할 바를 몰랐지. 그들이 방을 쥐 잡듯 뒤졌지만 누가 다녀간 흔적은 없었어. 그저 조용하고 텅 빈 방이었을 뿐이야.

어쩌면 카웰 부인이 겪은 이 기이하고 사소한 사건이, 앞으로 두 시간쯤 후에 그녀가 보게 될 기묘한 환영을 부른 걸지도 모르겠네.

집행

플로라 카웰 부인은 우묵한 도자기 그릇을 작은 은쟁반에 받쳐 들고 계단을 오르고 있었어. 하보틀 판사에게 포셋(옛날 영국에서 마시던 술과 우유를 섞은 음료-역주)을 가져다주는 길이었지.

나선형의 층계 꼭대기에는 거대한 참나무 난간이 둘려 있었는데, 문득 고개를 든 카웰 부인의 눈에 기괴한 모습의 낯선 남자가 엄지와 검지 사이에 파이프를 끼우고 태평스레 기대어 있는 모습이 보였네. 몸이 야윈 그 남자는 난간 사이로 부인을 빤히 쳐다보고 있었는데, 코, 입술, 턱이 비정상적으로 아래로 늘어져 있었지. 다른 한 손으로는 밧줄의 끄트머리를 잡고 있는데, 그 밧줄은 남자의 팔꿈치 밑으로 늘어뜨려져 난간에 감겨 있었네. .

당시 그자가 진짜 사람인지 아닌지 의심할 생각도 못 한 카웰 부인은 그저 하보틀 판사의 짐을 옮기러 온 일꾼이라고 생각하고, 거기서 뭘 하냐고 큰소리로 물었어.

남자는 대답 대신, 계단을 느긋하게 오르던 카웰 부인처럼 자신도 느긋하게 몸을 돌려 복도를 가로질러 방으로 들어갔지. 부인도 그 뒤를 따라 방으로 들어갔다네. 그곳은 카펫도 깔려 있지 않고 가구도 없는 빈방이었는데, 카웰 부인이 따라 들어가자 바닥 한가운데 빈 가방이 열려 있고 옆에 밧줄 꾸러미가 놓여 있었을 뿐 아무도 없었어.

공포에 질린 카웰 부인은 그제야 아이가 봤던 유령이 자신에게도 나타났다고 생각했어. 마음을 진정시키고 다시 생각해보니 어쩌면 다행스러운 일 같기도 했지. 아이가 묘사한 유령의 얼굴과 몸의 생김새며 옷차림은 끔찍하게도 루이스 파인웩을 빼닮았지만, 부인이 본 건 확실히 다른 모습이었으니 말일세.

두려움에 히스테릭해진 카웰 부인은 차마 돌아보지도 못하고 그녀의 방으로 뛰어갔네. 그리고서 사람들을 몇 명 불러 모아 흐느끼며 이야기를 했지. 코디얼(영국 가정에서 브랜디에 설탕과 허브 등을 섞어 만든 약주-역주)를 여러 잔 들이켜고, 울먹이며 이야기하기를 밤 10시에 잠자리에 들기 전까지 반복했지.

부엌에서 일하는 하녀 한 명이 나머지 하인들이(대부분 벅스턴으로 떠나 집에 남은 하인은 얼마 없었지.) 모두 자러 간 후에도 늦게까지 집안을 쓸고 닦느라 남아 있었네.

흑발에 낮은 눈썹 뼈, 넓적한 얼굴의 성질 고약한 하녀는 유령을 봤다며 히스테리를 부리는 가정부를 욕했지. 하녀는 유령 같은 건 손톱만큼도 신경 쓰지 않았거든.

판사의 고택은 이제 정적이 흐르고 있었어. 자정이 다 되어가는 시간이었지. 지붕과 굴뚝 사이로 휘파람을 불다가 가끔 으르렁거리고, 좁은 골목들 사이로 돌풍을 일으키다 소리 죽여 울부짖는 초봄의 쌀쌀한 바람 소리 외에 아무것도 들려오지 않았네.

넓고 휑한 주방은 지독하게 캄캄했어. 유령 따위는 믿지 않는 이 부엌데기는 지금 이 집안에서 깨어 일하는 유일한 사람이었지. 그녀는 무슨 소리가 들리는 것 같아 콧노래를 멈추고 잠시 귀를 기울이다가 다시 일을 시작했어. 곧 그녀는 가정부보다 더 무시무시한 상황에 부딪칠 운명이었네.

판사의 저택에는 작은 부엌방이 있었는데, 그곳에서 무슨 소리가 들렸어. 집이 세워진 기반 깊은 곳에서부터 울리는 듯한 크고 둔탁한 소리에 발밑 땅이 흔들렸지. 일정한 간격으로 한 번에 열댓 번, 또는 그보다 적게 쿵쿵 소리가 났어. 하녀는 살금살금 복도로 나가보았는데, 부엌방에서 새어 나오는 어스름한 광채에 깜짝 놀랐다네. 숯불이 타오르는 것 같은 붉은 빛이었지.

부엌방은 짙은 연기로 가득했네. 안을 들여다보니, 짙은 연기 속에서 흐릿하고 무시무시한 괴물의 형상이 용광로 앞에 서서 쇠사슬의 고리와 대갈못을 망치질하고 있는 게 아닌가.

망치로 빠르고 강하게 내려치는 소리가 먼 곳에서 들려오듯 메아리치며 울렸네. 거대한 남자는 곧 망치질을 멈추고, 손가락으로 바닥에 놓인 무언가를 가리켰지. 나중에 하녀는 뿌연 연기 속에 놓여 있는 그 형태가 꼭 시체 같다고 했고, 그다음 일어난 일은 생각나지 않는다고 했네. 당시 근처 다른 방에서 자고 있던 하인들이 끔찍한 비명에 벌떡 일어나 가보니, 하녀는 섬뜩한 환영을 목격한 부엌방 문 근처 돌바닥 위에 기절한 채 쓰러져 있었다고 하네.

하보틀 판사의 시체를 봤다며 횡설수설하는 하녀의 이야기에 놀란 두 하인이 제일 먼저 저택의 아래층을 둘러보고, 주인님이 잘 계신지 확인하러 다소 떨리는 걸음으로 위층으로 올라갔지. 하보틀 판사는 침대에 누워 있지는 않았지만, 자신의 방에 있었네. 침대 옆 탁자에 촛불을 켜 놓고 그는 다시 옷을 갈아입는 중이었어. 그는 평소처럼 하인들에게 욕지거리를 퍼붓고, 지금 개인적인 용무 중이니 누구든 또다시 겁 없이 자신을 방해하는 놈은 그 자리에서 쫓아내겠다며 으름장을 놓았네. 그렇게 통풍 환자는 다시 혼자 조용히 남겨졌지.

아침이 밝은 후, 동네 이곳저곳에서 판사가 죽었다는 소문이 들려왔네. 다른 저택 세 개를 사이에 두고 이웃한 테이비스 변호사의 하인이 하보틀 판사의 집 대문을 두드렸어. 하보틀 판사의 안부를 묻기 위해 들른 거지.

문을 연 판사 댁 하인은 얼굴이 허예져서 말을 아꼈네. 그저 판사님이 몸이 안 좋다고 대답할 뿐이었지. 위험한 사고가 있었고, 헤드스톤 박사님이 아침 일곱 시부터 오셔서 판사님과 함께 계신다고만 말했어.

회피하는 시선, 두루뭉술한 짧은 대답, 창백하고 찡그린 얼굴, 그리고 다른 징후들을 보면 아직 밝힐 수는 없지만 그들의 마음을 짓누르는 비밀이 있다는 걸 알 수 있었지. 그 비밀은 검시관이 도착하고 나서야 비로소 드러났고, 이 집에 드리운 끔찍한 죽음의 그림자를 더 이상 숨길 수는 없었네. 그날 아침 하보틀 판사는 나선형 계단 꼭대기 난간에 목이 매달려 죽은 채로 발견된 거야.

그 어떤 저항이나 반항의 흔적도 없었다고 하네. 폭력을 암시하는 소음이나 비명도 전혀 없었지. 다만 끔찍한 그 모습에서 하보틀 판사가 스스로 목숨을 끊었을지도 모른다는 의학적 증거가 발견됐지. 따라서 배심원단은 자살 사건이라고 결론 내렸네. 그러나 하보틀 판사의 기이한 꿈 이야기를 들은 사람이 있지 않던가. 최소한 그 두 사람에게는 이 끔찍한 비극이 3월 10일 아침에 일어났다는 게 소름 끼치는 우연이었네.

며칠 후, 화려한 장례 행렬이 장관을 이루며 하보틀 판사의 마지막 길을 배웅했지. 그렇게 하보틀 판사는 다음과 같은 성경 구절과 함께 이 생을 하직했다고 하네. "부자도 결국 죽었고 그리고 묻혔다(세상의 쾌락을 즐기던 부자가 지옥에서 고통 받고 울부짖는 내용이 묘사된 누가복음 16장에서 인용된 구절-역주)."

| 옮긴이의 말 |

경계적 존재들에 관한 매혹적인 이야기

유령 이야기와 미스터리 소설로 잘 알려진 셰리든 르 파뉴는 1814년 아일랜드 더블린에서 태어났다. 오래된 위그노 가문 출신으로 더블린 트리니티 대학에서 교육을 받고 변호사가 되었지만 그만두고 언론인이 되었다. 그는 대학 때부터 초자연적인 소재에 관한 글을 썼고 그가 소유하고 편집한 더블린 대학 매거진에 많은 단편 소설들을 기고하였다. 이 글들은 1880년에 세 권의 책으로 묶여 나왔다. 그 중 유명한 작품으로는 〈사일러스 삼촌〉과 〈교회당 집〉이 있다. 그리고 1872년 출간된, 여성 뱀파이어를 다룬 〈카르밀라〉가 포함되어 있는 《거울 너머 어두운》은 그의 대표작으로 평가된다.

르 파뉴는 58세의 나이로 그의 고향 더블린에서 심장마

비로 사망했다. 정치학자이자 역사학자인 러셀 커크는 그의 죽음을 "말 그대로 공포가 그를 죽였다"고 한 에세이에서 표현했다. 유령을 보고 스스로 죽어가는 그의 작품 속 등장인물들의 죽음과 묘하게 닮아 있다.

《거울 너머 어두운》에는 헤셀리우스 박사라는 르 파뉴의 또 다른 자아로 보이는 의사가 등장한다. 그는 유럽 전역을 떠돌며 초자연적인 현상을 조사하고 연구하는 일종의 '고스터버스터'이다. 〈카르밀라〉, 〈녹차〉, 〈하보틀 판사〉에 등장하는 뱀파이어와 이교도 원숭이 악령, 죽음의 나라 사형집행인도 그의 연구 사례로 다루고 있다. 그중 최초의 여성 뱀파이어인 카르밀라는 다양한 영화와 게임, 연극과 뮤지컬, 소설 속에서 변주되며 브램 스토커의 드라큘라 백작과 함께 현대까지 살아남은 가장 유명한 뱀파이어 캐릭터 중의 하나이다. 브램 스토커는 《드라큘라 백작》을 쓸 때 르 파뉴의 〈카르밀라〉에서 많은 영향을 받았다.

피를 빠는 흡혈귀는 다양한 이름으로 불리며 많은 문화권에 존재해왔다. 이 초자연적인 생명체가 갖고 있는 의미와 감정은 공포와 매혹의 경계를 넘나들며 많은 사람들을 매혹시켜 왔다. 그중 카르밀라는 아름다운 소녀들의 피만 원하는 일종의 레즈비언으로 여겨진다. 그녀는 산 자도 죽은 자도 아니고, 인간도 아니고 동물도 아니고, 여자도 남자도 아니다. 완벽한 타자인 셈이다. 그녀는 인간이 세워 놓은 경계를 깨뜨리며 존재하고 유혹한다. 삶의 실재와 죽음의 비현실을 넘나든다.

소설 〈카르밀라〉는 오스트리아의 고립된 성을 배경으로 두 어린 소녀의 낭만적인 관계를 그리고 있다. 이 소설이 처음 출간되었을 때 뱀파이어를 매혹적인 생명체로 그리고 있다는 것과 인간인 로라와 뱀파이어인 카르밀라의 관계 묘사가 많은 이들에게 놀라움을 주었다. 그리고 로라와 카르밀라 사이에 흐르는 낭만적인 우정 밑에 깔린 레즈비언적 유대감, 성적인 상징과 억압, 피학과 가학이 혼합된 두 소녀의 상호 작용은 그 후 많은 이야기들의 원형이 되었다.

2020년 12월 박혜영

카르밀라

지은이	조셉 셰리든 르 파뉴
옮긴이	김소영, 박혜영
펴낸곳	지식의편집
편집	김희선
디자인	이찬미
등록	제2020-000012호(2020년 4월 10일)
주소	인천 중구 율목로 32번길 6-2 301호
이메일	Jisikedit@gmail.com
1판 1쇄 펴냄	2021년 1월 20일
1판 2쇄 펴냄	2024년 10월 25일
ISBN	979-11-970405-2-8 03840

이 책의 일부 또는 전부를 재사용하시려면 반드시 출판사의 동의를 얻어야 합니다.

파본은 구입처에서 교환해드립니다.